El vuelo de la reina

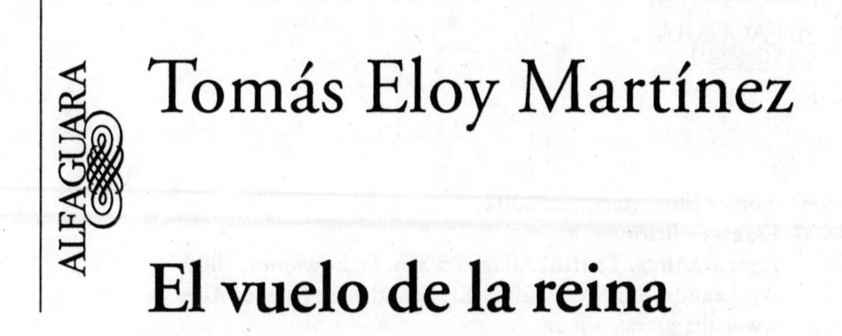

Tomás Eloy Martínez

El vuelo de la reina

Av. Leandro N. Alem 720 (1001) Ciudad de Buenos Aires
www.alfaguara.com.ar

ISBN 978-987-04-1238-0

Hecho el depósito que indica la ley 11.723
Impreso en Uruguay. *Printed in Uruguay*
Primera edición: mayo de 2002
Segunda edición: abril de 2009

Diseño: Proyecto de Enric Satué
Imagen de tapa: © Latinstock
Diseño de tapa: Raquel Cané - Pablo Rey / *iniciativaeditorial.com*

Martínez, Tomás Eloy
El vuelo de la reina. - 2a ed. - Buenos Aires : Aguilar, Altea, Taurus, Alfaguara, 2009.
304 p. ; 24x15 cm.

ISBN 978-987-04-1238-0

1. Literatura Argentina.
CDD A860

A Mercedes Casanovas,
por su paciencia en este vuelo.

A Gabriela Esquivada,
que me enseñó a volar otra vez.

«... la vida es paródica y necesita una interpretación.
Así, el plomo es la parodia del oro.
El aire es la parodia del agua.
El cerebro es la parodia del ecuador.
El coito es la parodia del crimen.»

GEORGES BATAILLE
L'anus solaire

«El criminal no crea la belleza: él mismo es la belleza en estado puro.»

JEAN-PAUL SARTRE
Saint-Genet, comédien et martyr

«La soberbia es, por así decirlo, la abeja reina de todos los vicios y pecados.»

DENNIS HELMING
Encyclopedia of Catholic Doctrine

Uno

A eso de las once, como todas las noches, Camargo abre las cortinas de su cuarto en la calle Reconquista, dispone el sillón a un metro de distancia de la ventana para que la penumbra lo proteja, y espera a que la mujer entre en su ángulo de mira. A veces la ve cruzar como una ráfaga por la ventana de enfrente y desaparecer en el baño o en la cocina. Lo que a ella más le gusta, sin embargo, es detenerse ante el espejo del dormitorio y desvestirse con suprema lentitud. Camargo puede contemplarla entonces a su gusto. Muchos años atrás, en un teatro de variedades de Osaka, vio a una bailarina japonesa despojarse del quimono de ceremonia hasta quedar desnuda por completo. La mujer de enfrente tiene la misma altiva elegancia de la japonesa y repite las mismas poses de fingido asombro, pero sus movimientos son aún más sensuales. Inclina la cabeza como si se le hubiera perdido algún recuerdo y, luego de pasarse la punta de los dedos por debajo de los pechos, los lame con delicadeza. Para no perder ningún detalle, Camargo la observa a través de un telescopio Bushnell de sesenta y siete centímetros que está montado sobre un trípode.

Hace diez días alquiló el departamento donde está ahora porque las ventanas del único ambiente se enfrentaban con las del dormitorio de la mujer como un espejo. Ella aparece siempre a la misma hora, lo que facilita la rutina del observador. Nadie podría decir que es una belleza. Tiene labios finos y tal vez demasiado estrechos, la nariz erguida hacia una punta redonda y gruesa, la barbilla enhiesta y desafiante. Cuando se ríe, alza tanto el labio superior que la franja de las encías queda a la vista. Los tobillos son gruesos y en las pantorrillas se le forman músculos de futbolista. Los pechos, demasiado pequeños, son sin embargo capaces de ondulaciones de medusa. Si se la cruzara en la calle, tal vez no se le ocurriría detenerse a mirarla. Pero su imagen irradia, sobre todo cuando queda enmarcada por la ventana, una libertad de gata, una indiferencia inconquistable, algo mercurial que la coloca lejos de todo alcance.

Los domingos, ella se queda cabalgando hasta muy tarde y llega al departamento con ropa de montar. Lucha largo rato para quitarse las botas y, cuando al fin consigue liberar los pies menudos, Camargo siente una felicidad insuperable, porque la mujer, al apartarse del espejo, depende sólo de su mirada. Los edificios de alrededor están vacíos, ella podría morir sin que nadie lo supiera, y si por un instante él la desprendiera de su atención, la dejaría huérfana en el océano del mundo. En esas largas horas no se aparta jamás del telescopio, observando los ligeros sobresaltos de la respiración y los temblores de los músculos. En los otros rituales, los domingos son idénticos a cualquier día: ella se quita la blusa por arriba de la cabeza, explorando los olores de las axilas. Camargo aprovecha entonces el intenso paréntesis para observar en detalle la cicatriz que la mujer tiene debajo del ombligo, sobre el nacimiento del vello. Por lo que ha podido averiguar, es el vestigio de una operación de apendicitis mal suturada en la niñez. Al menos, eso es lo que la mujer acostumbraba explicar. Pero él sospecha que se debe a una secreta cesárea.

La noche del 25 de julio, Camargo está adormecido oyendo el cuarteto en re mayor de César Franck cuando la mujer entra en el departamento al terminar el scherzo, veinte minutos después de las once. Parece ansiosa, desorientada, sin saber qué hacer con su alma. Lleva un abrigo largo, negro, y debajo un conjunto de paño gris. Deja el abrigo sobre la cama con un ademán rápido, compulsivo y, al volverse hacia el espejo, descubre algo que parece sorprenderla. Durante dos o tres minutos estudia las ojeras, las ligeras arrugas de la frente y la hinchazón de una herida en los labios. La temperatura ha cambiado de un extremo a otro del termómetro, y la transición del frío de la mañana a la súbita calidez de la tarde pudo haberle abierto alguna grieta en los labios. Camargo recurre al telescopio y advierte que ella está pasándose la lengua sobre un hilo muy ligero de sangre. La herida es reciente, por lo tanto, aunque la extrañeza con que se la mira pertenece a algún momento del pasado. Tal vez sea una herida del pasado que de pronto reaparece. Con las mujeres es siempre así, ya lo sabe Camargo. No pierden nada de lo que han vivido. Llevan de un lugar a otro todo lo que les sucede y, cuando acumulan demasiado, lo que les sobra sale a la luz sin que ellas puedan evitarlo. A veces es un vestido o un perfume, otras veces es una herida como la que ahora tiene en los labios la mujer que está enfrente. Sin desvestirse, ella enciende la luz del velador, al lado de la cama y toma el tubo del teléfono. Vacila unos segundos, pulsa las teclas de algunos números, y vuelve a colgar el tubo.

En ese momento, uno de los celulares de Camargo suena en el bolsillo de su abrigo. No hay teléfonos en el departamento de la calle Reconquista, pero él siempre lleva consigo dos celulares para las emergencias. Uno le permite comunicarse con los editores del diario cuando está fuera de la ciudad o sucede algo inaplazable. El otro está reservado sólo para las hijas y para las personas de la mayor intimidad. Camargo es padre de mellizas. Ambas viven en Chicago y una de ellas está enferma de cáncer. La lejanía de las hijas no lo aflige. Lo aflige la sensación de que su sangre sufre y brama y se pudre en otro lado, y esa tormenta distante viene tal vez a llover sobre su cuerpo. Pero esta vez quien llama es el editor nocturno. Camargo oye con decepción la voz áspera, sumisa, mientras la mujer, delante de la ventana, se quita la falda y se inclina, ávida, sobre las piernas.

—¿Doctor Camargo? —tantea la voz.

—Un momento —responde—. Voy a bajar el volumen de la música.

La mujer se acaricia la curva trasera de las rodillas y, volviéndose hacia el espejo, explora con dificultad algo que ha llamado la atención de su tacto: tal vez la súbita erupción de una verruga o la sombra de una várice. Ese gesto introduce una mudanza inesperada en la rutina, y Camargo no quiere perder el menor movimiento.

—¿Es urgente? —dice. Con la mano libre, acerca el telescopio y observa.

—Tenemos una discusión por el título de tapa y queremos que usted decida cuál es mejor.

—¿Es sólo eso? ¿Por qué no aprenden a equivocarse solos?

El editor se enreda en una disculpa confusa. El día anterior, dice, ya han abrumado a los lectores con dos títulos sobre aviación, y ahora tiene a cuatro columnas la foto del Concorde, que cae en llamas sobre un suburbio de París, más la noticia de que ciento trece personas han muerto en el accidente. Tal vez sea preferible destacar el fracaso de la cumbre entre palestinos e israelíes o llevar a tres columnas el acuerdo para congelar el precio de los medicamentos hasta fin de año.

Vencida por alguna impaciencia, la mujer está moviéndose más rápido ahora. Se ha quitado la falda y se estira para desprenderse el corpiño. La suave curva del sexo se dibuja con claridad bajo la bombacha. A Camargo le sorprende siempre que la mujer no tome ninguna precaución cuando se desnuda. Como su departamento está aislado, en un último piso, tal vez supone que nadie la mira. Ella sabe que delante, en el edificio que alquila Camargo, sólo hay oficinas que cierran temprano. Aun así, a él le parece que debería ser más cuidadosa.

—Deje arriba la noticia del avión. Y la foto. Léame el título.

—«Se estrelló un Concorde en París: 113 muertos.» Y abajo: «Cayó sobre un hotel. Iba a Nueva York. Es el primer accidente del avión supersónico».

—¿Cuál es la novedad? Ése es el mismo título que aprobé hace dos horas. ¿No ha dado la orden todavía de imprimir? ¿Qué espera? Ustedes pierden el tiempo por cualquier estupidez.

La ve tenderse en la cama y encender un cigarrillo. ¿Desde cuándo fuma? Sin duda está llena de vicios secretos. Entreabre un poco las persianas y deja que entre el aire frío de la noche. Los ruidos de la ciudad invaden también el cuarto, ensuciando la música: un cortejo de ómnibus avanza por la avenida Corrientes hacia el Bajo, y desde lejos le llegan las voces excitadas de un televisor. La confusión de sonidos ajenos le permite, extrañamente, oírse a sí mismo: oye los sordos ciegos ojos del deseo abriéndose en lo más hondo de lo que él es. No es por la fuerza de gravedad de la mujer que le estalla el deseo sino por la inercia de la noche, o por la música, por el allegro final del cuarteto de César Franck que está levantando vuelo. El allegro se encrespa a veces y luego se vuelve melancólico como un paisaje lunar: después de un cráter, la música se despereza en una lenta llanura, hasta que vuelve a despertar. La pieza entera es una sucesión de estremecimientos y de suspiros, y no le parece extravagante que sus modulaciones se parezcan a la última parte de *En busca del tiempo perdido.* Proust estaba escribiendo *La prisionera,* quinto volumen de esa obra, cuando obligó al cuarteto Poulet, durante toda una noche, a tocar repetidas veces los cuatro movimientos. El viola Amable Massis recordaría años después que Proust se metió en la cama apenas llegaron, e hizo que sirvieran a los músicos champán y papas fritas para que conservaran las energías. Las partituras se repartieron sobre los muebles del dormitorio forrado de corcho, en la casa del Boulevard Haussmann, y una o dos veces, durante la ejecución, Proust recogió del suelo algunos papeles ya saturados de escritura para anotar en ellos un par de frases. «¿Podrían tocar el cuarteto entero sólo una vez más?», recuerda Massis que decía Proust con una voz más aguda a medida que avanzaba la noche. Proust era víctima de sus ideas fijas, y las iba dejando como un tatuaje a lo largo de su libro. Las ideas fijas son, en verdad, el libro, piensa Camargo. El mundo sería nada sin las ideas que siguen en pie, obstinadas, sobreviviendo a todas las adversidades.

La mujer ha vuelto a ponerse de pie frente al espejo del dormitorio y ahora mueve la cabeza de un lado a otro. Tal vez esté también oyendo música, U2, REM o cualquiera de esos sonidos que a él lo desesperan. El pelo largo y oscuro de la mujer, rozándole los hombros, es un viajero desorientado en el mar de ninguna parte, y las ubres indefensas de corderita alzan los pezones en busca de aire fresco, marcadas por las estrías largas que él ha observado más de una vez. ¿Cómo unos pechos tan escuetos pueden tener estrías?

Los ardores del largo día ahogan a Camargo. Se quita toda la ropa de una vez, qué alivio, deja caer al piso la corbata y la camisa almidonada con puños de gemelos. En el perchero de la entrada cuelga, por costumbre, el traje cruzado de franela azul que lleva desde la mañana. Tal vez podría tirarse a descansar un rato. Nunca se ha quedado a dormir allí aunque a veces ha esperado el amanecer en el sillón de su mirador, sin apartar la vista de la mujer, y luego se ha dado una ducha antes de regresar al diario. Prefiere su cama al otro lado de la ciudad, en San Isidro, junto a las galerías de geranios donde se inclina la brisa del río, la enorme cama muerta que ya no comparte con nadie pero en la que, sin embargo, es un hombre de poder y no el sombrío satélite de la ventana de enfrente. En el cuarto anónimo donde está ahora hay sólo un catre de monje, mudas de ropa, un baño, una heladera y botellas de whisky. Puede hacer allí lo que le dé la gana porque el guardián del edificio va a permitirle lo que sea, yo estoy acá para obedecerlo, doctor Camargo, pero lo que él de verdad quiere está fuera de los límites que vigila el guardián, al otro lado de la calle, no en el cuerpo de la mujer sino en la imagen que ella sigue proyectando.

Ahora ha dejado de menearse y está contemplándose en el espejo. La leve herida del labio le ha vuelto a sangrar. De perfil, mojada apenas por las luces difusas del dormitorio, la mujer es también la noche que afuera cambia tanto, Dios mío, cuántas noches van yéndose en una sola noche, cuántas mujeres hay en cada mujer. Con la barbilla levantada, la pose de una reina, ella goza con la imagen de su cuerpo en el espejo. También él, enfrente, está mirándose a sí mismo. Un súbito destello de la luna se ha posado sobre su cuerpo y le permite ver su perfil en el otro espejo, el del cuarto vacío. Lo que el espejo le revela, sin embargo, es un eco de su propio ser, y de ninguna manera él mismo. Un hombre no puede ser él mismo sin su pasado, sin la fuerza que irradia ante los otros, sin el respeto y el temor que inspira. Un hombre nunca es él mismo a solas, y este perfil no soy yo, se repite Camargo. No reconoce el abultado abdomen tan indiferente a la gimnasia y a las dietas, ni los pectorales que, al aflojarse, dibujan un incómodo pliegue en el pecho orgulloso, ni la membrana de pavo que le cuelga de la barbilla. La imagen del espejo tiene las piernas torpes y flacas, sin armonía con el torso macizo, y carece de dignidad. ¿Qué dignidad puede tener un cuerpo desnudo a los sesenta y tres años? Tal vez ésa sea una pregunta para otros, pero no para él. A él todos lo ven como alguien invencible, inmune a las enfermedades y a la extenuación. Ya se lo han dicho las mujeres con las que se ha acostado: su cuerpo no es un cuerpo, es una fuerza de Dios.

Dos

Ninguno de estos zánganos tiene la menor idea de que, cuando escriben, se delatan. Así los conozco: por lo que dicen. Soy como escribo, soy lo que escribo. Mientras se paseaba a las diez de la mañana por la sala de redacción, Camargo entonaba en voz baja el estribillo que resumía, para él, toda la sabiduría del periodismo. A esa hora siempre le gustaba dar vueltas por su reino desierto, con las blancas luces vírgenes manando de las claraboyas y los escritorios vacíos, los monitores impolutos, las páginas en blanco esperando soplos de imaginación que nunca llegarían. Ya los peones de la limpieza se habían llevado las traiciones cometidas el día anterior contra la sintaxis de los hechos y contra el silencio de lo no sucedido, todos habían escrito sobre, por qué, cómo, para qué, cuando él les había pedido que escribieran con, que vivieran con, que siguieran la línea donde se encuentra el mundo de fuera con el adentro de cada uno, la realidad tiene que parecerse a ustedes, les dijo, no ustedes a la realidad. Cuánto mejor sería el diario si pudiera escribirlo él solo. Cuánto mejor sería el mundo si él lo escribiera.

En los cubículos de la sección Cultura, cerca de los baños, una jovencita trabajaba de pie en uno de los monitores y se roía las uñas. Camargo apreció de lejos el porte airoso, el culo redondo y menudo, las tetas insinuándose bajo el suéter apretado.

—Eh, venga a ver esta noticia —dijo la chica, sin levantar la vista de la pantalla—. Fíjese quién ha muerto. Robert Mitchum. Cómo me gustaría escribir sobre eso.

Tenía una voz firme y mandona. Las puntas de los dedos, hinchadas como uvas, estaban húmedas de saliva. A Camargo le pareció que no lo había reconocido. Pocos periodistas tenían ocasión de cruzarse con él.

—Soy Camargo —le dijo.

Estaba acostumbrado a que su nombre amedrentara a todos los redactores y paralizara a los novatos. La joven lo observó con incredulidad.

—¿Usted es Ge Eme? —dijo—. ¿El doctor Camargo? No me lo imaginaba así.

Era un comentario imprudente, ordinario. ¿Imaginarlo? Para qué, si ya todos lo conocían. Poca gente se tomaba la confianza de llamarlo Ge Eme, y casi nadie se preguntaba por el significado de esas iniciales. El tiempo las había convertido en un nombre propio, como sucedía con D. H. Lawrence, T. S. Eliot o H. A. Murena, y él ya ni siquiera pensaba en lo que querían decir. Correspondían al santo del día de su nacimiento, Gregorio Magno Pontífice, y aunque en su cédula de identidad figuraban las tres palabras, había logrado mantener en secreto la última.

—¿Y vos quién sos? —preguntó.

—Disculpe. Reina Remis. Soy fatal con los modales.

—A tu edad no podés saber de veras quién fue Robert Mitchum. ¿Cuántos años tenés? ¿Veintidós, veinticinco?

—Treinta. Sé más de lo que usted cree.

—¿Qué estás esperando, entonces? Sentate a escribir sobre esa muerte.

—Al jefe no le va a gustar. Tal vez ya pensó en darle la nota a otra persona.

—A tu jefe le va a gustar cualquier cosa que yo decida —dijo, dándole la espalda.

Ah, Dios, ¿por qué tenía aún esos arranques de generosidad? Abrir a los demás lugares que le pertenecían era algo que nadie había hecho por él. A él le había costado agonías y odios llegar a donde estaba. El bien y el mal: desde la cima podía entregar o negar lo que se le diera la gana. De ese tejido estaba hecho el poder. Acababa de conceder a una muchacha arrogante y sin gracia algo que habría querido para sí mismo, ¿qué más daba? Le sucedía todo el tiempo. Había condescendido a que escribiera el último responso a Mitchum, que era su fetiche. En 1958, cuando tenía veintiún años, lo había visto en *La noche del cazador*. Se acordaba con nitidez de esa súbita revelación: un cine al aire libre, las cigarras del verano tejiendo en los árboles una letanía desgarradora, y la historia, la irrespirable historia en la que por primera vez había descubierto el poder del Mal absoluto. Durante meses vivió obsesionado por la idea de que el Mal estaba en todas partes y era tal vez el Dios verdadero de este mundo. O el Mal es una ilusión, un fenómeno posible sólo porque el universo es irreal, como creían los Vedas, o el Mal es en cambio la prueba cotidiana de que Dios es tan impotente como los hombres. Vio *La noche del cazador* una sola vez, pero recordaba cada escena, cada línea de diálogo, como si él mismo las hubiera escrito. Ninguna película había sido narrada con tanta libertad. Las imágenes estaban allí en una neolengua sin equivalentes en la literatura o en el cine, tal vez sólo en Mallarmé a veces, o en los dadaístas. El sueño de su vida era despertar alguna mañana con una crítica de *La noche del cazador* ya terminada en la mesa de luz, una página dictada por los sótanos de su conciencia y llena de palabras sin uso que se parecieran al film. Sentía curiosidad por leer lo que escribiría esa chica, la Remis. Los lenguajes eran, no se cansaba de repetirlo, el estanque donde las personas reflejan lo que son.

Entró en su oficina fingiendo que no oía los saludos. Cuando él llegaba, no permitía que lo molestaran durante media hora por lo menos. Había leído en un libro del general De Gaulle, *El filo de la espada,* que los grandes hombres, sin salvedad alguna, tienen siempre la facultad de retirarse dentro de ellos mismos. El aire es puro en lo alto y no hay sonidos que desvíen tus pensamientos, Camargo, el mundo debe seguir dando vueltas alrededor de lo que piensas. Y también de lo que ves, Camargo, ya que todo lo ves. Su feudo era una circunferencia de paredes de vidrio blindado, temible como un acuario de tiburones, en el vigésimo piso de una torre sobre la Avenida del Libertador. Allí abajo había dormido Eugene O'Neill, en la intemperie de la recova, y Borges había imaginado en alta voz la última línea trivial de su meditación sobre la memoria: *Ireneo Funes murió en 1889, de una congestión pulmonar,* mientras caminaba hacia la casa de sus amigos Adolfito y Silvina para una cena tardía. Todo ese pasado te pertenece, Camargo, la frase de Borges, la botella de ginebra que O'Neill bebía bajo los arcos de la recova con el Smitty de *Bound East for Cardiff,* la costa de Uruguay a lo lejos. Aunque no pensara en ella, la corriente inmóvil y espesa del Río de la Plata estaba siempre allí, ignorante de la ruina que lame sus orillas. Camargo la borró con un ademán. Tomó el control remoto y bajó las persianas. La oficina quedó en penumbras. Encendió los televisores y las noticias de la mañana empezaron a repetirse como un canon de Bach. Cuatro mil soldados chinos avanzaban hacia la frontera de Hong Kong. Se acababa el dominio británico de cien años. Un millar de goletas, juncos y sampanes iban y venían del puerto de Victoria a la península de Kaulún enarbolando la bandera de la República Popular. El locutor dijo con voz ronca: «El pasado, ah el pasado. ¿Hay en nosotros algo que no sea el pasado?». La cámara exhibió los cuerpos reconstruidos de unos reptiles marinos de ciento setenta millones de años, cuyos fósiles acaban de ser descubiertos en las fosas de Neuquén. Tres paleontólogos manipulaban los residuos con delicadeza y orgullo. Las noticias dieron un súbito salto a la frivolidad: la ondulante actriz mexicana Salma Hayek escandalizaba los shoppings de Buenos Aires. Había llegado para presentar su última película, y la perseguía una turba de cronistas melosos, preguntándole sobre las glorias del amor a primera vista. Hubo un primer plano de sus piernas y luego se repitió la marcha de los soldados chinos.

Entonces sonó el teléfono. Era su esposa.

—Mi madre tuvo otro infarto —le dijo—. Acaban de avisarme que está muriendo. Tengo que salir esta noche misma para Michigan. Me voy con las chicas. Espero que no te importe, ¿eh? ¿Por qué digo eso? Claro que no te importa.

Brenda tenía la cara dulce y ojos ingenuos de venado. En otros tiempos se había dejado el pelo crecido sobre las mandíbulas, prominentes como las de Holly Hunter, pero al envejecer decidió recogérselo. Era norteamericana, de Traverse City, en la región de los grandes lagos y, como todas las de su estirpe, se movía sin pasión, al compás de su instinto práctico. Cuando se la oía hablar nadie daba un centavo por ella porque su lenguaje era una sinfonía de dudas, pero con Camargo la voz se le transfiguraba e iba de una certeza a otra. Ahora la madre se le estaba muriendo: es decir, se le apagaba todo el peso que la aferraba al mundo, aparte de las mellizas. ¿Cuántos años llevaba la madre en el menester de la muerte? Eran ya incontables: desde que Camargo la conocía estaba preparándose para el más allá en el caserón lleno de aparejos de pesca que llevaban siglos sin usarse, a orillas del lago Torch. También estaban los pájaros. Cientos de ellos: mirlos, zorzales, azulejos, cardenales, que cantaban todo el día para que creciera la tristeza de la madre, para acercarla a la muerte un poquito más. Y al fin había llegado el momento.

¿Sería verdad esta vez que iba a morir? No se leía ningún presagio en el cielo sombrío: sólo falsos infartos y falsas alarmas. Habría querido decirle a Brenda que dejara a la madre en paz. Ella era feliz sola entre los pájaros. Le dijo en cambio:

—Bueno, por fin tu madre va a tener lo que tanto quiso.

—¿Sí? ¿Te parece que tiene ganas de morir? ¿O que lo estuvo diciendo sólo por llamar la atención? Tiembla de miedo, me dijo el médico. La pobre está llena de tubos, no le queda voz, y por señas pide ver a las nietas. Me las llevo, Camargo. Qué sé yo cuándo podremos volver.

—Semanas. A veces la gente pasa semanas agonizando.

Sintió que Brenda trataba de apagar los sollozos que se le habían encendido, pero eran demasiados. De las cenizas de un sollozo brotaban las llamas de otro.

—Dios quiera que no sea así. Si tiene que morir, ojalá sea rápido. Voy a poner en venta la casa del lago, los muebles, las cerámicas, las cañas de pescar. ¿Quién querrá comprar esas cosas tan viejas, tan solitarias? Las chicas me han dicho que si la abuela muere, van a abrir las jaulas y soltar los pájaros. Podrías ir vos allá. Podrías ir y volver algún fin de semana. No sería la primera vez.

—¿Cómo se te ocurre, Brenda? Es un viaje de veinte horas. Chicago, Traverse City. Ahora no puedo dejar el diario.

Cada vez que hablaba con la esposa, Camargo no podía controlar sus sentimientos peores. En los primeros años de matrimonio, él se iluminaba por dentro cada vez que estaban juntos. Ahora le sucedía al revés:

sentía unas ganas irreprimibles de hacerle daño. Deseaba verla sufrir, caminar descalza por baldíos calcinados, suplicar, hozar en la basura. La voz con que ella le respondía era siempre dulce:

—Entonces, vayamos juntos al aeropuerto. Las mellizas quieren darte un beso.

—Tal vez. Depende de lo que pase en el Senado esta noche. ¿A qué hora sale el avión?

—A las ocho y media.

—Ah, imposible. Después las llamo por teléfono. Ahora tengo que cortar.

—Sí. No vamos a vernos, entonces.

—No. No podremos. Buen viaje, ¿eh, Brenda?

Colgó el tubo, aliviado. Otra vez le quedaría la casa para él solo. En los últimos años le sucedía con frecuencia, pero los lapsos eran tan breves que no le daban tiempo a relajarse. La esposa y las hijas mellizas habían formado un trío de piano, violín y cello, y las comisiones de cultura de las provincias, alentadas por el parentesco con Camargo, las invitaban a dar conciertos de los que regresaban con dulces caseros, partituras de músicos vernáculos y artesanías baratas. Brenda, que se había educado en una escuela cuáquera de Kalamazoo y aún hablaba el castellano con esfuerzo, no había podido liberarse de esa insaciable curiosidad que sienten algunos anglosajones por la cultura de los países pobres —o lo que ella creía que era la cultura de la pobreza—, sin distinguir jamás entre el talento genuino y el plagio vil. Tocaba el piano con cierta habilidad y, aun antes de que las mellizas aprendieran a leer, las había forzado a tomar lecciones de música. En el parque de la casa, sobre las barrancas que se alzaban frente al río, Camargo había hecho construir una cabaña con aislamiento acústico para que ensayaran, y poco a poco las tres fueron abandonándolo por los tríos de Beethoven, Alkan y Gabriel Fauré. A pesar de las paredes forradas de la cabaña, Camargo oía el moscardón de las cuerdas cada vez que entraba en la casa. Le ensuciaban el crepúsculo, el aire transparente, le rayaban para siempre la memoria de todos los Beethoven con los que había sido feliz en los teatros del mundo.

Cuando ya no querés a una persona deja de gustarte todo lo que hace, y Brenda, que aún llamaba la atención de los demás hombres, no le movía a Camargo ningún músculo de importancia. Los primeros síntomas de su desagrado empezaron una mañana de hacía doce años. Las mellizas estaban aprendiendo a caminar y lloraban por turnos durante la noche. Brenda tuvo un ataque súbito de histeria y se le hincharon dos venas que le formaban una V en la frente. Quizá le había sucedido antes pero era la primera vez que Camargo lo notaba. De pronto no entendió por qué se había casado con ella ni qué hacían los dos allí, compartiendo la cama y un par de hijas que no los dejaban dormir. Al día siguiente también le molestaron sus bostezos, el olor a leche cuajada de su piel, las pantuflas de conejo con las que preparaba el desayuno. Brenda era algo que le había sucedido a un ser que ya no era él. Pero separarse era una incomodidad peor que la de seguir viviendo como hasta entonces. Tampoco lo haría más libre de lo que era.

Volvé a la realidad, Camargo, vuelve la realidad. ¿Pero acaso alguna vez te vas de la realidad? Una de las secretarias entró en puntas de pie y le recordó, temerosa, que a las doce enterraban al senador Valenti en la Recoleta. ¿Quiere que llamemos al chofer, doctor? En el diario casi todos tenían la maldita costumbre de dirigirse a él en plural. Llámelo, sí, llámelo.

La noche anterior había visto una larga fila de monjes en la ciudad del pasado con la que soñaba siempre. Le gustaba pasear por esa ciudad porque sabía orientarse en ella como si jamás hubiera conocido otra. Puentes, pasajes, mercados ruinosos que flotaban a la deriva en grandes lagos de sal, relojes que marcaban la misma hora eterna: ciudad sin árboles y sin fin, con un sol sucio y noches claras como el día. En las calles del centro se abrían unas cavernas que eran —Camargo lo sabía— hoteles, celdillas iluminadas por velas de cera espesa. A uno de esos hoteles estaban entrando los monjes. Los vio, eran miles, mientras la luna caía en el horizonte de la ciudad como una pelota, y él corría entre astillas de luz a ponerla otra vez en su sitio. Los monjes cantaban en sordina y su ronroneo no lo dejaba en paz. Estaba empujando a la luna por un puente de madera cuando lo despertó el celular del diario. Eran las dos y media o las tres. Brenda dormía en la cama de al lado, boca arriba, la cara cubierta por una repugnante crema de almendras. Aún ignoraba que su madre empezaba a morir al otro extremo del mundo, aún ignorabas vos, Camargo, todo lo que estaba muriendo aquella noche. El celular insistía. Tardó en reconocer la voz del editor nocturno, deshilachada por el cansancio.

—Pasó algo trágico, doctor —le dijo—. Habíamos impreso ya la mitad de la edición cuando nos avisaron que se mató el senador Valenti.

—¿Y usted qué hizo?

—Lo que pensamos que usted haría, doctor. Parar la tirada. Todavía estamos a tiempo de que la noticia llegue en primera página a los quioscos de la capital.

—¿Valenti, dijo? ¿Cómo ha pasado eso?

—La viuda lo encontró de rodillas, al lado de la cama, con un tiro en la boca. No dejó ninguna carta. Eso es lo que dicen.

Por fin alguien tenía un gesto de dignidad. La Argentina estaba enferma hasta los huesos. Pero una sola muerte no cambiaría el orden de las cosas.

—Escríbalo así entonces. Que se mató de un tiro en la boca sin explicar por qué.

—Un poco fuerte, doctor, ¿no le parece?

—Eso es lo que pasó, ¿no? Diga lo que pasó. ¿Dónde lo velan?

—No lo van a velar. La viuda se niega. Quiere que lo entierren cuanto antes, a mediodía si se puede.

Dio un par de vueltas inquietas en la cama y al fin decidió levantarse. Hizo ruido, para que Brenda se despertara y le preparara café, aunque sabía que ella no haría nada por él. Salió a la galería, entró en su oficina y prendió la televisión. Hizo zapping por los canales de noticias en busca de alguna imagen del suicidio: tal vez una ambulancia frente a la casa de Valenti, el alboroto de los vecinos. No había nada: sólo escenas de guerra en Gaza y en los Balcanes.

Tal como la secretaria le había dicho, el funeral era a las doce, pero a las doce menos cinco ya estaba el cortejo en el cementerio. La humedad era atroz. Los mármoles destilaban musgo, y había más desamparo fuera que dentro de las tumbas. Salvo su diario, ningún otro mencionaba el suicidio. Las radios citaban el hecho de paso y no daban detalles, lo que era rarísimo. Parecía una muerte que todos querían pasar por alto, como si no existiera. Con tanto sigilo, era explicable que hubiera poca gente en el entierro. Poca y conspicua: el presidente de la República y sus guardaespaldas, los jueces favoritos del gobierno, algunos colegas del difunto. Sobre el ataúd no había una sola flor. Nadie se animó a improvisar un discurso. Uno de los edecanes consiguió de apuro a un cura sordo, que no parecía entender para qué estaba allí y que rezó un responso veloz.

«Pobre Valenti», dijo el presidente en voz alta. «Qué injusticia se ha cometido con ese hombre.» Llevaba alzado el cuello del sobretodo y respondía a los abrazos y apretones de manos sin interés, la mirada vacía, como si estuviera con nadie. Sólo pareció animarse cuando se le acercó Camargo. Lo tomó del brazo y lo llevó aparte: «Ah, doctor Camargo», suspiró. «¡Cuánto le agradezco que haya venido! Haga lo posible para que no se ventilen en su diario las canalladas que destruyeron a Valenti. El pobre ya no puede defenderse.» A Camargo le molestaba que le hicieran insinuaciones sobre lo que debía o no debía decir, y de inmediato se sintió tenso. Contuvo la lengua, pero no pudo evitar que el tono de la respuesta le saliera helado, distante, desdeñoso: «¿Ventilar? Yo no hago eso. Si publico algo es porque lo puedo probar, señor. Y actúo igual con los muertos que con los vivos. Un juez dijo ayer que Valenti era culpable por el contrabando de armas. ¿Cómo quiere que no lo publique?». «Un juez, un juez, ¿qué significa ya eso?», insistió el presidente. «A Valenti lo está juzgando Dios ahora.» Alzó la mano llamando al edecán y le volvió la espalda a Camargo. Era un hombre pequeño, esmirriado, que disimulaba la vejez cultivando la flacura. Unas hebras de pelo falso y retinto le cubrían los lamparones de calvicie, en la coronilla. La cirugía plástica le daba de lejos un aire de lozanía, pero de cerca parecía un muñeco de torta.

El viento llevaba y traía colillas desfloradas por la humedad. En el atrio del cementerio, Camargo se detuvo ante el gran tarjetero donde los visitantes anotaban sus nombres para indicar que habían asistido al funeral. De reojo, vio que Enzo Maestro trotaba hacia él y se hizo el distraído. Enzo no había estado en la ceremonia. ¿Qué querría? En 1982 tenían escritorios contiguos en la redacción del diario y mantenían un espaciado ritual de almuerzos a solas que era lo más cercano a lo que Camargo entendía por amistad, pero ahora Maestro se había convertido en un perro servicial del presidente, el secretario privado, y prefería hablar con él sólo cuando no tenía más remedio.

—Desde que me llamaron por lo del suicidio no pude pegar un ojo —dijo Maestro. Estaba agitado y sudaba—. Si a mí me quisieran meter en la cárcel también me habría suicidado.

Camargo le sonrió y dijo:

—Yo no. Hay que sentirse muy culpable para matarse.

Cruzó el portal del cementerio y avanzó hacia los grandes gomeros de la entrada. Afuera, la vida respiraba con energía. El sol se desprendía de las nubes con felicidad y caía inadvertido sobre el ánimo de la gente. Maestro, obstinado, le siguió los pasos.

—¿Viste el mal humor del presidente, Camargo? Le tiran pálidas de todos lados. ¿Te parece que con tanto bajoneo el país puede tener algún arreglo? Cuando las cosas salen bien, nos quejamos porque no salieron mejor. Lo que le hicieron al pobre Valenti me pegó en el alma.

—Nadie le hizo nada, Enzo. Todo se lo hizo a sí mismo. Se dejó filmar mientras le pagaban la coima del contrabando. Ya no tenía salvación.

—Quién sabe cuántos hacen lo mismo y ninguno va en cana.

El maldito calambre volvió de repente. Descendió como un garrote desde los músculos de la cadera y dobló en dos a Camargo. Era el mismo dolor de un mes atrás y de hacía un año, durante el viaje a Davos. Llegaba y se iba. Pero mientras estaba allí, lo convertía en un inválido. Maestro lo sostuvo con una fortaleza humillante.

—No es nada, Enzo, no es nada. Creí que me había torcido el tobillo. Ya estoy bien, ¿ves? Estoy bien.

Caminaron hacia La Biela, frente al cementerio. El chofer del diario había estacionado el Mercedes en la esquina, pero Camargo le hizo señas de que esperara. El café estaba lleno de gente. Una mesa junto a la ventana se desocupó cuando entraron y Camargo se dejó caer en la silla.

—Lo que a vos te hace falta es ir a un gimnasio —dijo Maestro—. Mirame a mí. Con bicicleta, sauna y masajes bajé diez kilos en dos meses. Te dejan como nuevo y ni te das cuenta.

Dos de los senadores que habían asistido al funeral divisaron a Camargo desde la puerta de La Biela e hicieron el ademán de acercarse a la mesa. Camargo alzó una mano y, sin mirarlos, les dio a entender que no lo molestaran.

—Sos de terror, Camargo —dijo Maestro—. Ahora entiendo por qué sólo tenés lameculos a tu lado y ni un solo amigo que te diga lo que piensa.

Los modales de Enzo habían sido siempre untuosos, de sacristía, y cuando hablaba parecía pedir perdón.

—Será que estoy pareciéndome a tu jefe, como el país entero. No voy a darles la mano a esos dos ladrones, Enzo. No puedo. Me da asco.

—Entonces, tampoco me la des a mí. Yo estoy en el mismo baile.

—Vos no. Vos sos un forro. A vos te están usando. Vas a terminar en cana como los demás, pero pobre como una rata. Lo de Valenti es apenas el principio.

—¿Te parece? Acá no hay principio ni fin. En este país siempre parece que está por pasar algo terrible, y no pasa. Todo va a seguir igual, ya vas a ver.

—Si depende de mí, no. Mi diario no cree una sola palabra de lo que dice tu jefe. A mi diario no lo puede asustar ni comprar.

Maestro adelantó la cara y habló en voz baja, marcando las sílabas:

—¿Querés que esto se convierta en un caos? ¿Querés que todos se maten como Valenti? No sos Dios.

—No hay Dios, Enzo. Eso es lo malo. No hay ningún Dios.

Llegó al diario de pésimo humor. Llamó a los jefes de sección para que se reunieran de inmediato en su despacho, pero ninguno había vuelto de almorzar. Ordenó a las secretarias que los cazaran donde estuvieran, a través de los celulares. Un día de mierda. El calambre reverberaba aún en la cadera. Lo mejor sería ver al médico, pero no ahora. Ahora quería prepararse para su propia guerra. El senador Valenti había negociado la venta de un cargamento de armas a Costa Rica y Panamá, donde no las necesitaban porque no había ejército. Era evidente que antes de llegar a sus destinos, las armas iban a ser desviadas hacia otra parte. Una comisión del Senado aprobó el negocio y el decreto final fue firmado por el presidente pero no publicado en boletín alguno, con el pretexto de que afectaba la seguridad del Estado. A Valenti lo habían filmado mientras negociaba la transferencia de dieciséis millones de dólares a una de sus cuentas en Luxemburgo con el emisario de un país impreciso que podía ser Croacia, Albania o Serbia. El video había llegado a manos de un diputado opositor. Durante meses, la prensa estuvo especulando con la idea de que Valenti era el testaferro de algún poder superior y que parte de la coima se había repartido con otros senadores. La tajada mayor debía estar en los bolsillos del presidente, pero eso ni siquiera se podía insinuar. Un juez por fin, arriesgando la vida, sentenció que Valenti era el organizador de una asociación ilícita y ordenó su arresto. Camargo quería investigar ahora si el suicidio era genuino o si el presidente lo había mandado matar para que no soltara la lengua.

Ahora es fácil contar esta historia porque ya todo el mundo sabe lo que pasó, pero en 1997 era un enredo tan inverosímil que la gente le prestaba poca atención o pensaba que eran exageraciones de una prensa encarnizada. A dos de los cronistas les habían llegado papelitos anónimos con el nombre de los seis senadores cómplices junto a cifras que iban entre los doscientos mil dólares y el medio millón, y que tal vez aludían al pago de sobornos. El propio Camargo había recibido un sobre con el membrete del Senado y un sello que decía confidencial dentro del cual había una hoja con catorce números. Desde el principio sospechó que eran los códigos de varias cuentas bancarias y las envió al corresponsal de Nueva York para que algún experto de allí las descifrara, pero aún no podían hacerlo. Toda la sección Política estaba investigando el caso con frenesí y seduciendo a conserjes y amanuenses de los senadores para que repitieran lo que oían en los pasillos. Días atrás, cediendo a un relámpago de sus instintos, Camargo había llamado a otros directores de diarios en Panamá, Lima, Montevideo y San Pablo pidiéndoles que lo ayudaran en la pesquisa. No confiaba mucho en lo que podía salir de ahí, pero tampoco quería dejar cuerdas sin templar.

Los editores volvieron de sus almuerzos sin la más leve luz sobre el suicidio de Valenti. Todas las fuentes estaban selladas, los hermanos del difunto no contestaban el teléfono, y nadie tenía el menor rastro de una carta final que quizá ni existía. Estaban desanimados y los estragos de la batalla se dibujaban en sus caras.

Camargo hizo rodar hacia atrás su sillón unos centímetros y puso los pies sobre el escritorio: su pose preferida para pensar. Necesitaba estrategias nuevas de investigación. O un golpe de dados que fecundara el azar. ¿Por qué no buscar al tipo que filmó el video? El video había llegado a manos del diputado opositor en un sobre anónimo, y los agentes de inteligencia del gobierno no habían conseguido rastrear al responsable. Quizás en la embajada de Estados Unidos supieran algo, pero si el video se había filtrado desde allí —como suponía Camargo—, nadie soltaría la lengua. Los editores tomaban notas afanosas en sus libretas, y los televisores, a sus espaldas, repetían las mismas historias: soldados de la República Popular China entrando en Hong Kong, el culo de Salma Hayek, neumáticos cruzados en la ruta 9, cerrando el acceso a la ciudad de Salta.

Los sobresaltó el timbre del teléfono. Camargo había prohibido que le pasaran llamadas. Si era su mujer se lo haría pagar caro a las secretarias. «De San Pablo», le dijeron. Reconoció la voz lenta y grave de Antonio Pimenta Neves, director de *Gazeta Mercantil,* a quien todos llamaban por el apellido, como a él. En Camargo sobrevivían aún las erres arrastradas de Tucumán, su provincia. También Pimenta pronunciaba las erres con acento *caipira,* con un dejo inglés.

—¿Cuáles son los nombres del hijo mayor de tu presidente? —preguntó Pimenta, en perfecto castellano.

—Juan Manuel algo —dijo Camargo. Tapó la bocina del teléfono y pidió la información a los editores—. Juan Manuel Facundo.

—Si nació en 1975, entonces es el mismo.

—¿El mismo qué?

—Ese chico tiene acá una empresa de importación y exportación que se llama Rosa de los Libres. Es un sello de goma para lavar dinero. Hace tres días depositó siete millones cien mil dólares a nombre de la empresa en la sucursal de un banco de Singapur. Ayer quiso transferir cinco millones a otro banco, en Uruguay, y la operación se está demorando. Anoche salió a festejar y gastó una pequeña fortuna. ¿Qué te parece?

—Joya —celebró Camargo—. Supongo que el número de la cuenta es reservado.

—No —dijo Pimenta—. Tengo una copia del depósito y fotos de la orgía. También hay una lista del directorio de la empresa: el chico es presidente, dos primos son los vicepresidentes, uno de los tíos maternos es el síndico. Te voy a mandar todo por Internet.

—¿*Gazeta* va a dar la información?

—Claro, mañana. Pero no con títulos tan grandes como van a darla ustedes.

—Te debo una cena en San Pablo o en Buenos Aires.

—Vas a deberme más que eso.

Camargo ordenó a los editores que olvidaran las fotos. No quería golpes bajos que deslucieran la inesperada historia del depósito bancario. Tres cronistas salieron volando a confirmar lo que Pimenta Neves les había dicho. Y aunque era improbable que el presidente replicara en persona, sus voceros no podrían quedarse callados. Cuando las imágenes empezaron a llegar desde Brasil, Camargo advirtió que la información sería irrefutable: estaban no sólo el cheque del depósito con la firma infantil de Juan Manuel Facundo, el estado de la cuenta, la boleta con la orden de transferencia a Uruguay y las elocuentes imágenes de la orgía, sino también varias poses del chico, captadas por las cámaras del banco, mientras hacía las transacciones en la oficina del gerente. Enzo Maestro llamaría de un momento a otro para detener ese aluvión. Va a izar la bandera blanca antes de las seis, pronosticó Camargo.

Fue un poco más tarde. A las seis y cuarto oyó en el teléfono la voz áspera, hostil:

—¿Ustedes ya no tienen escrúpulos? Conspiran contra la democracia, se meten con la familia del presidente. El gobierno espera críticas sanas, no periodismo amarillo.

Con todos los ases en la mano, Camargo no tenía por qué perder la calma.

—Cuestión de adjetivos —dijo—. No hay crítica sana. Hay sólo críticas sucias o limpias. La nuestra es tan clara que a lo mejor te parece insultante, Maestro. Detrás de cada palabra que vamos a publicar hay pruebas y testigos.

—Es mejor que tengas razón. Vas a darle al presidente el disgusto de su vida. Cuando se lo conté, se le aguaron los ojos. Conociéndolo como lo conozco, sé que te va a llevar a juicio por calumnias, Camargo. Está frenético.

—Si yo fuera su amigo, le aconsejaría que no lo haga.

—No sos su amigo porque no querés. ¿Cómo podés tener estómago para publicar todas las canalladas que me han repetido tus periodistas?

—No voy a publicar todo lo que tengo, Maestro. Sólo una parte. Decile a tu jefe que no me obligue a publicar lo peor.

—¿Lo estás amenazando? Entonces, querés la guerra.

—No quiero la guerra ni la paz. Ni aspiro siquiera a que se haga justicia. Mi ambición no va tan lejos. Sólo quiero que la gente sepa, como yo, que algo huele a podrido en Buenos Aires.

Se sintió aliviado. De pronto, recordó que no se había despedido de las mellizas y pidió a las secretarias que las llamaran, para no tropezar de nuevo con la voz quejumbrosa de Brenda. ¿Qué clase de vida era su vida, atada a los teléfonos? ¿Sabría su vida alguna vez abrir los brazos a la felicidad y a la desdicha? El escritorio era una fronda enloquecida de papeles y maquetas, pero siempre se las arreglaba para que el portarretratos de las hijas creara un oasis limpio frente a él. Apenas las había visto aprender a caminar, a hablar, a leer. Apenas las había visto y, sin embargo, eran el único amor que tenía. Le preocupaba la más débil de las dos, Ángela, que un par de semanas antes había caído en cama con una fiebre rebelde y un dolor de huesos que no la dejaba en paz. Se había vuelto de pronto melancólica y huidiza. Así sonó en el teléfono, como una niña desamparada. Tenía trece años y parecía de diez. ¿Vas a venir a Michigan?, le preguntó. No tuvo corazón para decirle que no.

A eso de las siete, en lo peor del trajín, apareció en su pantalla la necrología de Mitchum. La había olvidado por completo. Jamás leía ese tipo de información, menos aún en los días de tormenta, pero antes de ir al entierro había ordenado que se la mostraran y ahora sentía una curiosidad incómoda como un presagio. Aquella chica tan etérea y a la vez tan terrena. Le pareció raro que sólo pudiera evocar sus formas pero no su cara: la silueta de un espectro en el espejo.

Los primeros párrafos no estaban nada mal y fluían con tanta naturalidad que el lector avanzaba sin darse cuenta al párrafo siguiente. Había en ella una conciencia del lenguaje de la que carecían los periodistas más presuntuosos y mejor pagados. Empezaba con una evocación de la infancia huérfana de Mitchum en Bridgeport, enumeraba después los extravagantes oficios de su juventud —matón de cabaret, promotor de astrólogos—, y describía con un par de trazos certeros las siete semanas infamantes de cárcel en Los Ángeles por fumar marihuana, luego de haber sido candidato al Oscar. A Mitchum lo había desvelado siempre el problema del Mal, decía Reina. Era un calvinista en busca de personajes detestables como los de *Cape Fear* y *Encrucijada de odios,* interesado en demostrar cuán imposible era para Dios salvar a sus criaturas más ciegas. Reina dedicaba veinte líneas desafinadas, en el centro de la necrología, a comentar *La noche del cazador,* en la que el difunto había desplegado todos los registros de su complejo arte. Camargo las leyó con alarma. Esas líneas confirmaban sus presentimientos.

Según Reina, Mitchum se había entretenido con la lectura de algunos evangelios gnósticos durante la filmación de esa película. A través de las siete historias censuradas de los valentinianos que los arqueólogos Bickel y Von Holst exhumaron en 1943, supo que María, la hija virgen y adolescente de Joaquín y Ana, dio a luz no un hijo sino dos idénticos. Los gemelos se llamaron Jesús y Simón. Ambos habían llevado vidas paralelas, predicando a la vez en Galilea y en Siria; ambos fueron crucificados en ciudades distintas, acusados de conspirar contra el poder de Roma, y ambos también resucitaron al tercer día. Pero sólo uno de ellos era hijo de Dios. El otro era un impostor que cayó en el atroz pecado de soberbia al fingir una divinidad para la que no lo habían elegido. Su milagrosa y simultánea resurrección confundió a los evangelistas de ambos credos. Los valentinianos sugerían que el mellizo de Dios —o del hijo de Dios— era el demonio.

Mitchum, escribía Reina, trató de ilustrar esa idea al exhibir, en una prodigiosa escena de *La noche del cazador,* las falanges de sus manos tatuadas con las palabras *Love* y *Hate,* Amor y Odio, entrecruzándolas para explicar las batallas eternas entre el Bien y el Mal. Camargo sabía que el dato era falso: los gnósticos habían inspirado no a Mitchum —hombre de lecturas precarias—, sino a Charles Laughton, el director del film. De todos modos, la digresión era inoportuna y de ningún modo iba a publicarla. A Camargo le daba lo mismo que Jesús hubiera tenido un gemelo o una hermana melliza, o tres. Ya nadie podría cambiar la dirección en que se había movido la historia de la especie humana. Y además, en plena guerra con el presidente, no era momento para abrir otro frente de conflicto irritando a los obispos de la Iglesia, que llamarían blasfemia a lo que era sólo una cándida provocación.

Durante algunos segundos, vaciló entre ordenar que despidieran a Reina o llamarla a su oficina para que explicara por qué había introducido esa información tan fuera de lugar. La chica le despertaba una vaga curiosidad intelectual. En un par de minutos, podría conocerla mejor. Llamó por la línea interna a Sicardi, el jefe de personal, y le pidió que le llevara las fichas de ingreso. Remise no, repitió. Remis. Reina Remis. Confiaba en Sicardi a ciegas. Era retacón y tenía la nariz grande, cruzada por retículas de vasos capilares. Sus informes eran siempre metódicos, prolijos, sin una palabra de más.

—Acá traemos todos los datos, doctor —dijo Sicardi—. Teléfono, dirección, nombre y oficio de los padres, edad, estudios cursados, lista de los trabajos anteriores. En este último punto no hay gran cosa. Sólo seis meses como pasante en una biblioteca de Adrogué y otros seis como investigadora en la sección Bienes Raíces de *Crónica Mercantil.* En los dos casos renunció para seguir estudiando.

Hablaba de pie, con la cabeza inclinada. Jamás se habría atrevido a sentarse en presencia de Camargo.

—¿Quién la recomendó al diario?

—Ella sola. Remis. Fue la mejor calificada entre los seis estudiantes que trabajaron con beca el año pasado.

—¿Está graduada en algo?

—Es licenciada en Comunicación, doctor. Promedio 9,86.

—¿Cuántos años dijo que tenía?

—Es mayorcita ya. En noviembre cumple treinta y uno.

—Estuvo casada, entonces.

—Por lo que vemos acá, no estuvo. Célibe.

—Léame los resultados del examen de salud.

—Sangre y orina, doctor. Sin problemas.

—¿Sólo eso? Quiero exámenes completos. Quiero saber si la gente que usted contrata tiene o tuvo venéreas, ladillas, tuberculosis, reglas irregulares, muelas podridas, amígdalas en mal estado, si las mujeres están preñadas o estuvieron alguna vez. Con las mujeres hay que desconfiar, Sicardi.

—Así es, doctor. Nunca se sabe. Si no lo hacemos es por el tema del ahorro. El rubro médico sale muy caro.

—No le pregunté cuánto cuesta. Hágalo. Y dígale a esa chica Remis que venga a verme. Deje acá las fichas.

Los televisores multiplicaron la cara mítica del Che Guevara en la batea del hospital de Vallegrande. ¿Habrían ya encontrado el cadáver? Llamó al editor de Internacionales para que lo averiguara. No, habían exhumado un fémur cerca del aeropuerto, pero era de una mujer patizamba. Los periodistas serios tenían que abrirse paso entre la hojarasca de versiones falsas que difundían las radios y los canales de noticias desesperados por llamar la atención.

Lo que en la jerga del diario se llamaban «las fichas» eran un compendio de todas las informaciones que

Sicardi había logrado reunir sobre los redactores del diario. Algunas páginas reproducían los interrogatorios a que él mismo los había sometido antes de entrar. Otras incorporaban números de teléfonos, borradores de cartas arrojadas al cesto de papeles, panfletos que mencionaban sus nombres, copias de sus afiliaciones a partidos políticos o a clubes de fútbol. A las fichas de Reina Remis se añadían también algunas fotos: de los padres, de un hermano mayor, de las sobrinas, de un músico de rock que había sido su novio. Camargo examinó el conjunto con delicadeza y curiosidad, como si el personaje fuera una miniatura y lo tuviera entre los dedos. Qué vida mínima: jamás había pasado allí nada importante. Cursos de inglés básico, bachillerato en un colegio de monjas, un par de viajes a Río y a San Pablo, en ómnibus, y otro a México, con mochila a la espalda. El padre era mecánico de automóviles en Adrogué, propietario de un taller. Había sobrevivido a todos los descalabros económicos de la Argentina y no se quejaba, según Sicardi. Le gustaba montar a caballo y ella lo acompañaba los fines de semana al Club Hípico. En 1995 se había mudado de la casa familiar de Adrogué a un cuchitril de dos ambientes en la calle Humberto Primo. Por supuesto, el padre le pagaba las cuentas, pero Remis quería ser independiente, recibirse de mujer, alcanzar la fama, escribir en los diarios.

Ahora, el silencio se posaba sobre esta orilla aérea de la ciudad. En el río, la oscuridad viraba al morado. Los apuntes de Sicardi eran tan impecables, tan perspicaces, que le devolvían la fe en la inteligencia humana.

El escritorio se le iba poblando de notas breves que dejaban las secretarias. Mensajes de cronistas, voces del mundo. Mientras él no llamara a la gente, nadie osaría entrar en su santuario. *MV dijo en el noticiero de ATC que la de*

Valenti fue una muerte accidental, no suicidio: ésa va a ser la versión oficial. ¿La cubrimos? /// Por presiones del gobierno acá o allá, el banco de Singapur va a negar que el cheque del depósito hecho por Juan Manuel en San Pablo es auténtico. /// En la antesala espera la señorita Remis. Dice que Ud. la mandó venir. /// La viuda de Valenti se marcha del país. Está en Ezeiza, con pasaje de primera clase en el vuelo a Chicago. Le pusieron custodia: cuatro pesados de inteligencia. (Es el vuelo de Brenda y las mellizas, también primera clase. Tal vez conversen antes de dormir. Tendré que llamar a Brenda mañana y preguntarle detalles sobre lo que hizo y dijo la mujer en el viaje, para una nota de color.)

—Que entre Remis —ordenó Camargo.

Estaba vestida con la misma ropa deslucida de la mañana: un suéter de cuello volcado y un blue jean demasiado estrecho. Camargo le indicó una silla al otro lado del escritorio y volvió la mirada hacia los televisores.

—Un momento —dijo—. Quiero ver esto.

Las pantallas exhibían la imagen fija de Shoko Asahara, el profeta ciego de la secta Verdad Suprema que en 1995 había envenenado con gas el subterráneo de Tokio. Era una imagen insoportable, sin sonido.

—Mitchum —siguió Camargo—. Te he llamado por lo que has escrito sobre Mitchum.

—¿Pasa algo? —se protegió la chica—. Trabajé una barbaridad. Verifiqué dato por dato.

—No todos. Mitchum no leía a los valentinianos. Era Laughton.

—¿Charles Laughton?

Al decirlo, se le subió la sangre a la cara.

—El director de la película. En esa época, los actores podían improvisar muy poco durante la filmación.

1955. No tenés la más pálida idea de lo que era Hollywood en esos tiempos.

—Me confundí, entonces —admitió la chica. Pero no se disculpó.

—Tu nombre, Reina, ¿de dónde sale?

—De mi abuela materna. Era brasileña. Se llamaba Regina Maria da Glória. A mí casi me ponen Reina Isabel. Se contuvieron justo a tiempo.

—¿Creés de verdad que Jesús tenía un hermano gemelo?

—Cómo voy a saberlo. No sé. Todo es posible. Apenas sé quiénes eran los valentinianos. Leí mal, ya le dije.

—Tengo que cortar esos párrafos, Reina. El diario nunca publica necrologías tan largas.

—¿Por qué esos párrafos, justamente? Son lo mejor del artículo. Si quiere, los corrijo y digo que la idea era de Laughton.

—No. Hoy es un día difícil. No te llamé para discutir.

—¿Me puedo ir, entonces?

La luz de los televisores subrayaba el contorno de lo que ella era, o de lo que Camargo quería que fuera. Podía adivinar los muslos firmes debajo del blue jean, la ondulación de los pechos, la suavidad del vello de los brazos. Parecía que la silueta fuera un acuario y el cuerpo navegara dentro de ella, esquivo. Y su manera de mover las palabras de un lado para otro: eso sí era inesperado. No sabía que la inteligencia de las mujeres pudiera ser escurridiza como los peces.

—Alguna vez fui crítico de cine, Reina. He leído decenas de notas sobre Mitchum. La tuya no está mal, pero casi todo lo que escribiste no le interesa a nadie. La gente compra los diarios para enterarse en dos minutos de lo que pasa. No quiere perder el tiempo con los detalles. Con eso de los mesías gemelos te fuiste por las ramas.

—No es así, no es así. Si quiere, alguna vez lo hablamos. Un día menos difícil que hoy.

—Fue difícil. Ya no lo es más. Ahora tengo hambre. Podemos seguir con el tema mientras cenamos en alguna parte.

—¿Fuera de acá?

—Claro. En cualquier parte, no importa dónde, fuera de este mundo.

—Mire la pinta que tengo. Mejor me arreglo un poco y lo encuentro donde usted decida. ¿A qué hora?

—A las diez. Dejales tu teléfono a las secretarias. Ellas después te avisan cuál es el restaurante.

En la cara de Reina no se reflejó ninguna emoción. Los grandes ojos negros estaban muy abiertos pero vacíos, como los de una vaca que ha viajado días en la tiniebla de un vagón y llega de pronto a un campo desconocido.

Salvo cuando lo acometían dolores en la cadera como los de aquella mañana, Camargo se sentía joven. No le parecía que su cuerpo fuera menos radiante que cuando jugaba al fútbol en la universidad y, aunque los músculos estaban algo flojos y caídos, aún le gustaba exhibir en la playa los bíceps y el pecho rotundo. Sacó el Cohiba que escondía en el escritorio y, luego de despuntarlo, lo encendió. Lo iluminó la felicidad de ser él mismo. Todavía era joven y acaso una sola mujer fuera poco para él. Necesitaba una mujer que fuera cien mujeres, bandadas de tiernas mujeres que lo alumbraran como octubre, soles de mujeres en las que nunca se posara la noche.

Cuando le llevaron la información de la primera página, la corrigió con displicencia. No dudó al elegir el título principal. Era fácil: *El hijo del presidente depositó /*

una fortuna en un banco de Brasil. Un título sensacionalista, como Maestro temía. Subido de tono y verdadero para quien creyera que siete millones eran una fortuna. Aquellas pocas palabras develarían, sin duda, la punta del ovillo de la corrupción: el contrabando de armas, la razón del suicidio de Valenti, las valijas henchidas de dinero que el presidente hacía entrar por Ezeiza, las conexiones con los narcos de Cali, las pústulas de la pobre patria. Siempre tenías razón, Camargo, ése era tu orgullo máximo: no equivocarte cuando todos se equivocaban. Le vino a la memoria una canción de los años sesenta: *Has evitado los errores y te sientes / salvado. Pero has caído en el supremo error / de no cometerlos.* Eso no era para él, jamás sería: había nacido a salvo del error. Cualquier cosa podía pasar al día siguiente, y para todo estaba preparado. Para todo, menos para lo que finalmente sucedió.

Tres

Una pasión brasileña

El domingo 20 de agosto, a las dos y media de la tarde, Antonio Marcos Pimenta Neves, de 63 años, asesinó de dos balazos a Sandra Gomide, de 32. Ambos trabajaban en el mismo diario y habían sido amantes durante tres años. Desde hacía meses, Sandra quería romper la relación, pero el obsesivo Pimenta, enfermo de desesperación y de despecho, no se lo permitía. Imaginaba que ella se había enamorado de otro hombre más joven, y para sorprenderla, abría el correo de su computadora, la perseguía —ciego de celos— en automóviles que iba estrellando por las calles, vigilaba las sombras de su casa por las noches, como James Stewart en La ventana indiscreta.

Contado de esa manera, el crimen parece uno de tantos. No lo es. Pimenta Neves era uno de los periodistas más poderosos de Brasil. De modales cautos, formales, reflexivos, nadie habría dicho que era capaz de una pasión violenta. A fines de los años cincuenta, fue un erudito crítico de cine en el diario Última Hora; *luego, en los años de la dictadura militar, trabajó como jefe de redacción de* Folha de São Paulo *y director de* Folha da Tarde. *Su esposa había nacido en Estados Unidos y se mudó con ella a Washington en 1974, como corresponsal de periódicos paulistas. Allí se hizo notorio por su altivez y por su extremo orgullo. Cierta vez, durante un almuerzo de la prensa extranjera con representantes del Partido Republicano, uno de éstos comentó, al pasar, que los periodistas sudamericanos viajaban y comían siempre a expensas de sus fuentes. Pimenta Neves se levantó en silencio de la mesa y pagó la cuenta completa, que ascendía a setecientos ochenta dólares. Luego regresó y se la arrojó en la cara al que lo había ofendido. En el desplante disipó la mitad de su salario mensual.*

A mediados de los años ochenta fue nombrado consejero principal para asuntos públicos en el Banco Mundial, y en 1995, ya separado de su esposa y con dos hijas mellizas, regresó a San Pablo para dirigir la redacción de Gazeta Mercantil, *el diario económico más prestigioso de Brasil. En octubre de 1997 fue contratado, con ese mismo cargo, por* O Estado de São Paulo.

Su carácter se había agriado entonces. La soledad o el poder —o acaso una combinación de esos sentimientos— lo tornaron despótico y arrogante. Creía que todo era posible, y creía también que nada le debía ser negado.

En algún momento de 1997 se enamoró de Sandra Gomide, editora de la sección Empresas & Negocios en Gazeta Mercantil; *cuando pasó a* O Estado *se la llevó consigo. En pocos meses, Sandra vivió ascensos de vértigo. Su salario de redactora especial, mil dólares, subió casi cinco veces. Era una mujer llamativa y sensual y, al parecer, no menos altanera que Pimenta. Desde la infancia la llamaban Bambi, por sus movimientos cautelosos y elegantes, que recordaban los de un ciervo. Estaba haciendo estudios de posgrado en el Instituto de Investigaciones de San Pablo y sus artículos sobre las fusiones en las empresas brasileñas de aviación fueron citados por toda la prensa del país a comienzos de año.*

Algo debía de andar mal entre ella y su protector porque hace un par de meses, en una reunión de editores de O Estado, *Pimenta se quejó de que Sandra estaba descuidando su trabajo y anunció que le había pedido la renuncia.*

En la redacción del diario vieron al director investigando en el correo privado de la computadora de Sandra para leer los mensajes que ella habría recibido de un empresario ecuatoriano, del cual —creía Pimenta, acaso sin razón— la joven estaba enamorada. Inició entonces una persecución tenaz: llamó a los directores de todos los medios de información, en San Pablo y en Río de Janeiro, y les pidió que rechazaran a Sandra cuando fuera en busca de empleo. La acusó de recibir coimas de una empresa de aviación y de mentir a sus jefes.

La historia no parece diferir de otras que son ya célebres en la ficción, como la historia de Carmen en la novela homónima de Prosper Mérimée y la de Lola Lola o Rosa en El ángel azul *de Heinrich Mann. Los crímenes brasileños son movidos, sin embargo, por pasiones más complejas. A veces los desata el amor propio o la honra herida, pero la causa más frecuente es el afán de posesión.*

Los ejemplos abundan, y algunos siguen aún vivos en la memoria de la gente, como el inolvidable crimen del escritor Euclides da Cunha, autor del clásico Os Sertões, *quien había servido como corresponsal del mismo diario,* O Estado, *para cubrir el levantamiento de Canudos que refiere en su libro.*

En enero de 1906, Da Cunha era miembro de la Academia Brasileña de Letras, superintendente de Obras Públicas y una de las personalidades más notables del país. Al regresar de un viaje de catorce meses por el Amazonas, encontró embarazada a su esposa, Anna, a la que llamaba Saninha. En vez de repudiarla, decidió adoptar al niño. Al cabo de otro año, nació un segundo hijo que no era suyo, y también lo admitió sin reproches. Sólo reaccionó cuando, en agosto de 1909, Saninha se marchó del hogar conyugal y se fue a vivir con un aspirante del ejército, Dilermando Cândido de Assis, de 21 años, quien era tal vez el padre de los dos últimos hijos.

Da Cunha, que había admitido el adulterio, no pudo tolerar el abandono. Se presentó en la casa de su rival, y luego de disparar un revólver al aire, apuntó al corazón de Saninha. Se le adelantó Dilermando, campeón nacional de tiro al blanco, con un balazo certero en el pecho. La muerte de Da Cunha fue una tragedia por la que Brasil guardó tres días de luto público.

Tampoco Pimenta quiso aceptar el abandono de Sandra. Se presentaba en su departamento a cualquier hora del día o de la noche, con pretextos diversos, y en algunas ocasiones la abofeteaba. Sandra lo denunció a la policía por «invasión de domicilio y agresiones», pero nada pasó. Los investigadores imaginaron que se trataba sólo de reyertas triviales entre un hombre de inmenso poder y la mujer que amaba.

El 20 de agosto al amanecer Pimenta llegó al haras Setti, a unos setenta kilómetros al oeste de San Pablo, donde solía descargar sus tensiones cabalgando. Allí también la familia de Sandra guardaba dos caballos. Sabía que en cualquier momento ella aparecería, como todos los domingos. Esperó hasta las dos y media de la tarde. Cuando la vio llegar, desenfundó el revólver Taurus calibre .38 que llevaba consigo y le dijo que iba a matarla y a suicidarse si insistía en abandonarlo. Sandra gritó: «¡No lo hagas, Pimenta! ¡No!». Se oyeron entonces dos balazos: uno acertó a la víctima en un pulmón; el otro, mientras caía, le fue disparado a la cabeza, desde una distancia de cuarenta centímetros, un poco por arriba de la oreja izquierda.

Pimenta guardó el revólver en la guantera de su automóvil y huyó. Durante horas vagó por la zona rural de Ibiúna, en las cercanías del haras, hasta que decidió buscar refugio en casa de un amigo. Según contaría más tarde, más de una vez se llevó el arma a la boca y estuvo a punto de acabar con su vida. No lo hizo porque los lugares donde andaba eran desérticos y pensó que los investigadores iban a tardar varios días en encontrar su cuerpo. Temía que, cuando por fin lo recuperaran, su cara estaría desfigurada y tal vez infundiera horror. No quería que sus hijas vieran esa degradación. Desistió, pero no perdió el ánimo.

El martes por la mañana, desde su escondite, llamó por teléfono al editor ejecutivo de O Estado *y se quejó de que la información sobre el crimen era demasiado favorable a la víctima. «Están tomando partido en contra de mí, y se olvidan de que yo sigo siendo el director de ese diario», dijo. «La cobertura de* Folha *es mucho mejor que la nuestra. A ver si afinan la puntería.» La última frase no tenía un tono sarcástico porque ya toda forma de humor se había desvanecido en él. Aquella misma tarde escribió una carta de despedida a sus hijas mellizas. Les dijo que había perdido interés en vivir y que su defensa en un proceso largo y penoso era imposible. Luego tomó una dosis excesiva de Lexotanil, algo más de ciento veinte miligramos, y se tendió en la cama a morir. Lo encontraron a las dos horas y lo rescataron del coma en que estaba sumido.*

Ahora, Pimenta se ha convertido en acusador de la muerta. Sostiene que ella lo engañaba «personal y profesionalmente», que burló su honra y que le contagió una enfermedad venérea. ¿El crimen fue entonces un acto de pasión ciega, la trama de una venganza o la destrucción del objeto amado por un enfermo que ya no podía poseerlo? Dos de las mujeres más inteligentes de Brasil, la novelista Nélida Piñón y la socióloga Rosiska Darcy de Oliveira, suponen que la violencia sigue siendo el único modo de expresión de todo macho que siente su orgullo herido. «La propia sociedad es cómplice», dijo Rosiska. «El Código Penal no prevé castigos para el hombre que golpea a la mujer. Y de allí al crimen hay sólo un paso.»

Recluido en un hospital de reposo, Pimenta se ha desentendido ahora de todo arrepentimiento y asume, confiado, el papel de víctima. Sabe desde hace tiempo que ha entrado en una telenovela. Lo que no sabe es que los condenados a ese infierno ya jamás pueden salir de él.

Revista dominical de *El Diario de Buenos Aires*, setiembre 3, 2000

Tal vez debiste impedir que se publicara esa historia, fingir que no había sucedido. Pero antes de que lo pensaras ya estaba fuera de tus manos. Todos los otros diarios la difundieron con amplitud al día siguiente de los hechos —el tuyo sólo repitió la escueta información de las agencias—, y el lenguaje que emplearon fue tan desconsiderado, tan irrespetuoso con Pimenta, que tuviste la tentación de escribir un suelto para defenderlo. Hasta los hombres más sensatos pueden sucumbir a una ráfaga de locura, pensaste. Un domingo, el 16 de noviembre de 1980, el filósofo francés Louis Althusser estaba dándole un masaje en el cuello a su esposa Hélène, con la que había convivido más de treinta años, cuando advirtió que la cara de la mujer estaba rígida y la punta de la lengua asomaba, apacible, entre los dientes. Sin darse cuenta, la había estrangulado. No lo culparon por eso. Lo declararon irresponsable de sus actos. También Dilermando de Assis fue absuelto por segunda vez cuando hirió de muerte, en 1916, a un hijo de Euclides da Cunha que trataba de vengar la ya olvidada honra de su padre. Las pasiones son siempre insensatas y se apoderan de los seres humanos del mismo modo fatal e inevitable que las enfermedades.

No se puede culpar a nadie por eso. Sin embargo, cuando un redactor de *O Estado* te llamó para preguntar qué pensabas del crimen, el mismo día en que Pimenta admitió que lo había cometido, dijiste: «Hacer justicia con las propias manos es propio sólo de las sociedades primitivas». Cuanto más lo piensas, más te gusta esa reflexión: insinúas que la acción de tu amigo es justa y, a la vez, señalas que su inteligencia había retrocedido en el momento del crimen a un estado casi animal, prehistórico. ¿Por qué castigar a un ser humano que deja de ser él mismo y permite que, durante un relámpago de tiempo, sus instintos tomen el lugar de sus pensamientos?

Los otros diarios siguieron condenando a Pimenta con saña durante más de una semana. Ya no podías esquivar la curiosidad de tus lectores o simular que el crimen era un accidente sin importancia. Uno de los más grandes periodistas de Brasil, alguien de tu misma estatura intelectual y moral, había asesinado a la mujer que amaba, cegado por el afán de posesión o por los celos. Ordenaste al corresponsal de Río que investigara los hechos y, cuando te envió la crónica, aún tardaste otros cinco días en aprobarla. Nada más difícil de entender que las razones de un criminal, pensaste. Nada más difícil que amar y al mismo tiempo aceptar que no te aman.

Habías hablado por teléfono con Pimenta el viernes antes del crimen. Voy a ir a San Pablo el martes 22, le dijiste. ¿Podríamos cenar ese día o el siguiente?

—No, no creo que pueda —te contestó—. Tengo un problema con una ex jefa de sección en el diario. Me traicionó, vendió información, la eché, pero todavía sigue molestándonos. Si necesitas algo, Camargo, habla con Evoaldo, con Moacyr. Yo estoy desbordado, abrumado. Nada hiere tanto como la deslealtad.

—Entiendo —le dijiste—. Llevamos una vida de mierda.

—Una vida de mierda —repitió él.

El domingo a la noche, Otavio Frias, de *Folha,* te dio la noticia. ¿Dos disparos, Otavio?, preguntaste. ¿No fue un accidente, entonces? Qué inexplicable. Un editor tan íntegro, tan sensato.

Lo que más te desconcertaba era el azar de haber llamado a Pimenta justo antes del crimen, cuando estaba en el tránsito de ser a ser, al borde de esa otra cosa que lo atraía como un abismo imantado. *J'ai décidé d'être ce que le crime a fait de moi,* habrá pensado Pimenta sentado sobre aquel límite, he decidido que voy a ser lo que el crimen haga de mí. No te veías con él a menudo pero siempre los encuentros eran intensos: acaso una vez al año o tres veces cada dos, en el restaurante japonés de Rua Bandeira Paulista o en La Brigada de San Telmo. No hablaban de ustedes mismos ni tampoco, contrariando las costumbres del oficio, comentaban las mudanzas de los diarios que dirigían. Tu amistad con Pimenta se desviaba hacia afluentes que eran sólo de ustedes: las películas que habían visto y los libros que estaban leyendo. A él le impresionaban *Pulp Fiction, L.A. Confidential* y *Underworld,* la última novela caudalosa de Don De Lillo; vos preferías *Los anillos de Saturno* de W. G. Sebald, el duelo póstumo entre los diarios no censurados de Sylvia Plath y las *Cartas de cumpleaños* de su ex marido Ted Hughes, y una sutil película de Michael Polish llamada *Twins Fall, Idaho,* en la que actuaban el director y su propio hermano gemelo con una incesante conciencia de que los dos eran uno. Lo único decepcionante es el final, Pimenta, le dijiste. Tenés que levantarte de la butaca diez minutos antes de que termine.

Tampoco se hablaban con frecuencia por teléfono. Después de muchos meses, el viernes oíste su voz sin el menor presagio, y luego, el lunes, te enteraste de que, mientras la oías, esa voz ya había entrado en la locura.

Cancelaste el viaje a Brasil. Siempre que tropezás con un mal signo preferís mover el orden de tus citas y empezar de nuevo. Además, ahora no tenés ganas de ir a ninguna parte porque el mismo domingo del crimen la mujer de la ventana de enfrente, en la calle Reconquista, ha regresado luego de una semana de ausencia. Sus nuevas rutinas te inquietan. En un rincón del dormitorio, casi fuera del alcance de tu telescopio, hace ejercicios de yoga y toma un vaso de jugo de naranja cuando vuelve por las noches. Después, con sólo un camisón corto sobre el cuerpo desnudo, se sienta ante la computadora y escribe un e-mail tras otro, a veces hasta las dos o tres de la madrugada. Imprime con dedicación tanto las cartas que envía como las que recibe y las guarda en el maletín que lleva siempre consigo. Si las oculta con tanto esmero es porque se trata de algo que debe manejar con sigilo y delicadeza: inversiones de negocios o mensajes de amor. Cuanto más lo piensas, más seguro estás de que viaja para encontrarse con algún amante. No puede ser de otro modo. Sólo un amor recién descubierto puede transmitirle esa felicidad tan escurridiza, tan avergonzada que ahora la envuelve como un halo. Apenas te convencés de que ésa es la razón, querés saberlo con certeza. Has decidido entrar en su departamento cuando ella no esté. Si revisás bien todos los escondrijos posibles —entre las ropas, el doble fondo de los cajones, los libros y los envases sospechosos de la cocina—, vas a encontrar sin dudas las señales que estás buscando: los mensajes desechados al Otro (¿o será Otra?), una foto, una voz en la grabadora del teléfono.

La mujer está por salir nuevamente de viaje, y resolvés entrar un mediodía, después de que se ha marchado la empleada de la limpieza. Aunque no hay el menor peligro de que alguien te sorprenda, apenas franqueás la puerta y dejás atrás el breve pasillo oscuro donde la mujer cuelga sus abrigos, te apresurás a bajar todas las persianas. Sentís que algo de vos mismo puede estar aún observando por el telescopio desde la ventana de enfrente y la idea, aunque es absurda, te incomoda. El dormitorio es mucho más grande de lo que se ve a la distancia, aun con una lente tan poderosa como la tuya. Hay un televisor ante la cama y, a un costado, un vestidor muy amplio con dos filas paralelas de ropa, separadas según las estaciones. Alguna vez podrías ocultarte allí y contemplar a la mujer de cerca mientras duerme, en estado de indefensión. Esa idea entra en vos y ya no te deja, no te deja. Estás atado ahora a la idea como un animal ciego. Vas examinando con detenimiento los cajones y las junturas de las puertas, porque querés saber si la mujer, temiendo que sus secretos sean descubiertos por miradas intrusas, los ha protegido con cintas adhesivas o clips delatores. Luego escarbás entre las ropas, en busca de papeles ocultos, y estudiás uno por uno los documentos y recortes que hay en el escritorio. Contra lo que suponías, no encontrás copias de ningún e-mail, inofensivo o de los otros. Hay sólo notas, tomadas quizá de una enciclopedia, para un ensayo que la mujer parece estar preparando y, debajo, tarjetas postales de los lugares a los que ha viajado en los últimos meses: Quito, Venecia, París, Madrid, Río de Janeiro, México. En el reverso de las postales se leen frases que suenan a fragmentos de algún poema y que están dirigidas a una no-persona, a una figura retórica, tal vez a un alguien que es la mujer misma.

Al otro lado de la imagen de L'Étoile, por ejemplo, ella ha escrito unas pocas líneas enigmáticas encabezadas por el título «Diario de Viaje». Son éstas: «No debí llevarte a parís / esa ciudad era sólo mía / yo en parís soy todo lo que tengo / la próxima vez parís / te llevará a vos. y yo / me quedaré sola aquí / sin mí». Esas reflexiones te parecen superiores a lo que sabés de la mujer y suponés, por lo tanto, que las ha tomado de un libro. Las líneas que aparecen en el reverso de la postal de la Puerta de Alcalá son, en cambio, más propias de su lenguaje corporal descuidado: «En el museo Reina Sofía / delante de un Dalí / abriste una carta de tu hija la enferma / Va a morir, me dijiste. Tengo que regresar / Yo estaba mal también. / Toda la tristeza del mundo / cayó sobre nosotros / y no paró de caer».

De a ratos ascienden hacia el dormitorio los ajetreos de la calle Reconquista. Es la hora en que los empleados de los bancos y de las mesas de dinero se relevan para el almuerzo. En el piso de arriba susurra una manada de fotocopiadoras. A la inversa de los burdeles que William Faulkner definía como el ambiente más adecuado para el trabajo de un artista, aquel lugar es silencioso de noche y agitado durante el día. La mujer no es una artista. Sólo escribe datos estadísticos y postales, colecciona recuerdos. Los apuntes para el ensayo son un buen ejemplo. Aunque tu ojo veloz advierte en ellos algunas incoherencias, el tema parece ser la historia de los pecados capitales. «En los monasterios orientales cundió, cuatro siglos después de la muerte de Cristo, cierto temor a los vicios que podían perturbar la aspiración de los monjes a una vida perfecta. El primero en establecer una lista de vicios fue el anacoreta egipcio Evagrius Ponticus (346-399). Determinó que los esenciales eran ocho, y que de ellos se derivaban todos los demás. Más tarde otro eremita, el rumano Johannes Cassian (360-435), sentenció la prohibición absoluta de los ocho vicios convirtiéndola en regla de hierro de la vida monástica. El papa Gregorio Magno extendió esa prohibición a toda la cristiandad y siguió hablando de ocho pecados viciosos: envidia, ira, gula, lujuria, avaricia, pereza, soberbia y vanagloria. Fue Tomás de Aquino, hacia 1250, el que sintetizó los dos últimos en uno solo. Al simplificar la soberbia, la volvió menos temible e involuntariamente la fomentó. Los actos de arrogancia empezaron a justificarse como inspiraciones de Dios: Meister Eckhart, Guillaume d'Occam, los inquisidores españoles y el papa Alejandro Borgia son frutos del árbol ingenuo que plantó Aquino. Suplicamos a Dios que nos libre de Dios (Eckhart), Todo criminal es un poema que escribe un crimen (Sartre, glosando a Genet), los trabajos de Bouvard y Pécuchet, la escala que soñó Jacob en su ascenso al cielo, la torre de Babel, los mesías, los gemelos, madre de Dios, tus gemelos: la historia es orgullo y más allá no se puede ir porque no hay nada, no hay nada. Resumen: la soberbia es el más prolífico de los pecados capitales, un delta, un desovadero de pecados. En *Subida del monte Carmelo,* san Juan de la Cruz —que escribía en castellano— enumera los siete males que más lastiman el espíritu del hombre. Todos son variantes de la soberbia: vanidad, vanagloria, presunción, jactancia, menosprecio, altanería, fatuidad. Creo que no en todas las lenguas hay tantas formas de decir lo mismo.» Las notas están escritas con tinta verde. La mujer ha anotado a lápiz, al final: «El extremo mayor de la soberbia es creerse hijo de Dios».

Te detenés un momento a oler la ropa interior, que ha sido rociada con alguna esencia suave de limón o lavanda. Acercás la nariz al hueco de sus zapatos. Ella cubre todos tus pensamientos como una nube sin fin. Te sentás en la cama y enseguida te incorporás de un salto porque el suave vaho a café de tu ropa o tu peso de hombre mayor pueden delatar que estuviste ahí. Has pasado ya bastante tiempo a solas con sus objetos. Verificás que todo quede en el mismo orden en que ella lo dejó. Sin saber por qué, sentís, de pronto, que hay algo más por ver. Volvés a los cajones del escritorio. En el segundo, entre los papeles de una resma que, como parecía intacta, pasaste por alto, descubrís un recorte de la revista *Veja* publicada la semana anterior. Son seis páginas. En la primera ves a tu amigo Antonio Pimenta Neves en una foto que repite su gesto más característico: la cabeza ligeramente inclinada, el índice derecho posándose sobre una ceja, los ojos entornados, reflexivos, como los de un reptil enorme y bondadoso. El título es implacable: *Poder de vida y muerte.* Y debajo: *El director de* O Estado de São Paulo *contrata a su enamorada y la promueve. Después, ella lo abandona y él la asesina a tiros.* ¿Por qué está la mujer interesada en esa historia? Te incomoda que se haya tomado el trabajo de buscar la revista en uno de los pocos quioscos de Buenos Aires donde la venden para recortar sólo ese artículo. Porque no hay otro, ya lo has revisado todo. Suspirás, intrigado. Y una vez más te ronda la idea de esconderte en el dormitorio y espiarla mientras duerme. Vas a hacerlo, vas a oír su humedad, a lastimar su pensamiento, a quemar su sombra, a despellejar el aire que respire. Vas a saltar dentro de su sueño y apoderarte de todo lo que encuentres.

Cuatro

Durante más de cincuenta años, Camargo no dejó de pensar ni un solo día en la madre que había perdido. No sabía cómo era ella ni cuál sería ahora su nombre, pero tenía la esperanza de que aún siguiera viva en algún lugar del mundo. Con el tiempo, la imagen de la madre había ido moviéndose de un cuerpo a otro, de una cara a otra, era muchos seres que Camargo no podía fijar en uno solo: aquella errancia de la madre era también la errancia de su ser, las muchas personas que, a pesar suyo, él iba siendo todos los días: una persona nueva casi a cada instante, un extraño con el que le costaba identificarse. Sin embargo, la reconocería apenas la viera porque, aunque no recordaba su cara ni su cuerpo, sabría que era su madre por este o aquel gesto de ella que persistía en él, tal vez la costumbre de llevar un índice a la ceja e inclinar la cabeza hacia la derecha, como si de ese lado le pesaran los pensamientos; o tal vez la reconocería por la involuntaria frialdad de su voz, tomando siempre distancia de los otros, como les sucede a todos los que han sufrido un primer amor rechazado. ¿Nunca me amaste, mamá, nunca me amaste? ¿Nunca querrás abrazarme? Si el padre no hubiera destruido hasta el último recuerdo que había de ella en la casa, quizás ahora podría imaginarla. Era el blanco absoluto de su imaginación lo que más lo desesperaba.

Una víspera de Navidad, cuando Camargo tenía once o diez años y aún vivía en Tucumán, encontró al padre quemando todas las fotos, las ropas y las cartas que la madre había dejado. Desde hacía ya algunos meses, el padre le había prohibido que la nombrara, la dibujara o escribiera composiciones sobre ella en la escuela. Así, la madre se alejaba a toda velocidad de su memoria y era sólo una vaga sombra con la que Camargo hablaba en silencio, sin esperar respuesta. La había visto tan pocas veces que, al entrar en la adolescencia, no podía discernir si el recuerdo que le quedaba era inventado o real. A veces, cuando se miraba en el espejo, se esforzaba por ver, en la imagen que él mismo reflejaba, la cofia de enfermera, el delantal blanco tableado y los guantes de goma que siempre llevaba puestos. Soy mi madre, decía. Sólo cuando te vea voy a saber ser yo.

La madre trabajaba en un hospital de tuberculosos y, como le habían dado el turno de noche, dormía hasta bien avanzada la tarde. Pasaba el resto del día tomando notas en un cuaderno, sin ocuparse de la cocina ni de la limpieza. Tampoco del niño, que era feliz sentándose a su lado y contemplándola. De vez en cuando, ella reparaba en Camargo y le devolvía la mirada. «Mi gato, mi gatito», le decía entonces, meneando la cabeza, con una ternura que él extrañaba todavía. No se acordaba de la voz, pero la ternura perdida era como una pierna o un oído que le hubieran quitado y que lo disminuía ante las demás personas.

Antes de que amaneciera, la madre volvía del hospital y lo primero que hacía era entrar en la pieza de Camargo y acariciarle la cabeza. Más de una vez, él había esperado ese momento durante la noche entera, temiendo que la caricia pasara y él no se diera cuenta. La oía abrir la puerta cancel, atravesar el zaguán y la pequeña sala de la entrada, y acercarse a su cama en puntas de pie. Camargo fingía dormir. Había aprendido a fingir con tanta destreza que sus ojos estaban suspendidos e inmóviles en esa eternidad de la caricia y su respiración adquiría una placidez que jamás alcanzaba en los sueños verdaderos. Se estremecía por dentro al oír los susurros del delantal, cada vez más cerca, y oler el perfume a desinfectante que impregnaba el cuerpo de la madre, aun después de bañarse. Luego se preparaba para la extrema suavidad de su tacto: ella lo rozaba con una piel tan inasible, tan aérea, que parecía sólo un suspiro de los dedos.

Una mañana, vencido por la curiosidad, decidió mirar la sutileza de aquellas manos. Con desolación, con horror, advirtió que ella tenía puestos los guantes del hospital. Y supo que los guantes habían estado siempre allí, interponiéndose entre su cabeza y las manos de la madre. ¿También su placenta le habría servido para separarse de él antes de que naciera? ¿Para diferenciarlo de su cuerpo y no para contenerlo y abrigarlo? Y luego, ¿tendría los guantes puestos cuando acercó por primera vez los pezones a su boca? Aquel día deseó con toda su alma que la madre se muriera, llevándose al otro mundo todas sus no caricias. Pero luego empezó a pensar que el ademán de acariciarlo era lo que valía, y concentró su odio en los guantes. La madre jamás se apartaba de ellos. Antes de dormir, se lavaba las manos con alcohol y dejaba los guantes dentro de una máquina de calor, como la que usaban los viejos peluqueros para esterilizar las tijeras y los peines.

A los pocos días, Camargo peleó con dos compañeros de la escuela y se le abrió una herida en el cuero cabelludo que lo cubrió de sangre. Con la ropa destrozada, llorando a mares, corrió a su casa. La madre estaba sentada en un sillón de la sala, hojeando revistas con las manos enguantadas. «¿Puedo abrazarte, mamá?», le preguntó Camargo. «¿Te puedo dar un beso?» Y se le acercó con los brazos abiertos. La madre lo observó de arriba abajo con una mueca de disgusto y lo apartó con firmeza. «No se te ocurra tocarme, Gatito», le dijo. «¿No sabés que, por mucho que me lave, siempre me queda pegado en el cuerpo el aliento de los enfermos? A mí eso ya no me hace nada, pero los que me tocan se pueden contagiar.»

Camargo empezó a pensar entonces que ella tampoco debía de tocar al padre, aunque ambos compartían el dormitorio y la cama. Cada vez que los había visto dormidos, estaban yaciendo de costado, en extremos opuestos, separados por una colcha enrollada. En aquellos primeros años a Camargo le interesaba poco el padre porque tampoco él pasaba mucho tiempo en la casa. Era técnico de sonidos y tenía un taller en la radio donde fabricaba los efectos especiales que se oían en las novelas. Usaba cocos partidos en dos para imitar el galope de los caballos, y cubiletes llenos de sal gruesa que, al ser agitados, evocaban los pasos de los amantes sobre las hojas secas del otoño. Delante de la madre se pavoneaba diciéndole que ningún sonido era para él imposible de reproducir: el roce de las telas, el suspiro de la brisa entre los árboles, un desfile militar, un partido de tenis.

A veces Camargo creía estar viviendo entre fantasmas. Ya en quinto grado, la casa estaba siempre sola cuando volvía de la escuela y, como no tenía nada que hacer, repasaba las lecciones una y otra vez. Los maestros le escribían notas de felicitación, pero él no tenía a quién mostrárselas. Lo único que comía eran los guisos de lentejas que cocinaba una vecina y que entregaba en viandas de tres cazuelas, con carbones en el hornillo. El niño los dejaba enfriar y se iba sirviendo de a poco, a cualquier hora.

Esa vida de indiferencia cambió para siempre una madrugada de enero. Camargo se había quedado leyendo hasta muy tarde novelas de Julio Verne y aún tenía el sueño enredado entre los náufragos de la isla misteriosa y la cantante resucitada del castillo de los Cárpatos cuando oyó un sollozo en sordina que venía del dormitorio de los padres.

Se levantó descalzo, vestido con el único calzoncillo ya deshilachado que le quedaba, y descubrió al padre sentado en la cama, golpeándose la frente con un pedazo de papel. El cariño que había retenido desde hacía años se le vino encima de pronto como una ola muy alta, y tuvo que hacer un esfuerzo para dejar pasar la ola sin besar ni abrazar al padre, porque éste también creía, como la madre, que los sentimientos son uñas sucias que deben cubrirse con guantes.

—¿Qué se habrá creído tu madre? —le dijo—. Llevo años aguantándole que se acueste con un kinesiólogo del hospital y ahora, no conforme con eso, se ha ido a vivir con él.

—¿Eso quiere decir que no va a volver?

—¿No estás oyendo? Nos ha abandonado.

Por lo que veía en el cine y leía en las novelas, Camargo imaginaba que sólo las mujeres sufrían las infidelidades y crueldades de los maridos hasta que éstos terminaban abandonándolas. No se le había ocurrido que los hechos de la vida pudieran suceder al revés. Tampoco a él le habría importado, como al padre, que la madre anduviera con otros hombres. ¿Pero por qué se había marchado sin él, sin el hijo? ¿Qué le había hecho Camargo? Jamás se quejaba, era obediente y estudioso, se planchaba él mismo la ropa y trataba de que nadie lo viera cuando lloraba. ¿Por qué lo había dejado, entonces? Mierda, las mujeres.

Lo que más sufrimiento le causaba fue que la madre, al irse, había dejado los guantes del hospital dentro de la máquina de calor. Aquellos guantes sin manos le recordaban las caricias que ya nunca más tendría. Y a la vez pensaba que ahora las manos, ya libres de los guantes, podrían acariciar la cabeza de alguien que no era él.

Pocos meses después, mientras releía *Los hijos del capitán Grant* de Julio Verne, encontró en el segundo tomo una carta que la madre le había dejado. Se notaba, por la letra, que estaba muy apurada: «Gatito, no aguanto más en esta casa. Perdoname. Sé que vas a estar bien. Adiós». Estuvo a punto de mostrársela al padre, pero tuvo miedo de que se la quitara. La escondió en una costura del pantalón, pero el día que lavaron toda la ropa en agua caliente, la carta se deshizo.

El único lugar donde la madre podía haberse ocultado era Buenos Aires, porque la ciudad era un espejo interminable donde las vidas se confundían y se repetían. Camargo tenía quince años cuando Radio del Pueblo contrató al padre para que hiciera los efectos sonoros de *El León de Francia,* que copiaba las aventuras del Zorro. Un domingo de invierno, luego de vender los pocos muebles que les quedaban, cruzaron en un tren que se llamaba El Tucumano los desiertos de Santiago del Estero y las salinas de Córdoba, y llegaron a Buenos Aires a medianoche. La radio mandó a la estación de Retiro un coche de plaza con la orden de que los paseara por las calles del centro antes de llevarlos a la pensión. Los edificios estaban iluminados y debajo de la tierra se oía el rugido de los trenes. La gente cruzaba las calles riendo y comiendo porciones de pizza, y algunas avenidas caían en pendiente hacia las oscuridades del río. Era de noche pero la luz fluía de todas las ventanas con tanta intensidad que a Camargo le pareció que el sol saldría en cualquier momento.

La pieza que la radio alquiló para ellos, cerca de Retiro, había sido la enfermería para las apestadas de un viejo burdel. En el mismo espacio de seis metros por ocho se amontonaban una litera de dos pisos, una tina que servía tanto para bañarse como para lavar los platos y un hornillo Primus que despedía un olor infernal a querosén. Abajo vivían unas mujeres que iban y venían todas las tardes por los pasillos con batas transparentes y estelas de perfumes ácidos que atraían a las ratas. Daban fiestas casi a diario, con la música a todo volumen, y la única vez que Camargo se atrevió a protestar las mujeres se le rieron en la cara. Una de ellas golpeó esa noche a su puerta para que le cuidara el hijo, y se lo entregó descalzo y en camisón. Al amanecer siguiente se lo llevó dormido, y regresó por la tarde con la bata desprendida, con la intención de pagarle el servicio, pero a Camargo se le quitaron las ganas apenas vio que tenía unos lunares blancuzcos de sarna en el vello de la entrepierna.

En aquellos años no le importaba otra cosa que crecer y avanzar rápido en la escuela para poder vivir lejos del padre. Estudiaba en las bibliotecas y en las plazas, y así tardó cuatro años en completar los cinco del secundario y otros cuatro en dar los exámenes y escribir la tesis de la licenciatura en Letras.

No se perdía una sola función de los cineclubes y aprendió francés para leer los ensayos arbitrarios de André Bazin en *Cahiers du Cinéma*. En uno de los debates que los socios del club Gente de Cine tenían a medianoche se lució tanto defendiendo el lenguaje austero de *Viaje a Italia*, la película en la que Roberto Rossellini empezó a desenamorarse de Ingrid Bergman, que le permitieron escribir lo que quisiera en la revista mensual de la institución. Publicó un par de ensayos sobre el efecto letal que Estados Unidos había ejercido en la obra de directores como René Clair, Jean Renoir y Fritz Lang. El artículo que le cambió la vida fue un ditirambo sobre *Senso*, de Luchino Visconti. Llamó tanto la atención de un editor de *El Diario* que le ofrecieron un escritorio en la redacción, un seguro de salud y un sueldo de mil seiscientos pesos, casi lo mismo que ganaba el padre en el radioteatro de Nené Cascallar. Ahora parecen inverosímiles esas historias de buena suerte, pero en aquellos tiempos el viejo periodismo había sido pervertido por años de censura y los editores andaban a la caza de jóvenes con talento que oxigenaran la sangre de las redacciones.

Desde que llegó a *El Diario* lo benefició el azar. El crítico de teatro se enfermó de hepatitis y esa misma tarde se murió Sacha Guitry. Como la noticia fue recibida a última hora, cuando la redacción estaba vacía, le preguntaron a Camargo si se animaba a escribir la necrología. Esas oportunidades jamás se daban dos veces. Con tenacidad, con aplicación, pasó una hora en el archivo de datos y salió de allí con una elegía de quinientas palabras que describía a Guitry como un dramaturgo tan pasado de moda que todos lo creían muerto hacía ya mucho tiempo. Camargo insinuaba que, tal vez por eso mismo, el difunto era un sosias o un simulador, y en ese ardid se cifraba el único acto inmortal del Guitry verdadero. El artículo le gustó tanto al director del diario que a la semana siguiente le permitió redactar las críticas de las comedias de Marivaux que el Théâtre National Populaire había llevado a Buenos Aires. Camargo las adornó con observaciones agudas sobre los laberintos de amor que se tejían en la corte de Luis XV y sostuvo que la historia de la Revolución Francesa debería reescribirse a partir de esas comedias.

Jamás un crítico profesional se había ocupado de algo más que del estreno del día, pero a Camargo le sobraban tiempo y energía para otras hazañas. Llevaba la imagen de la madre clavada en la cabeza. La credencial del diario le abría las puertas de hospitales, hospicios y asilos de viejos, y durante semanas los recorrió uno por uno, buscando a una mujer de cincuenta años con delantal tableado y guantes de goma. Más de una vez creyó que la había encontrado. En esos casos, pasaba horas averiguando si habían sido enfermeras en un hospital de tuberculosos o habían tenido un hijo al que llamaban Gatito. Muchas de ellas ya se habían olvidado de todo, hasta de lo que se hacía para recordar. Aun así, Camargo no perdía la esperanza de que una de esas mujeres volviera hacia él la cara azorada, tarde o temprano, y le echara los brazos al cuello preguntándole: «Gatito, ¿por qué no viniste a buscarme antes?».

(G. M. Camargo publicó una serie de cinco reportajes sobre los hospicios de ancianas en El Diario de Buenos Aires. *Salieron entre un lunes y un viernes de octubre y revelaron por primera vez la extrema corrupción de los administradores. La alimentación de las ancianas no llegaba a un promedio diario de ochocientas calorías, dormían en colchones sin sábanas ni frazadas, disponían de un solo baño para poblaciones de sesenta personas, los dispensarios carecían de algodones, vendas, desinfectantes, analgésicos, y si una interna caía enferma, quedaba abandonada en su camastro y debía levantarse para procurar su propia comida. Ni hablar de las defecaciones y orinas regadas por todas partes. El tercero y el quinto de los reportajes aparecieron en la primera página del diario y fueron luego reunidos en un libro,* El abandono, *que se convirtió en un clásico y fue usado en las escuelas de periodismo, junto con* Operación Masacre *y el* Manual de español urgente *de la agencia EFE.)*

Aun después de agotar la búsqueda de indicios en asilos y hospitales, de revisar listas y listas de cadáveres no identificados en la morgue y en los cementerios, y de estudiar los censos de las villas de emergencia y la nómina de ancianas que habían servido en los conventos, Camargo no quiso darse por vencido. Los diarios se armaban todavía en planchas de plomo y faltaban dos décadas para que se difundiera el uso de las computadoras. Había que tener entonces una paciencia de iluminista medieval para adivinar las biografías escondidas detrás de cada nombre y para comparar las fotos de los archivos con los torpes dibujos de la memoria. O inmovilizarse, como Camargo, en la ciénaga de una idea fija. No lo acobardó la infinitud de los desengaños. Llevaba ya una serie larga de fracasos cuando se le dio por imaginar que, después de todo, tal vez la madre se había mantenido fiel a las costumbres burguesas y que debía vivir, casada o viuda, en alguna casa modesta de Palermo. Recorrió todas las calles de una punta a la otra: Gorriti, Guatemala, Fitz Roy, Armenia, Soria. Visitó los mercados de carnes y hortalizas alrededor de un triángulo verde que en esos tiempos se llamaba la esquina de Serrano o de Racedo y que después sería la placita Julio Cortázar, investigó los conventillos de fotógrafos de la calle Gurruchaga y los clubes masones de la calle Uriarte. Pensaba que la vería en cualquier momento tomando el fresco en la vereda y hablando con las vecinas. Más de una vez, cuando la noche se le venía encima, buscaba refugio en un bodegón que se las daba de francés y al que, cuando la hora de la cena languidecía, iban cayendo cantantes de tango a los que se les había marchitado la voz y que entretenían a los clientes rezagados por un guiso de lentejas y un vaso de whisky Criadores. Se sentaba junto a la ventana para ver pasar a la madre. Alguna vez lo alumbraría el relámpago de los guantes y sabría que era ella.

Fue aquel bodegón el primer sitio que se le vino a la cabeza cuando invitó a comer a Reina Remis para seguir discutiendo la necrología de Robert Mitchum. Era un martes y no habría nadie, pero igual ordenó a las secretarias que le reservaran una mesa debajo de la escalera de caracol que estaba en el centro y dieran la dirección a Remis por teléfono.

Sentía una vaga turbación delante de ella, cierto remoto pudor que lo devolvía a la adolescencia, y a la vez, esa noche, una sensación de libertad que le lavaba el alma, tal vez porque Brenda y las mellizas ya se habían despegado de su vida y volaban suspendidas sobre Asunción o los esteros de Mato Grosso, o porque tenía el presentimiento de que la madre estaba cerca, Gatito, ya no estoy tardando tanto. Vaya a saber por qué Reina lo turbaba. Su tipo físico era lo contrario de todo lo que a él le gustaba: ninguna opulencia, la boca estrecha, la barbilla excesiva, los tobillos gruesos y unos pechos que parecían pequeños.

Camargo, que andaba siempre encorvado y con el labio inferior saliente, despectivo, como en los retratos de Dante Alighieri, trató de caminar erguido cuando vio a Reina ya sentada bajo la escalera, con un vestido floreado de polleras anchas que le daba un aire campesino e inofensivo. En la mesa había dos pequeñas velas encendidas. La atmósfera era cálida, silenciosa. Al centro del restaurante se abría un claro que a veces ocupaba un dúo de bandoneón y violín, o alguna imitadora de Edith Piaf. Sin preguntar la opinión de Remis, Camargo ordenó una botella de cabernet.

—Voy a pedir también la sopa de cebollas —le dijo al mozo—. No sé qué quiere la señora.

Ella vaciló, como si no entendiera las sutiles insinuaciones del menú, y al final dijo:

—Lo mismo. Quiero lo mismo.

Remis parecía incómoda y a la vez halagada, y no sabía dónde esconder la incomodidad. Tomó agua a sorbos rápidos, con la insensatez de un pajarito. Las manos eran anchas y los dedos, demasiado cortos. Todo su encanto estaba en la expresión de libertad que, aun atemorizada, seguía teniendo, y en la galaxia de lunares del pecho.

Estaba sobre todo en la fragancia del cuerpo que la acompañaba como una luz o una dulzura invisible. Se levantó y preguntó con timidez dónde estaba el baño. Cuando la vio subir la escalera de caracol, Camargo observó sus piernas y distinguió una mancha pálida sobre los tobillos demasiado gruesos, otro lunar excitante debajo de las medias de seda. Remis no era linda, volvió a decirse, sólo altanera. Sin embargo, irradiaba una sexualidad primitiva, un irresistible olor animal.

—Qué lío había esta noche en Política —dijo ella al volver—. No paraban de llamar por teléfono. Los redactores se levantaban, discutían en los pasillos. Nadie quería decir una palabra. Parecían orgullosos de su secreto.

El tono era cándido y a la vez cauteloso. Una zorra explorando la espesura del bosque.

—Ya no es secreto. Supimos que el hijo del presidente depositó varios millones en un banco de San Pablo. Tiene veintiún años, no trabaja, gasta todo lo que le da el padre en autos de carrera. ¿De dónde creés que salió el dinero?

—¿Del contrabando de armas? —adivinó Reina.

—Es lo que pensamos. Hay pruebas de que el hijo tiene una fortuna en acciones y depósitos, pero todavía no se sabe de dónde la sacó. Cuando lea el título principal de mañana, la gente sumará dos más dos.

—¿Va a publicar todo eso en el diario? Al presidente le va a dar un infarto.

—El presidente ya lo sabe. Se lo advertimos nosotros mismos. Para salir del paso, nos amenazó con un juicio. Le dije que lo haga. Peor para él. Tenemos las pruebas.

—A lo mejor mañana, cuando nos levantemos, ya no hay país. Con esas noticias, nadie va a leer lo que escribí sobre Robert Mitchum.

—Hay lectores para todo, Remis. Ni te imaginás la cantidad de gente que compra el diario sólo por los avisos fúnebres.

—¿Los fúnebres? No, no se me había ocurrido. Pero es lógico. Acá vivimos de pálida en pálida, muriendo porque no muero, como decía santa Teresa.

El mozo iba y venía llenándoles las copas. Había más gente que de costumbre y debían hablar en voz baja. Camargo atacó de frente:

—¿Para qué metiste la historia de los mesías gemelos, Remis? ¿Qué tenían que ver con Robert Mitchum? ¿Sabés que una cagada de ésas te puede costar el puesto?

—Fue un malentendido, ya se lo dije. Ya me arrepentí. Ya le pedí disculpas.

—En el periodismo no puede haber malos entendidos. Sólo hay malas y buenas intenciones. ¿Por qué lo hiciste? Tiene que haber una razón más honda que un descuido.

—No estoy segura. Hace dos años fui a México. Viajé sola, en ómnibus, con una mochila al hombro. Una mañana caí en Tonantzintla, a diez minutos de Puebla. Quería ver la pirámide de Cholula pero el ómnibus se desvió a ese lugar desierto. No había un alma: nada de farmacias ni cafés ni tiendas de artesanía. El páramo. Entré a una iglesia llena de ornamentos, sin un solo milímetro vacío. Todas las vidas que faltaban afuera estaban dentro, en las tallas de los muros. Había retablos, arcángeles como mascarones de proa y vírgenes. Cada una llevaba en brazos no un Niño Jesús sino dos. Algunas tenían cuatro pechos. Al salir, en el atrio, uno de los guías me vendió el evangelio de los valentinianos. Me quedé con ganas de escribir sobre los mesías gemelos. Oí que durante la filmación de *La noche del cazador* uno de los actores estaba leyendo a los valentinianos y creí de buena fe que debía ser Mitchum. No se me ocurrió que podía ser el director. *Wishful thinking.* A veces la historia no es como debió haber sido sino como es.

—A lo mejor tenés razón, pero los diarios se escriben en presente. ¿Eso es todo lo que te pasó?

—Si hay algo más, no lo sé. Quizá pensé que usted iba a leer el artículo y quise llamarle la atención.

El mozo les sirvió la comida y Camargo, en silencio, clavó la mirada en Remis. Debajo de la pesada costra de queso y pan, el caldo hervía.

—Me hiciste perder el tiempo, Remis. Que no haya una segunda vez.

La observó mientras tomaba la cuchara con delicadeza, sin derramar ni una gota de sopa.

—Ya aprendí. No habrá.

—¿Y tus padres? —preguntó Camargo—. ¿Qué hacen tus padres?

—Mi madre lava, cocina, limpia la casa. Es una víctima. Y mi padre, no sé. ¿Qué hace de su vida? Tiene un taller mecánico a veinte kilómetros de acá. Viene poco y nada a Buenos Aires. No le interesa leer, no le interesa el cine, no le intereso yo. Su única pasión son los caballos.

—¿Tiene caballos? Eso es caro.

—No. Tuvo un caballo cuando era chico. Se le rompieron las patas y hubo que pegarle un balazo. Desde entonces, le ha quedado el deseo. Todos los domingos, ahora, va a un haras en Longchamps, donde los caballos son de otro pero él puede montarlos. Se pasa las horas trotando. A veces lo acompaño. Pero no hablamos. Cada vez que hablamos, me peleo.

—No debés ser una hija fácil.

—¿Yo? El que no es fácil es mi viejo. Nada de lo que hago le parece suficiente. Siempre parece estar esperando algo más. Quería que le naciera una rosa y le salí una margarita.

Algunos mozos arrastraron una tarima de madera hacia el centro del restaurante y pusieron allí un par de taburetes altos. Camargo divisó a dos hombres de melena engominada junto al mostrador del bar. Llevaban la cara pálida de talco.

—Ya ves —dijo Camargo—. Hay que irse. Aquello es un dúo de tango: bandoneón y cantor. Ponen cara de culo cuando la gente habla.

La tarima y los taburetes se iluminaron. El del bandoneón blandió su instrumento y ensayó algunos acordes. Era una música melancólica, que no se parecía a nada. Expresaba tan pocas cosas como un mundo no creado, y tal vez para eso estaba allí, para que el cantor llenara ese vacío.

—Todo es tan raro —dijo Reina—. Es como si yo adivinara lo que está por venir.

—¿Acaso algo está por venir?

—Quiero decir la música. La oigo antes de que llegue. No significa nada y sin embargo me da ganas de llorar.

El cantor llevó su taburete hacia la frontera entre la penumbra y el halo de luz y ocultó allí el brazo tieso y los dientes que le faltaban. La redondez de la cabeza dejaba una sombra en la pared. Camargo chasqueó los dedos para que le trajeran la cuenta pero ya era tarde: el del bandoneón despedía un chorro de música. Era una melodía neutra, en sordina, que mezclaba fragmentos de tangos famosos con balidos dodecafónicos.

—Me acuerdo —dijo el cantor—. Me acuerdo de cuando yo era chico y soñaba con países lejanos. Qué lindo.

Camargo se puso de pie.

—Vayámonos, Remis —dijo—. Estos strip-teases sentimentales me dan dolor de cabeza.

Reina también se paró. Estaba hechizada por la luz, por las insensateces del bandoneón, por la energía con que el cantor hablaba de su vida.

—París —decía el cantor—. Apenas yo tocaba esa palabra se me encendía el corazón. Primer mandamiento: no amarás a otra ciudad que París. Segundo mandamiento: no invocarás el nombre de París en vano. Qué lindo. París era para mí los miserables de Victor Hugo, Mimí Pinson, Toulouse-Lautrec, el ajenjo de Paul Verlaine, las cocottes del Moulin Rouge. Yo era chico y ya soñaba con el tango en París.

El bandoneón deslizó la melodía de *Griseta*. La cara de Reina estaba bañada en lágrimas.

—Vayámonos de una vez —dijo Camargo. Avanzó hacia el mostrador del bar, abriéndose paso entre las mesas ahora colmadas.

Al crecer la noche, la calle desierta había crecido también y ahora iban y venían por la penumbra los cuerpos felices de travestis que empezaban su ronda, los viejos que manejaban sus automóviles con la cabeza fuera de la ventana, husmeando el sexo en el aire tibio, arrojando redes de sexo hacia los cardúmenes de la noche, y las parejas desesperadas por hacer el amor ahí mismo, nudos de parejas negándose a despegarse, mientras las locomotoras tardías de los maniseros ofrecían con desesperanza las cenizas que les quedaban, sus luces últimas de almendras y castañas. Era el fin del invierno y parecía ya el verano. Era todavía ayer y parecía pasado mañana. En la frágil noche, todo se rompía. ¿También la madre? Ahora que él tenía sesenta años, ella andaría por los noventa y dos. El pasado se le iba cayendo a pedazos. Sólo el aroma de Reina seguía de pie, incorruptible como el sol.

—¿Vamos a tomar un café? —dijo Camargo—. No tengo sueño. ¿Vos sí?

Iban a cruzar la calle y abrazó a Reina por la cintura. La sintió estremecerse primero y tensarse luego. Era un cuerpo difícil, con mareas que se iban antes de llegar.

—Yo estoy muerta. Si no le importa, voy a volver a casa.

—Te llevo.

—No hace falta. Puedo tomar un taxi. Vivo lejos, en San Telmo.

—Ya sé. Me lo dijiste. Te llevo.

Sobre el automóvil de Camargo se había sentado una pandilla de gatos. Estaban limándose las uñas, sabias en los lenguajes de la piel, voraces, uñitas que ningún trabajo de amor saciaba. Putitas de papá, llamaba Camargo a los gatos cuando las veía arrastrarse por el neón de la noche. Entonces y ahora estaban envueltas en terciopelos y estolas de piel falsa, con las bombachas de nailon satinado sobre el sexo alerta. ¿Una lamidita, una chupadita, un mambo de tres?, ofrecían. Se levantaron del auto con lentitud, tal vez con desdén. Camargo subió los vidrios de las ventanas y apagó las tentaciones. Abejas, mariposas, vivirían pocas noches, se dijo. Ayer será otro día para ellas y el dolor será la única parte sana de sus cuerpos. Apenas cruzara la frontera de los gatos entraría en la noche de la decencia y de las certezas, a la que él pertenecía. Reina también, ¿o no? La vio llorar en silencio.

—¿Te pasa algo? —le preguntó.

—Nada —dijo ella—. Tristeza. Viene y se va.

—Las mujeres están siempre tristes —dijo él—. A veces con razón, a veces no. Los hombres, en cambio, no tenemos nunca tiempo para la tristeza.

—No saben lo que se pierden.

El auto desembocó en la avenida 9 de Julio. La gente salía de los cines, de la ópera, el día parecía acercarse a su principio y no a su fin. Camargo rodeó el obelisco y se detuvo ante la puerta de un McDonald's. La ciudad era allí tan distinta que no pertenecía a ningún tiempo: era como si el tiempo se perdiera a sí mismo, interminablemente. Debajo de las luces de propaganda se abrían espejos enormes que sólo reflejaban su propio vacío. Camargo dio en la rodilla de Reina una palmadita de cazador curtido y dijo:

—Es mejor que te bajés acá, Remis. ¿Ves? Hay taxis por todos lados.

—Sí —dijo ella—. A esta hora hay muchos.

Y eso fue todo. Los tres autos que venían a la zaga tuvieron que frenar y clavaron, frenéticos, las bocinas. Reina bajó sin volver la cabeza. Ni una palabra más, ni una queja. Enseguida se le acercaron los halcones que revoloteaban en la puerta del McDonald's. Ella los esquivó, subió al primer taxi que pasaba y se alejó por Corrientes hacia el este. Camargo la siguió y la siguió hasta que la luz de un semáforo lo contuvo.

«El Presidente tiene visiones místicas» era el título de *El Heraldo* en la edición del día siguiente. Camargo estaba seguro de que el diario rival no publicaría una sola palabra sobre los escandalosos depósitos en el banco de

San Pablo. Aunque lo averiguaran, lo ocultarían. En el último par de años el presidente los había colmado de favores, concesiones de ondas radiales y cotos de caza y pesca para turistas de lujo en la Patagonia. Calculó ese silencio, pero no el efecto teatral de un título más llamativo. Visiones místicas. En un país que había sido gobernado por magos y adivinos, esa frase era un imán. Debía haber ordenado a los cronistas de Olivos que estuvieran más atentos a la intimidad del presidente. Nadie prestaría atención ahora a los siete millones de dólares que un muchacho tonto de veintiún años había metido en una cuenta fantasma. Dirían que era un error, o que la plata era de otro. Las visiones místicas ocuparían el horizonte.

Según *El Heraldo,* el presidente había cancelado una cena con empresarios alemanes y, a las diez de la noche, se había retirado a su dormitorio a ver televisión. Puso un documental sobre Carlos Salinas de Gortari grabado en marzo de 1995 y se deprimió. «Dese cuenta de lo que pudieron hacer la inquina y la envidia con un gran hombre», le dijo al mayordomo que le llevó la cena. Se veía a Salinas barbudo y ojeroso tendido sobre una humilde cama de Monterrey, con una bandera mexicana al fondo. A los pocos meses de abandonar el gobierno, su hermano había sido acusado de crímenes y desfalcos sin nombre. Para restaurar el honor de la familia y de su propia presidencia, a Salinas de Gortari no le quedaba otro recurso que la huelga de hambre. Había llamado a la puerta de una mujer leal, Rosa Coronado, y le había pedido asilo. Al rato, el sitio estaba lleno de periodistas. «Voy a matarme de hambre», les dijo a los enviados de Televisa. «Lo que se ha hecho conmigo es una indignidad. Voy a suicidarme.» La huelga de hambre duró menos de veinticuatro horas porque enseguida llegaron a

Monterrey emisarios del presidente sucesor para eximir a Salinas de toda culpa en los males que México había padecido bajo su mandato. Al verlo marcharse de Monterrey cabizbajo, aún más ínfimo e íngrimo que de costumbre, con la misma campera de cuero negro que vestía al llegar, el presidente argentino lloró en Olivos. «Sintió que a todos los hombres de bien les cae tarde o temprano sobre los hombros la cruz de la injusticia», decía el ripioso cronista de *El Heraldo.* «Sintió que en este mundo de desgracias hay siempre un alma gemela. Se asomó al balcón y creyó distinguir una luz blanca, entre los árboles del parque. Serían las once de la noche. Vio flotar entre las ramas de un limonero la imagen cegadora de Jesucristo. Ah, Dios mío, Dios mío, atinó a decir el presidente. Nuestro Señor levitaba cubierto sólo por un taparrabos, como en las pinturas de la crucifixión, e inclinaba la cabeza en señal de sufrimiento. Cuando, de pronto, abrió los brazos y se elevó en el aire transparente de la medianoche, el presidente reconoció, con toda claridad, los estigmas del calvario: la herida de la lanza en el costado, las desgarraduras sangrantes de la corona de espinas, las manos y los pies atravesados por clavos. Una fuerza celestial lo hizo caer de rodillas mientras la luz se perdía entre las nubes. Rezó un padrenuestro y un avemaría. Luego, aún estremecido por la visión, llamó al capellán de Olivos y le pidió que lo acompañara al árbol del milagro. Allí encontraron, al pie del limonero, un crucifijo de oro manchado con un finísimo hilo de sangre. Aunque es julio, el árbol estaba lleno de azahares que fueron evaporándose como luciérnagas.»

Esto no puede ser sino hechura de Enzo Maestro, pensó Camargo. Era el mismo lenguaje santurrón de las crónicas que escribía para *El Diario.* En vez de replicar a la denuncia sobre el depósito bancario en San Pablo, prefería atacar por la retaguardia. ¿Quién iba a poner ahora en ridículo una visión celestial avalada por el capellán de Olivos? Si Cristo en persona se le había aparecido al presidente era porque se aproximaba el fin del mundo o porque reconocía su inocencia. La estrategia de Maestro inmovilizó a Camargo.

A eso de las ocho de la mañana, las radios anunciaron que el presidente se retiraba a meditar a un convento en medio de la pampa. Llevaba consigo el crucifijo milagroso y dejaba las terrenales contrariedades del gobierno en manos de su hermano menor, que era el mandamás del Senado. Los noticieros de televisión querían transmitir imágenes del limonero sagrado, pero la custodia de Olivos no permitió entrar a nadie. Hasta los periodistas más recelosos decían que, después de una experiencia sobrenatural, lo único sensato era lo que el presidente estaba haciendo: rezar y retirarse en soledad.

A eso de las nueve de la mañana, la noticia ya había sido repetida tantas veces que todas las otras luces de la realidad se fueron apagando. Cayeron en el olvido los altares donde se lloraba a Lady Di y a la Madre Teresa de Calcuta, las cartas del Unabomber contra la sociedad de consumo, el juicio de los khmer rojos al agonizante Pol Pot, la caldera racial de Kosovo, y también el depósito de Juan Manuel Facundo en el banco de Singapur. El presidente penitente ocupó las pantallas. La televisión lo siguió hasta la entrada de la capilla benedictina donde el abad y diez monjes estaban aguardándolo. Las imágenes de la llanura aparecían teñidas por una luz pálida, tenue, anterior a todas las luces del mundo. El abad se adelantó a recibirlo con los brazos abiertos, pero el presidente esquivó el saludo fraternal y cayó de rodillas, besándole las manos. Luego, las puertas de la capilla se cerraron, y las cámaras se alzaron hacia la cruz del campanario y hacia el cielo sin nubes. La escena era repetida una y otra vez por los canales adictos al gobierno.

Antes de las diez de la mañana, Camargo ya había diseñado un plan de contraataque en el que reconocía con inquietud un sinfín de eslabones débiles. Sabía lo que no debía hacer pero no lograba ver claro lo que sí debía hacer. Era inoportuno ahora, por ejemplo, publicar las fotos de la bacanal de Juan Manuel Facundo en San Pablo porque dejarían una impresión de frívola venganza en el ánimo de los lectores, contagiado por la fiebre mística. Y aunque *El Diario* había localizado a tres obispos que desconfiaban de la aparición de Cristo y amonestaban al capellán de Olivos por su apresuramiento en admitir un milagro, no podía dar importancia a esa noticia: la gente estaba ahora inflamada de certezas sobrenaturales y no de dudas. Insistir con el depósito de los siete millones en el banco de Singapur era también inútil: antes de comenzar, el escándalo se había convertido en humo.

Apenas llegó al diario convocó a los editores a un conciliábulo de emergencia. El de Política había ordenado ya los desplazamientos de rutina, enviando un fotógrafo y dos redactores al monasterio benedictino, que se llamaba Santa María de Los Toldos. A los religiosos no se les podría sacar una palabra, porque a los votos de castidad, pobreza y obediencia habían sumado el de silencio. Sólo quedaba acechar la visita de algún amigo del presidente. El editor de Información General había investigado ya la historia del convento y las rutinas de los monjes. Exhibió fotos del refectorio, del patio interior, de las celdas y de una virgen negra coronada, que era el objeto central de veneración. Si damos a conocer todo eso le estamos haciendo el juego a la farsa del presidente, dijo Camargo. Lo adornamos con todas las cualidades que no tiene: devoto, asceta, humilde, inocente. Pero tampoco se puede escamotear la información. Ayer llevábamos la iniciativa y ahora estamos tratando de defendernos.

Echó la silla hacia atrás y puso los pies en el escritorio. La voz se le volvió más pausada. En los momentos de meditación se le aflojaba la mandíbula y se demoraba en cada palabra. Quiero una cabeza fresca, dijo, alentado por un inesperado pálpito. Llamen a Reina Remis. Esa chica escribe derecho toda la teología que está torcida.

El aspecto matinal de Reina era tan insignificante que daba pena. Llevaba unas gafas redondas enmarcadas en negro que acentuaban la pequeñez de su boca, un pantalón flojo, de pana, y una blusa comprada en alguna mesa de saldos. A veces era seductora y otras veces tendía a desaparecer, a pasar sobre su cuerpo una goma de borrar. Era preciso fijar la vista para saber que estaba allí. Tomó asiento a un costado del escritorio de Camargo, con la cabeza baja y las manos en las rodillas. La sensación de eclipse se esfumó, sin embargo, apenas empezó a hablar.

—¿Qué te ha parecido la visión mística? —dijo Camargo—. Estamos discutiendo qué vueltas darle al tema.

—No pudo haber tal visión —contestó ella con soltura—. Se cae de maduro. Si el presidente hubiera dicho que vio a la Virgen María o a cualquier santo o a un arcángel, la aparición sería dudosa pero verosímil. Con Jesucristo se pasó de ambicioso, o de ignorante. Cristo sólo puede reaparecer en estado de gloria, y eso si se avecina el fin del mundo. Si no es así, se trata de un impostor, del demonio, o del hermano gemelo del mesías. ¿Alguien tiene una Biblia por acá, un Nuevo Testamento?

Escéptico, Camargo bajó los pies del escritorio y tomó de la biblioteca, a sus espaldas, un ejemplar de la

Biblia de Jerusalén. Reina levantó la cabeza y el tiempo dejó de moverse. Mojó con la punta de la lengua el carbón de un lápiz y marcó tres versículos de la Epístola a los Tesalonicenses más un capítulo entero del Evangelio de Mateo.

—Fíjense en Mateo —dijo—. La segunda venida de Cristo, que en griego se llama Parusía, debe estar precedida por guerras, hambres y terremotos. Hasta ahí el vidente podría tener razón, porque nos ha caído poco o mucho de todo eso. Pero también Mateo advierte, citando a Jesús, que habrá falsos profetas y falsos cristos creando la ilusión de la segunda venida. Sobre ese punto Mateo es muy escrupuloso. Lean con atención el capítulo 24. No hay que creer, dice, a los que anuncian que Cristo ha vuelto a predicar en los desiertos o está yendo y viniendo por las casas. Porque cuando de veras llegue, se abrirá el cielo, se llenará de luz y lo veremos todos. La epístola de san Pablo es todavía más elocuente. Sabremos que Cristo ha vuelto, dice, porque un arcángel hará sonar la trompeta de Dios, y el Señor descenderá en compañía de todos los justos resucitados. No es eso lo que ha pasado en Olivos, ¿no? Lo que el presidente vio en el limonero, si es que vio algo, fue un espejismo. O está mintiendo. O se le apareció el demonio. Cualquier aprendiz de teología puede explicar eso mejor que yo. Me extraña que no hayan protestado más obispos. O que Juan Pablo II no se haya quejado desde Roma.

—No creo que lo hagan hoy ni mañana —dijo el editor de Internacionales—. Es el jefe de un Estado católico el que se ha metido en este baile. No es joda. Van a tratarlo como una cuestión diplomática. Querrán entender primero por qué está pasando lo que pasa.

—No tenemos tanto tiempo —dijo Camargo—. Cuando el Papa hable, si habla, ya el presidente se habrá embolsado dos o tres millones de votos candorosos. Va a ganar la elección que viene. Vamos a seguir nadando en la corrupción.

—Puedo ir yo y forzar un diálogo con el abad de Los Toldos, si les parece —propuso Reina—. Como soy mujer, va a contestar a mis preguntas sin pensar en lo que dice.

—El abad no recibe a nadie —intervino el editor de Política—. Tiene ya setenta pedidos de entrevistas.

—Lo puedo sorprender mañana en la misa del amanecer —dijo Reina.

—Aunque te atienda, será demasiado tarde —porfió Camargo—. Necesito algo para hoy.

—La única oportunidad entonces son los rezos de Vísperas: los salmos, la lectura de una epístola, el canto del Magnificat y del Salve Regina. ¿A qué hora es eso, según el horario?

—Siete de la tarde —informó el editor de Política.

—Tiempo de sobra —dijo Reina—. Si salgo en una hora, puedo estar ahí a las cuatro.

—Primero tenés que convencerme de que nadie es mejor que vos para la misión —dijo Camargo—. Después, habría que ver cómo hacés para entrar. Han cerrado los accesos con tropas del ejército.

—¿Hay algún plano del monasterio, una foto ampliada de la capilla? —preguntó Reina.

—Un plano —dijo el editor de Política. Lo extendió sobre el escritorio. A los dos lados del altar mayor se alzaban los escaños de los monjes. Enfrente se desplegaban cuatro reclinatorios y, detrás, los bancos de los feligreses. Había otros tres altares menores o camarines cerca del atrio, todos identificados con un número.

—¿Hay alguna referencia sobre los reclinatorios? —dijo Reina.

—«Reservados para la dama protectora y sus familiares»: es todo lo que explica.

—¿Ven? —siguió Reina—. Hay que averiguar quién es la dama protectora y entrar con ella al oficio de Vísperas. Por mucha custodia que haya, el abad no le va a cerrar la puerta.

—No parece mala idea, si acaso la dama protectora está viva y cerca del convento —dijo Camargo—. Te vamos a facilitar la logística. Lo demás queda librado a tu imaginación.

—A la improvisación, más bien. Soy ordenada. Torpe para improvisar.

Camargo encendió los televisores y ordenó a los editores que se fueran.

—Vos quedate —le dijo a Reina—. A improvisar se aprende. Te voy a dar lecciones. Vamos a entrar juntos en esta historia.

Ordenó a los redactores de la mesa de noticias que identificaran a la dama protectora y consiguieran su número de teléfono. Era improbable que siguiera viva. Las tierras del convento habían sido donadas a la Orden de San Benito en 1948, casi medio siglo atrás. Reina se puso de espaldas, concentrada en las pantallas. Tenía un cuello largo y elegante, el pelo oscuro y recién lavado le caía sobre uno de los hombros y la suave línea de vello que le quedaba al descubierto parecía la sombra de otras mujeres que hubieran sido ella en el pasado.

Las cámaras del canal oficial observaban desde un helicóptero el desierto de Los Toldos, los caseríos de los indígenas y, a veces, las idas y vueltas de los fotógrafos bajo el sol despiadado. El locutor hablaba en voz baja y el tenue fondo musical era la suite número 3 de Bach. «El presidente se ha recluido en el pueblo más simbólico de la pampa argentina», decía el locutor. «En la celda que le han asignado hay sólo un catre austero, una mesa de noche, un crucifijo y una jofaina para lavarse. A las diez de la mañana, después de rezar el rosario, le suplicó al abad que le permitiera amasar el pan junto con los monjes. Se admitió a unos pocos fotógrafos para que registraran la escena. Vean ustedes el documento que ya es histórico. El jefe del Estado argentino, con la camisa arremangada, hunde sus manos en la humilde parva de harina y agua salada. Luego ayudará a cocinar las hogazas y a repartirlas entre los habitantes más pobres de esta dulce tierra.»

—Tenían ya todo preparado —dijo Reina, sin volverse , hasta el libreto meloso que está leyendo el locutor.

—Qué te parece: somos un país moribundo y ahora estamos perdiendo el tiempo con esta comedia.

El helicóptero se desplazó entre campos de alfalfa y remolinos de polvo, sobrevoló una costra de casas chatas y desoladas, y se detuvo primero en la estación de ferrocarril vacía, luego en una plaza cuadrada e insulsa, a cuyos costados pasaban viejas carretas y automóviles desvencijados. «Ésta es una tierra sagrada», dijo el locutor. «Una tierra predestinada a la gloria. Hay más de tres mil indios pampas afincados en las chacras feraces que el general Bartolomé Mitre donó hace ciento cuarenta años. A tres kilómetros de la plaza que estamos viendo ahora, en una estancia llamada La Unión, nació en 1919 una de las figuras cumbres del pasado argentino: Eva Perón, Evita, la abanderada de los humildes. Acá Evita aprendió a caminar, a leer y escribir, acá conoció las injusticias del mundo. En la escuela de tres aulas que ven ustedes a la derecha, Evita cursó los dos primeros grados, antes de que la familia se mudara a

Junín. Toda esta historia es simbólica, ¿verdad? Nuestro presidente, iluminado por la visión sobrenatural de Jesucristo, ha venido a rezar por el bienestar del pueblo argentino en el mismo lugar donde Evita Perón inició su vida de gloria y de martirio...»

—Quítele ya el sonido, doctor Camargo —dijo Reina—. Revuelve el estómago. ¿Oyó cuando hablaban de chacras feraces? ¿Usted fue allí alguna vez? ¿Vio lo que es eso? Seis leguas cuadradas de tierra arenosa, cortada por pantanos. Casi no hay ganado. A los treinta años, los indios parecen de setenta.

El helicóptero siguió su marcha hacia el monasterio, que dibujaba un cuadrado perfecto alrededor de un espacio sembrado de flores. El ala superior, donde se alzaba la iglesia, extendía su línea unos veinte metros hacia la izquierda, en una construcción de ventanas altas donde tal vez estaba el refectorio. El ala derecha se prolongaba hacia abajo otros veinte metros, para dar cabida a las celdas de los monjes más nuevos. Reina estudió el conjunto con cuidado. Suponía que, después de los rezos de Vísperas, habría una procesión y que la figurilla de la virgen negra desfilaría bajo palio.

Camargo estudió con optimismo la información que le llevaron del archivo. Sí, algo se podría hacer. La dama protectora había muerto, era verdad, pero una de las hijas retenía aún sus privilegios originales y todos los años entregaba a los monjes donaciones generosas. Camargo no tenía idea de la clase de ayuda que iba a pedirle cuando la llamó por teléfono. Ahora vamos a empezar nuestras lecciones de improvisar, le dijo a Reina con una voz lenta y dubitativa que desentonaba con su cara entusiasta.

Tuvo la suerte de que la dama estuviera en Buenos Aires y de que también a ella le pareciera escandaloso el manoseo político de Jesucristo. Conozco al abad, dijo. Es un hombre santo y, por eso mismo, es un inocente. No entiendo cómo pudo haber caído en semejante trampa. Sí, claro, voy a dar toda la ayuda que esté en mis manos, pero de ningún modo puedo trasladarme a Los Toldos. Imagínese, doctor Camargo. Son cinco horas de viaje en medio de esta sequía. No sé si usted conoce el casco de mi estancia en la Azotea de Carranza, a seis kilómetros del convento. Ahora tengo sólo dos sirvientes en esa casa y nunca se abren las ventanas de los cuartos hasta mediados de noviembre. Si a sus enviados no les importan las incomodidades pueden hospedarse ahí, no tengo el menor problema. Tal vez ni siquiera haya agua caliente para bañarse. Ah, pero si es una mujer la que viaja me facilita las cosas. Puedo llamar al abad por teléfono y decirle que se trata de una prima devota de la virgen negra que acaba de llegar de Europa. Y que la ubique en los reclinatorios de la familia, por supuesto. Para que estemos más seguros, voy a escribir una carta, ¿le parece? En una hora, sí, todo va a estar arreglado en menos de una hora.

—Así son las cosas, Reina —dijo Camargo—. A veces los sacrificios de la inteligencia valen menos que un golpe de suerte.

—Voy a vestirme para la ocasión, entonces.

—Vestido negro, faldas debajo de la rodilla, mantilla negra. Tenés la ventaja de que el presidente no te conoce. Tampoco te va a quitar el ojo de encima. Se debe estar aburriendo y vas a ser la única mujer que ve en dos días. Es un tipo voraz, como sabés.

—Si se pone baboso, no lo voy a desalentar. Ojalá suelte la lengua.

Las pantallas mostraron una doble fila de peregrinos que daba vueltas por la gran plaza frente a la basílica de Luján con velas encendidas. En un extremo, junto a los ómnibus de turismo, Camargo reconoció el camión de la obra social que los había llevado. A cada instante el gobierno añadía una nueva pista a su circo místico, una acrobacia inesperada. Algunos de los peregrinos avanzaban de rodillas, otros inclinaban las velas para que el sebo ardiente les quemara las manos. La plaza se había llenado de vendedores ambulantes que ofrecían ramitas falsas del limonero de Olivos mojadas en agua bendita.

—Reina —dijo Camargo, con una dulzura que le pareció ajena—. Tenés que salir ya. Si hay el menor inconveniente, llamá a mi celular. Llamá de todas maneras.

Anotó el número en un papel amarillo. Ella se levantó y los bordes suaves de su cuerpo quedaron subrayados por la luz de las pantallas. Vaya a saber qué hay debajo de esa ropa barata, se dijo Camargo. Vaya a saber qué hay dentro de esa mujer.

Cinco

Tanto tiempo ha estado contemplando el cuerpo desnudo de la mujer que la luz ya se ha movido de lugar y la miel transparente de la tarde se ha convertido en oscuridad cerrada. Todos los sonidos se han retirado y sólo queda el vaivén de sus entrañas, el temblor eléctrico de su respiración. A veces, cuando ella se pone de costado, su garganta deja escapar un ronquido animal que desafina con la nobleza de su expresión: tal vez una de esas quejas atávicas que las mujeres pierden en el pasado y que regresan cuando menos se las espera. Ahora que contempla el cuerpo a su gusto, que ella está desnuda y a la intemperie de su mirada, puede examinar sin apuro los huesos de la pelvis y de las costillas, las tibiezas cóncavas que se abren al pie de esos arrecifes, y descender hacia el abdomen resistente, trabajado en los gimnasios, hasta alcanzar los muslos, más delgados de lo que se supondría cuando ella se sienta, y en los que hay senderos húmedos, sumisos al tacto.

La mujer duerme con la boca abierta y, si él le acerca una lámpara, puede admirar su lengua rosada. Le es imposible resistir entonces la tentación de llevar las manos a la otra lengua, la minúscula y tierna lengua o campana que reposa entre los otros labios, se ve a sí mismo tanteando las honduras de la medusa, apartando las matas húmedas, moviéndose a ciegas por ese campo en el que quisiera sembrar su escritura, su sed de tantos días. Le aparta las piernas sin destreza, eso se ve en la imagen, y la acaricia, hunde la nariz y la lengua en aquel cuenco ardiente del que jamás se sacia, acaricia los pezones erectos y desconcertados en los que se dibujan papilas, mínimos cráteres, lunares recién creados por su tacto, y aunque la pantalla delata las desarmonías de su propio cuerpo flácido, no puede contener un suspiro de triunfo. Por fin ahora la mujer le pertenece por completo, la docilidad del cuerpo dormido es otra señal de su poder, podría hacer lo que quisiera con ella, y más de una vez ha sentido la tentación de tatuarla, de herirla, de inscribir en su carne alguna marca indeleble que indique cuántas veces él ha pasado por allí, cuántas veces podría volver si se le diera la gana para contemplarla como lo que es, un objeto.

Hay tanto peso de realidad en la imagen que sus sentidos parecen haberse desplazado otra vez al cuarto de la calle Reconquista en vez de quedarse con él en la sala de videos de la casa de San Isidro, junto a la galería de geranios. Cada vez tiene menos deseos de volver a este lugar. Los salones se suceden interminables, la soledad funeraria del dormitorio le quita el sueño, y si no fuera porque tiene a la mujer atrapada en su cámara, si no pudiera reproducirla cada vez que se le da la gana en el televisor de cuarenta y dos pulgadas, traerla hacia sí o acercarse a los pliegues de ese cuerpo que le pertenece cada vez más, a las axilas, a las suaves lomas y hondonadas de la entrepierna, mientras la oye respirar infinitamente, infinitamente, porque ha logrado que los seis canales de audio sigan emitiendo la respiración de la mujer cuando él congela la imagen o la agranda, si no pudiera internarse en los laberintos del pelo como un guardabosque sin brújula, si su imagen mil veces multiplicada no estuviera siempre a su alcance, entonces se habría marchado ya de la casa.

Ha volado un par de veces a Chicago y a Traverse City para ver a Ángela, que languidece en un altar de transfusiones; a su lado se alzan, como velas de ofrenda, los frascos de medicamentos y las ampollas inyectables de nombres injuriosos que no quisiera recordar y sin embargo recuerda a cada instante: citarabina, vincristina, ciclosfamida, prednisona, mercaptopurina. Se ha quedado sólo unas horas a la cabecera de la cama sintiendo que, cuando él está lejos, la mujer se le escabulle: necesitaría saber ya mismo en qué trajines anda o sentarse ante un televisor y, por lo menos, poseer su imagen. Pero en Chicago y Traverse City no tiene un solo minuto de soledad. Los editores del diario lo llaman diez o doce veces por día, y Brenda, la ex esposa, lo acecha con su mirada de cordero fingiendo que nada ve, nada le importa. «Me duelen los huesos, papá», le dice Ángela, y también sus huesos le duelen y se estremecen por la avidez con que quisiera abrazar a la mujer dormida, infundirle su ciego deseo, oler los vapores sutiles que están huyendo de las grietas de su cuerpo, ah, suspira la mujer, ah, se encorva al menor desliz de su tacto, y él recoge con la lengua sedienta el balbuceo con que ella está llamándolo, nueve mil kilómetros al sur de este lago donde la noche cae y su hija se muere.

Ahora la ha puesto de espaldas. Avanza las imágenes a voluntad, despacio, una por una, tratando de adivinar qué hay más allá del cuerpo, qué espacios del alma se abren al otro lado de estos bordes físicos que no puede traspasar, cuáles de sus recuerdos, aflicciones y felicidades se ocultan al escrutinio de la cámara. Se detiene en este lunar de la pierna y en la casi invisible mancha rosada que se extiende al centro de la espalda, junto a la espina dorsal, y luego va más rápido, se abre paso hacia las nalgas, se mueve con tanta ansiedad que los muslos de la mujer, cuando ella se despereza, parece que estuvieran temblando. El efecto de aceleración de la imagen es sin embargo imperfecto, la irrealidad se despierta en él como el aleteo de un pájaro inoportuno y, aunque extiende las manos para tocar a la mujer, sabe que ella no está ahí, que su cuerpo es sólo un dibujo de la luz sin olor ni sabor, y que alguna vez tendrá que contarle todo lo que ha hecho con esas imágenes y todo lo que esas imágenes le han hecho.

Durante más de una semana le ha dado vueltas a la idea de filmarla mientras ella duerme, y luego proyectar los videos a tamaño natural en la pantalla del televisor que hay en su casa. La cámara que va a usar es apenas mayor que un puño y casi no hace ruido, pero él quiere que la operación dure horas, tantas como en *Sleep* de Andy Warhol, la travesía completa de una noche de sueño pero, a diferencia de Warhol, no debe ser una cámara pasiva sino una fuerza de la naturaleza que atrape cada desplazamiento de la respiración, cada mudanza de los poros, una cámara ávida que absorba y devore lentamente a la mujer. Necesita, para eso, que ella no se despierte. Entrar en su departamento no es ya un problema: tiene copias de las llaves. Lo que quisiera es infundirle un sueño profundo, para que ella ni siquiera se dé cuenta de lo que está sucediéndole.

Le ha dicho a uno de sus médicos que tiene problemas de insomnio y que, para reponerse, desearía dormir un día entero, desde la medianoche de un sábado hasta las cuatro de la tarde del domingo, por ejemplo. El médico le ha recomendado primero un ansiolítico, una droga que le relaje los músculos y ahuyente las tensiones, pero él lo rechaza. Ya otras veces ha hecho el intento, le dice, y ha sido peor: en vez de decrecer, la ansiedad lo ha vuelto loco. Un hipnótico, eso es lo que le hace falta. Fenobarbital entonces, responde el médico, después de dudar un rato. Si no damos con la dosis que te conviene, podrías despertarte con dolores de cabeza y mareos. No quisiera que luego me lo reclames. Un hipnótico, insiste él. Al fin de cuentas, es sólo para una vez. No tengo miedo a una reacción desfavorable de tu hígado y tus riñones, le dice el médico. Me preocupa que pueda afectarte el miocardio. En todo caso, no te excedas de dos comprimidos antes de dormir, doscientos miligramos. Tampoco se te ocurra beber alcohol: ni una gota. El efecto va a ser más firme con el organismo limpio. ¿Y si tomara tres veces eso?, pregunta él. Si quisiera caer desmayado y olvidar todo y echarme al cuerpo seiscientos miligramos, por ejemplo, ¿qué me podría pasar? No te morirías, dice el médico, pero te costaría levantarte. Sufrirías de vértigo, tu sueño se parecería al de las anestesias, seguramente vomitarías. El efecto no sería muy diferente, pero las consecuencias, inútilmente, te harían sufrir. No se te ocurrirá probar eso, ¿no? Para qué, responde él.

Sabe que la mujer nunca sale de su trabajo antes de las once y, si vuelve a la casa porque necesita arreglarse para alguna cena, lo hace entre las ocho y las nueve. Va a tener, entonces, tiempo suficiente para entrar en el departamento y preparar la filmación. Una pareja sin techo duerme desde hace meses a la entrada del edificio contiguo al de la mujer, debajo de un balcón curvo, donde funciona una tintorería que cierra temprano. La pareja tiende con tanto desparpajo sus cartones y frazadas ruinosas, marca su espacio con un instinto de propiedad tan férreo, que para llegar a la puerta del departamento hay que saltar sobre ellos. Cuando es invierno, pasa un camión municipal y los lleva a los refugios, pero los sin techo siempre regresan. Quizás ese nicho de la ciudad oscuro y sucio donde duermen es el único que les permite ser ellos mismos, sentir que están vivos.

La noche que él ha elegido para la filmación también está la pareja estorbándole el paso. El hombre tiene menos de cuarenta años y desentona con el desamparo en que vive. Sus brazos son fuertes, la mirada es rebelde y sobradora, y los ojos, siempre hinchados, observan el mundo con un desencanto tan hondo que tal vez sea anterior al mundo. Tanto a él como a su compañera se les han caído los dientes. A ella sólo le quedan tres incisivos de abajo; a él, un canino absurdo, que le desfigura los labios. La vagabunda lleva ya semanas enferma y el hombre pasa despierto la mayor parte de la noche, cuidándola y acariciándola. Ella es mucho mayor que él pero no tanto como para ser su madre. Tampoco se le parece en nada. Su cuerpo está cubierto de escaras: hay una sobre el omóplato, en especial, que se le abre como una segunda boca. Una noche, el sin techo ha salido corriendo en busca de una ambulancia y, como no le han permitido ir con la mujer al hospital, se queda esperando el amanecer de pie, como si al amanecer los hechos pudieran rehacer la realidad tal como era un día antes. Quién sabe dónde esos dos pobres seres han encontrado fuerzas para volver semanas más tarde y yacer otra vez en su cama de ruinas, la noche en que él lleva un gramo de fenobarbital dividido en cuatro sobrecitos y entra en el departamento de la mujer sin que nadie lo vea, como siempre.

De acuerdo con sus cálculos, para infundir un sueño profundo, de anestesia —como ha dicho el médico—, debe disolver seiscientos miligramos de la droga por cada vaso. Aunque ella beba sólo un sorbo, la dosis no debe bajar de seiscientos miligramos. Ya sabe cuál va a ser el líquido: el jugo de naranja que toma antes de acostarse. Ha estudiado con esmero esa rutina. La mujer tiene un cartón de jugo de tres cuartos y lo agita varias veces antes de servirse.

Por lo que puede estimar, en el cartón queda ahora menos de un vaso. Le parece improbable que la mujer abra un cartón nuevo. En el cuarto que alquila enfrente ha probado varias veces, con un polvo inocuo, la consistencia y el sabor que tendrá el jugo cuando le añada el medicamento. No se advierte la diferencia. A veces quedan restos del polvo en el fondo pero, aunque ella viera el residuo, jamás pensaría que se trata de una droga.

No necesita encender las luces ahora. Conoce palmo a palmo el departamento. Le basta con el destello que sale de la heladera cuando entorna la puerta. Vierte el fenobarbital en el cartón y agita el líquido con energía. Aunque ha molido los comprimidos hasta volverlos impalpables, unos pocos puntos blancos flotan, rebeldes, en la espuma del jugo. Está preparado para eso: ha traído un colador de trama muy fina, a través del cual vierte el jugo en un recipiente acanalado, y luego de filtrarlo lo devuelve al cartón. Una vez más lo agita. Por un momento piensa en esconderse dentro del vestidor, donde hay espacio de sobra, para observar el efecto de la droga. Al fin de cuentas, ha llevado todo lo que necesita: la cámara ya cargada y dos casetes con películas de repuesto. Aunque ha sentido muchas veces la tentación de esconderse, la desecha: la mujer podría buscar algo imprevisto en el vestidor y descubrirlo. O podría reaccionar a la droga de una manera impensada, desmayándose o gritando, y él no quiere estar en la casa si eso ocurre. Por fin ha mezclado tres bolsitas de fenobarbital con el jugo, doscientos cincuenta miligramos más de lo que hace falta. Los residuos del colador y lo que pueda quedar en el fondo del cartón ajustarán la dosis.

Lava con delicadeza los recipientes que ha usado, los seca con el repasador que lleva consigo y echa un último vistazo al cartón. La espuma está asentándose y la droga se ha disuelto mejor de lo que esperaba. Antes de marcharse, no puede resistir la tentación de encender la linterna y espiar el contenido de los cajones. Hay nuevas notas para el ensayo en el que la mujer lleva semanas trabajando, pero esta vez el lenguaje es más desprolijo y apresurado: «Antes y después de Jesús abundaron en Palestina los profetas y magos que se proclamaban mesías o hijos de Dios. Eran campesinos iletrados en su mayoría. Alentaban la resistencia popular contra Roma y se los consideraba hombres santos o piadosos que, al entrar en contacto con los poderes divinos para curar enfermos o atraer lluvias, ponían en peligro su salud. Jesús era uno de miles, y su doctrina tiene puntos de contacto con la de los esenios, los baptistas y los zelotes. Ni siquiera es demasiado original. Me pregunto qué razón mayúscula determinó que su nombre entrara en la historia por encima de otros iguales. Encuentro sólo una respuesta: Jesús debe su eternidad a la escritura. Los evangelistas escribieron en detalle lo que dijo e hizo, y organizaron un cuerpo de doctrina que permitió a los catecúmenos sentirse partes de un todo superior. También los esenios trataron de perpetuarse a través de la escritura, pero cuando sus rollos fueron descubiertos en Qumrán no les quedaba espacio en la historia, porque Jesús ya los había ocupado todos».

No le disgusta que la mujer piense con audacia, o que sólo lea lo audaz. Le incomoda, sí, que pierda el tiempo. Nadie va a publicar un ensayo con esas ideas a contramano. A la vez le sorprende que, mientras los demás papeles de su escritorio están impresos en los caracteres uniformes de la computadora, Times New Roman cuerpo 12, las notas sobre Jesús hayan sido tomadas con un bolígrafo de tinta verde, como la que usaba Pablo Neruda para escribir sus poemas, y que al final de la página la mujer haya repetido, una vez más a lápiz, la frase que lo desconcertó la primera vez que revisó los cajones: «El extremo mayor de la soberbia es creerse hijo de Dios».

Tiene que haber algo más en algún lugar del departamento, ahora que lo piensa, porque ella se ha comportado de un modo extraño en los últimos días. Sus gestos ante el espejo han sido más morosos, más insinuantes, y a veces camina de un cuarto a otro distraída, como si se hubiera perdido a sí misma. Si hay algo, tiene que estar en el escritorio: fotos, copias de cartas, recortes de revistas, allí guarda todo lo que podría delatarla. Además, no se le cruza por la cabeza la sospecha de que estén espiándola. Se siente a salvo. Fuera de la empleada de la limpieza, nadie más entra en la casa. La mujer ha preservado ese espacio para ella sola y no recibe visitas. Habría que averiguar si el aislamiento es voluntario, si de veras está contenta así o sólo finge.

El artículo de *Veja* ha desaparecido del segundo cajón, pero entre la resma de papeles, ahora disminuida, él encuentra dos mensajes impresos que le llaman la atención. La mujer los ha copiado de Internet, tal vez porque necesita releerlos. El primero procede de un editor de Bogotá. Y está dirigido a ella, no hay error posible: «Querida, entonces Río, si es lo que quieres. ¿Reservo el Palace de Copacabana, el Caesar de Ipanema? Te beso, te beso». Y el de ella, media hora más tarde: «Amor, te extraño ya. Elijo el Palace. Sin vos, no entiendo el sentido de mis días. Algo así como no saber exactamente quién soy, dónde estoy, qué hora es. ¿Quiero recuperar ese sentido? ¿Puedo o es tarde, soy otra desde que soy con vos? ¡Me hacés tan feliz! Lamento que la distancia no te permita ver la cara de idiota que llevo, prueba inequívoca del bienestar que da enamorarse. Nos vemos en el aeropuerto de Galeão, entonces. Me sofoca el dolor del amor. Te beso».

Aunque presentía algo así, lo inundan la indignación y la vergüenza. Ella escribe con más descaro que el editor colombiano, eso está a la vista: lo que para el editor es sólo un desgaire de la vida, el polvo de unas cuantas noches, para la mujer es un asunto de vida o muerte. ¿Soy otra desde que soy con vos? Qué frase tan impúdica. A él le ha bastado silbar, lanzar al aire el nombre de un hotel, para que ella se eche a correr en su busca como una perra hambrienta. Cuanto más lee los mensajes, más se indigna, no contra la mujer sino contra sí mismo. ¿Así le paga ella las noches que ha pasado en vela recorriendo su cuerpo a través de las lentes del telescopio Bushnell, custodiándola de lejos, acechando el menor trastorno de su respiración? Se lo veía venir: tarde o temprano iba a traicionarlo. Le parece intolerable. Si quisiera, podría impedir el viaje a Río. Tiene el poder, los medios. Pensándolo bien, va a dejar que las cosas sigan su curso. Va a permitir que se vaya. Pero no como ella quiere. No como el editor colombiano espera. La va a dejar marcada, malherida. La va a destruir y ya se le está ocurriendo cómo.

Ahora, tiene que completar lo que ha venido a hacer. Antes de cerrar la puerta del departamento, examina con esmero que todo siga tal como la mujer lo dejó. Ella es desordenada, pero cualquier objeto fuera de lugar podría ponerla sobre aviso. Llama el ascensor y observa de reojo si nadie anda por allí. Rara vez se ha cruzado con alguien. El edificio es nuevo y casi no tiene ocupantes. Cuando quiere trasponer la puerta de calle, tropieza con la pareja sin techo, que está desplegando sus posesiones: un almohadón destripado, ropa húmeda, frazadas, tiras de espuma de goma. Trata de esquivarlos, pero sus cuerpos le bloquean la salida y, sin prestarle la menor atención, siguen hablando en una lengua remota, de la que él no entiende una sola palabra. *Dajte mi vino,* cree que está diciendo la mujer, *novac, vino,* los sonidos se parecen a los de una película que no puede recordar.

El sin techo vuelve hacia él de pronto los ojos lagañosos, y emite laboriosamente un sonido desfigurado por la falta de dientes: *¿Cigarilo, gospodine, tiene cigarilo?* Desde las profundidades de su nido, la mujer parece reprenderlo. Habla con voz áspera y enferma, que parece nacer no en su garganta sino en el panal de los pulmones: *Dođite k meni.* Quién sabe lo que está pidiendo.

Por un momento duda, siente el impulso de seguir de largo. Querría decir: «Lo siento. No fumo». Busca en cambio un billete de cinco pesos y se lo entrega al hombre: «Compre un paquete de cigarrillos con esto», le dice. Y cruza la vereda.

Después de haber leído la horrenda carta al editor colombiano, nada le gustaría tanto como ver a la mujer de la ventana de enfrente recostada en el nido de la enferma sin techo, emitiendo los mismos sonidos asmáticos, rascándose las mismas costras. Pero ahora debe esperar que ella vuelva del trabajo. Ya no puede tardar mucho. Sentado en la penumbra del cuarto que alquila en la calle Reconquista, ajustando las lentes del telescopio Bushnell, siente cómo lo va ahogando la cólera, la impotencia, qué se habrá creído esa imbécil, esa sombra de la nada, esa cagada de rata, cómo pudo hacerme eso a mí, no tiene idea de a quién está ofendiendo.

Ya no le queda el menor escrúpulo de conciencia por haberle llenado el jugo de fenobarbital. Si hubiera tenido en ese momento la cabeza despejada, le habría puesto el gramo entero, dos gramos, que se durmiera para siempre. Pero ni siquiera tiene derecho a una muerte apacible la hija de puta, no se la voy a tolerar. Yo soy el que decide cómo tiene que morir, no va a pasar de un lado a otro de la vida sin que con claridad sienta mi castigo y se arrepienta de lo que me está haciendo. Ahora se ha encendido la luz del pasillo en el edificio de enfrente. ¿Será ella la que llega? Llevo la mira del telescopio, rápido, a la figura que se mueve ahí, pero es demasiado fugaz, se ha desviado a la derecha y no la alcanzo, dobla hacia donde están los ascensores. Tal vez llueva esta noche. Cuando llueve, el aire es más espeso, una niebla de azogue vela su ventana, no la veré como quisiera, no la querré como la veo. La mujer ha encendido, al fin, la luz del cuarto. Se ha quitado el abrigo: lo adivino. Está quitándose también las botas. ¿El suéter? No, espera llegar ante el espejo para sacárselo por la cabeza, mover la cabellera de un lado a otro, contonearse. Está feliz, la infeliz. ¿Y púdica? ¿También eso? Es la primera vez que se ha puesto una bata sobre el corpiño y la bombacha. Se quita luego el maquillaje, extiende el brazo a ciegas hacia la heladera, toma el cartón de jugo de naranja y lo agita, ah, esto era lo que yo quería ver, abre los anaqueles en busca de un vaso pero de pronto, impaciente, bebe directamente del cartón. Ha hecho eso antes un par de veces. Cuando se siente a solas, se desmadra. ¿Eructa, siente el sabor pastoso del fenobarbital? Quién sabe. Aún no ha bebido todo. Echa hacia atrás la cabeza y empina otra vez el cartón. Ya está. Parece acalorada. Se abre la bata, se ventila moviéndola como un abanico, y salta en busca de un disco. Todas las noches es igual. Prefiere las llagas de la música a las llamas del televisor. Se mira al espejo. Se despereza con delicadeza. Y canta, ¿canta? Alza los brazos con un gesto de triunfo y algo flamea en su lengua, la melancolía del amor que la espera lejos, o sólo el vapor del sueño que está entrando en ella, lo estoy notando en sus ojos, ¿se te caen, no?, ¿es el amor o son los ojos lo que se te cae? Ya voy, ya voy, espérame, déjate ir y espérame.

Ahora que ella es de nuevo presa de su mirada, que está indefensa al otro extremo del telescopio, quiere sentir su olor. No necesita sino la llamada de su olor salvaje antes de cruzar la calle, antes de saltar una vez más sobre la pareja sin techo y entrar por segunda vez en el cuarto, ahora para desnudarla y filmarla y descomponer las líneas de su cuerpo en infinitos fragmentos que luego rehará a voluntad en su televisor. La desvestirá y volverá a vestirla, lavará el cartón de jugo y lo tirará en la basura antes de marcharse. A la tarde siguiente llevará las imágenes a la sala de videos de la casa de San Isidro, junto a la galería de geranios, y se quedará oyendo durante horas el vaivén de sus entrañas, el temblor eléctrico de esa respiración que odia y ama.

Seis

Era un mal día para alejarse de Buenos Aires. También era un mal día para que Reina se quedara allí, electrizada por la atmósfera mística que las radios invocaban a todas horas, somos la sal de Dios, somos la mirada de Dios, el avemaría de la gracia plena que mueve el sol y las demás estrellas. Era además un mal día para estar inmóvil, con el alma suspendida en lo que sucedía trescientos cincuenta kilómetros al oeste, dentro del santo monasterio de Los Toldos, y malo para moverse a cualquier parte, afrontando las calles que Reina imaginaba cortadas por las eternas manifestaciones de maestros mal pagados, jubilados en la miseria, estudiantes sin clases. En qué abismos ha caído el pobre país, cómo va a levantarse de esta postración sin fin. ¿Podrá ayudar en algo lo que yo escriba?, se dijo Reina. ¿Ayuda en algo mostrar las llagas? Creo que de nada sirve, que nada ayuda, todos vamos a morir clamando al vacío en este desierto de sordos.

Sin embargo, cuando se aventuró en el auto con chofer que le había asignado el doctor Camargo para viajar a Los Toldos, una sola turbulencia le nubló el paso: la fila de diez camiones que avanzaba amodorrada desde el Obelisco hasta la Plaza de Mayo, dejando caer unos bocinazos tuberculosos. El resto era silencio: la terca mudez de la ciudad infinita. A las puertas de las iglesias vio, eso sí, aglomeraciones de peregrinos que se desplazaban pegados a los muros con largos velones encendidos. Oyó algunos apagados coros de ultratumba, *Cristianos venid,* y luego el chofer le señaló con incredulidad la fila interminable que marchaba por la avenida Maipú hacia el norte, ávida por mirar aunque fuera de lejos una rama del limonero sagrado.

Tardaron menos de media hora en llegar al acceso Oeste, y otro tanto en alcanzar la ruta 7, desde donde se desviarían por un camino provincial hacia la Azotea de Carranza. Al mediodía ya estaban en pleno campo. El cielo de julio era delgado, casi líquido, y destilaba un calor africano: las estaciones en la pampa jamás obedecen a su ritmo natural y están acostumbradas a hacer lo que les da la gana. Cruzaron campos donde el trigo, aún verde, apenas asomaba la cabeza, y otras tierras a medio arar y roturar, pero después del río Salado todo era sequedad y torbellinos de polvo. Las vacas se movían con paciencia de santas en esa aridez amarilla y las escuálidas casas que se divisaban desde la ruta estaban vacías, a merced del viento desorientado.

Se perdieron al entrar en Los Toldos, a las tres de la tarde. Con el sol clavado en el centro del cielo, todas las construcciones se veían iguales: los almacenes y los zaguanes se repetían, idénticos; en ninguna esquina encontraban el nombre de las calles, y en las dos casas donde se detuvieron a preguntar les respondió un silencio de muerte. Las ciudades cambian más rápido que las personas, se dijo Reina. Me ha sucedido que entré a un cine en Buenos Aires y salí de la misma función a otro cine de México, pero esa ciudad no ha cambiado en décadas. Es un laberinto sin dibujo: el peor de los laberintos. A eso de las tres y veinte el chofer condujo hacia atrás por la misma calle que los había llevado otras veces a un paredón sin salida, y la inversión del movimiento les permitió oír un altoparlante remoto que difundía hacia el oeste una melodía perdida en el tiempo, *La chica de la boutique,* cantada por Heleno. Con cierta vergüenza, Reina se acordaba de haberse contoneado al compás de ese horror en alguna fiesta de la adolescencia temprana, pero ahora le hacía gracia que fuera la brújula gracias a la cual llegaron de pronto a la plaza central, con la estatua ecuestre del Libertador alzándose sobre la copa de algunos árboles moribundos. Las puertas de la iglesia estaban abiertas de par en par. Seis hombres vestidos con los hábitos púrpuras de los jueves santos salieron en procesión llevando en hombros a Cristo crucificado. Detrás, precedidas por un cura que agitaba el incensario con delicadeza para no ensuciar sus encajes litúrgicos, se arrastraba un coro de viejas chillonas cantando ellas también *Cristianos venid,* en tenaz competencia con el altoparlante que repetía *La chica de la boutique.* En el café contiguo a la iglesia les indicaron cómo volver a la ruta provincial y desviarse hacia la Azotea de Carranza. Las cuatro menos cuarto ya, dijo Reina. Y a las siete son los rezos de Vísperas.

Cuando divisaron la estancia de la dama benefactora era como si tampoco hubieran llegado a parte alguna. Los caseros los esperaban con la tranquera abierta y, montados en unos caballos enclenques, los orientaron a través de una doble fila de álamos hasta el casco, que estaba también hundido en el polvo. Nos han cortado el agua, anunciaron los caseros. Hemos llenado la tina con los baldes del pozo, por si la señora gusta refrescarse. El aire estaba quieto en los cuartos, que se mantenían a oscuras porque es la luz la que trae el calor —decían los caseros—, la luz del día y las moscas por la noche. Reina sintió que el aire de la casa jamás había salido de allí, que era anterior a su nacimiento y que tal vez seguiría impasible después de su muerte. No le parecía un buen presagio ese aire lleno de sabiduría y de memorias, que había visto y oído tantas cosas, ni los sillones cubiertos por fundas empolvadas como sudarios, ni el piso de baldosas donde el eco de sus tacos dejaba una sombra sonora, un borborigmo peor que el de *La chica de la boutique.*

De todos modos, a las seis menos diez ya estaba lista, no bañada sino refrescada en la tina, perfumada con el Chloé de Lagerfeld que llevaba siempre en la cartera por si acaso, vestida como una dama de otro siglo, con mantilla y larga pollera negra y una blusa negra de encaje que permitía adivinar, de todos modos, las pecas del pecho. En la mesita franciscana del cuarto que los caseros habían arreglado para ella, cuidándose de no ventilarlo, junto a la cama de tres plazas protegida por un mosquitero espeso, que prometía una noche de asfixia claustrofóbica, Reina se dio tiempo para anotar algunas de las ideas que incorporaría más tarde al artículo de fondo. Notó que su lenguaje estaba fuera de quicio, que destilaba indignación por el desparpajo con que el presidente y el capellán de Olivos estaban engañando a la gente, pero también se sintió capaz de dominar esa furia a la hora de escribir. Cuanto más neutral fuera su relato, cuanta mayor distancia pusiera entre ella y los hechos, tanto más le creerían, se dijo. Yo no soy la realidad, pero tampoco habrá ninguna realidad hasta que no la escriba. ¿No es eso lo que quiere el doctor Camargo?

Esperaba su llamada. Llegó, a las seis exactas. Quería repasar con Reina punto por punto lo que estaba por hacer. Si fracasás, le dijo, vamos a salir mañana con la primera página en blanco. La voz crepitaba en el celular, se entretejía con la estática.

—Es la falta de aire —dijo Reina—. Acá no hay atmósfera. No llegan las señales de los satélites. Sólo hay polvo y una luz blanca en la que todo se pierde.

—¿Cómo? —preguntó Camargo.

—No voy a fracasar —dijo Reina, caminando hacia la galería exterior.

—Yo no estaría tan seguro. La gente que enviamos ahí sigue con las manos vacías. Nadie puede acercarse a la entrada de esa fortaleza. La dama benefactora llamó al abad y le anunció que vas al oficio de Vísperas. Me hizo prometer que no vas a preguntarle nada a nadie, que si abrís la boca sólo va a ser para rezar. Tiene pendiente un préstamo para maquinarias agrícolas y no quiere pleitos con el gobierno. Si me lo hubiera dicho antes, no te habría mandado.

—No se preocupe, doctor. Sé lo que voy a hacer. Ya llamé al abad para avisarle que estaré ahí a las siete menos cuarto. Uno de los monjes me va a esperar a la entrada. Necesitan mi cédula de identidad y la carta de presentación. Después de que verifiquen todo, van a guiarme hasta uno de los reclinatorios de la familia protectora.

—No vas a tener problemas. Sé que te van a dejar entrar —dijo Camargo—. Lo que no sé es qué podés hacer cuando estés adentro.

—¿No creía usted que el presidente iba a mirarme las piernas? Empiece a desilusionarse desde ahora. Llevo una pollera de monja. Estoy sin maquillaje. Pocas veces me he sentido menos atractiva en la vida. Cuanto más imagina uno cómo van a suceder las cosas, más diferentes son. Voy a llamarlo a las ocho, doctor, cuando todo haya terminado. ¿Hubo alguna reacción del Vaticano?

—Ya es tarde ahí. El Papa se ha retirado para la cena. Hablamos con el vocero, pero no hizo comentarios. Quieren estudiar el caso.

—Deséeme suerte, entonces.

El chofer que le había asignado Camargo supuso que podría orientarse sin ayuda en aquellas soledades de polvo. La arrogancia lo perdió. Dos veces se internó en caminos bloqueados y en uno de los regresos estuvo a punto de caer en un pantano. Reina llegó al monasterio con diez minutos de atraso. Desde la lejanía, oyó que los monjes habían empezado a cantar el Magnificat. La capilla era simple, sin ornamentos, pero se alzaba en lo alto de una loma casi invisible: esa elevación en la nada de llanura parecía una respiración de Dios. Fue lo que le dijo el monje que acudió a recibirla: «Desde acá se oye el aliento de Dios», a lo que ella respondió con la única frase que sabía en latín: *«Deus pro nobis»*. Entró a los rezos de Vísperas con la cabeza baja. Ocupó uno de los reclinatorios de la izquierda, porque el presidente estaba solo en el de la derecha, y respondió a su ligera inclinación con otra que fingía pudor, recelo, virtud, todo a un tiempo. Después, cada vez que se ponía de pie o se arrodillaba, siguiendo las cadencias de la liturgia, aprovechaba para observarlo. Estaba vestido con uno de esos trajes de seda lustrosos que resumían su idea de lo que debía ser la elegancia, y una camisa de color mostaza, sin corbata. El fastidio de la oración le acentuaba las ojeras. Iban por el segundo salmo y aún faltaban la epístola y el Salve Regina. El presidente debía de estar rogando en silencio que el tormento eclesiástico se acabara de una vez para volver a la soledad de su celda y entretenerse con los *game boys* electrónicos que siempre llevaba en el equipaje.

Reina sabía lo que iba a hacer. Lo había planificado desde mucho antes de hablar con Camargo, pero no quería decírselo. Sabía qué hacer pero no cómo. Identificó al abad, que estaba sentado en el escaño más alto de la fila derecha, apoyando la cabeza en un respaldo alto del que surgía una paloma de madera erizada de rayos. Cuando terminara el Salve Regina, pensaba arrodillarse ante él y besarle las manos. Le entregaría un sobre con una nota. Había prometido no pronunciar una sola palabra, pero si era preciso le diría: «Vengo de parte de la dama protectora». Ninguna falsía. La nota era breve, elemental. Cada palabra debía mantener en vilo la atención del abad: «El presidente no pudo haber visto a Nuestro Señor Jesucristo. Al recibirlo en esta santa casa, usted se convierte en cómplice de la impostura. Relea la Primera Epístola a los Tesalonicenses, capítulo 4, versículos 15-18. Fíjese en el capítulo 24 del Evangelio según san Mateo, repase el Libro de la Revelación. Recuerde que Cristo sólo puede volver a la Tierra cubierto de gloria y anunciado por los arcángeles el Día del Juicio Final. Éste no es el Juicio Final. El presidente está abusando de su buena fe y va a dejar en ridículo a la Orden de San Benito». Firmaba: «Reina Remis, enviada de la dama protectora».

Había imaginado la escena una y otra vez, pero nunca en el orden en que sucedió. Las últimas notas del Salve Regina se desperezaron en el órgano. El abad se levantó con una sonrisa satisfecha y caminó hacia el presidente con la mano extendida. Cuatro de los monjes retiraron de uno de los camarines la efigie de la virgen negra y la dejaron sobre las andas de procesión. Desde donde la observaba Reina, la virgen parecía una niña de cinco años con un muñeco en brazos, aunque su aspecto era temible, por no decir siniestro: el cuerpo estaba protegido de pies a cabeza por unas púas de puercoespín.

Cuando los demás personajes empezaron a moverse, Reina se sintió parte de un ballet mal ensayado: los edecanes militares y el sudoroso Enzo Maestro, que vestía un traje negro de pompas fúnebres, guiaban al presidente hacia el abad, enarbolando pendones benedictinos, mientras los monjes se alineaban junto a los reclinatorios de la dama benefactora. Un cortejo de monaguillos salió de la sacristía y apagó las velas del altar. El fotógrafo del gobierno emergió de algún escondite situado detrás de los escaños e iluminó la escena con una veloz sucesión de flashes.

Nadie prestaba la menor atención a Reina. Si no hago algo, se dijo, el abad se irá y no podré alcanzarlo.

El espíritu santo de la improvisación la iluminó en ese instante. Salió del reclinatorio no hacia la derecha, donde habría tropezado con los monjes, sino hacia el lado opuesto. Caminó velozmente tras los escaños, llegó al altar y, luego de una veloz reverencia a la imagen de san Benito, se arrodilló ante el abad. Supo que sería imprescindible decirle: «Le traigo este mensaje de la dama protectora», insinuando que el sobre contenía dinero. Fue aún mejor lo que le dictó el instinto: «Bendígame, padre. Vine a traer estas palabras de allá arriba». «¿Usted es la prima de Europa?», preguntó el abad. Reina no tuvo tiempo de contestar. Al advertir que sucedía algo fuera de su control, Maestro se abalanzó, tratando de arrebatar el mensaje: «¿Me permite, monseñor, me permite?». «De ninguna manera», se defendió el fraile, sepultando el sobre en uno de los pliegues de su hábito: «En este templo es sagrado todo lo que nos envía nuestra madrina».

Reina le agradeció con una sonrisa y se dispuso a seguir la procesión. El monje que la había recibido a la entrada le hizo señas de que se retirara, ya que había terminado el rezo de las Vísperas, pero ella fingió que no lo veía. Era un hombre menudo, casi un enano, con la cabeza hundida entre los hombros. Si negaba parecía asentir, y al revés. Sus ademanes se podían interpretar de cualquier modo. El abad retrocedió hacia el altar y abrió el sobre con una larga uña del meñique. Cree que es un cheque, se dijo Reina: el dinero con el que la benefactora y la prima boluda de Europa contribuyen a la mayor gloria de Dios. Lo vio leer la carta con interés, fruncir el ceño y llevarse las manos a la frente. «¡Dios me perdone!», dijo el abad con una voz aguda, que todos pudieron oír. «¡Herejía! ¡Dios nos perdone!»

No le hizo falta ver más. Puso con suavidad la mano sobre el hombro del fraile enano y le señaló el auto del diario, que la esperaba a la entrada: «Ya es hora de que me vaya, ¿no? ¿O nos quedamos a ver qué pasa?». El fraile la miró con unos ojillos redondos y duros, desfigurados por una vida de paciencia, y le respondió en voz baja: «*Agnus Dei, miserere nobis*».

«Ya nadie habla de las visiones místicas»: Camargo la llamó por teléfono a las ocho de la noche y le dio la noticia. «Ahora el presidente se ha entregado a la penitencia.» Reina estaba terminando su crónica y había escrito un borrador del párrafo final, pero necesitaba confirmarlo con el diario: *La visión de Olivos fue una alucinación o un engaño: es imposible decirlo. Lo único seguro es que no fue verdadera. Al advertir que podía caer en pecado mortal por ser involuntario cómplice de ese error, el abad del monasterio de Los Toldos le pidió al presidente que abandonara su celda en menos de una hora. Los hechos sucedieron a las siete y media de la tarde, en la capilla. Un testigo presencial que se negó a dar su nombre oyó al abad gritar la palabra* herejía, *mientras se postraba ante el altar mayor, implorando el perdón de Dios.*

La última imagen era falsa pero no inverosímil. Se la leyó a Camargo y entendió que la aprobaba con entusiasmo. Las crepitaciones del teléfono eran infernales.

—Estoy yendo para allá —le oyó decir—. Ya he pasado Luján, voy a llegar en un par de horas.

—¿Ocurre algo? —preguntó Reina.

—Siempre ocurre algo. Te lo voy a contar cuando esté ahí.

La voz desapareció. Ella había pensado en dejarse caer dentro del agua helada de la tina, después del punto final a su crónica implacable, que repetía los argumentos teológicos de la carta al abad. Quería salir aún húmeda del baño, envuelta en un par de toallas, y tenderse atontada e inútil en la inmensa cama con mosquitero. Bastaba sentir la cama a sus espaldas, en el cuarto asfixiante que la oscuridad ni las baldosas del piso conseguían refrescar, para darse cuenta de que nadie había tenido allí jamás imaginaciones o sueños, sólo sopores ciegos como los que ella deseaba ahora para sí. La intromisión de Camargo le deshacía lo que aún quedaba de la noche. ¿Un par de horas, había dicho? Cuando salió del cuarto, ya los caseros de la Azotea de Carranza estaban sobre aviso. Tenían orden de arreglar el dormitorio mayor y poner la mesa para doce comensales. Camargo no vendría solo. El ser debía pesarle tanto que no soportaba su propia compañía ni por un segundo. Iba a llegar con un séquito, entonces: los editores, tal vez las secretarias para ir recogiendo las palabras que él dejaba caer cuando se movía, los celulares, los choferes, los faxes.

Estoy confundida, se dijo Reina, sin presentir cuántas veces iba a repetir esa noche la misma letanía. La confundían el polvo, el calor creciente, que en vez de amenguar con la caída del sol parecía haber esperado la oscuridad para desatar toda su furia, y ella misma no sabía si en su adentro había también polvo, curiosidad e ignorancia de cuáles eran los verdaderos límites de su vida. Apenas llevaba un mes en *El Diario,* y había considerado aquel trabajo como una bendición en la que iría superando una prueba tras otra durante muchas semanas, hasta que algún editor reparara en ella y proclamara su talento, o hasta que alguna noticia extraordinaria se le cruzara en el camino —una noticia como la de ese día en el convento, por ejemplo— y le permitiera sentir que lo había dado todo, que la escritura le salía de las entrañas. Quería llegar a un punto en que, leyéndose a sí misma, se dijera: esto soy yo, sólo hasta acá llega mi cuerpo porque así está hecho, con estos sentimientos e indignaciones y sollozos y justicias. Esto que acabo de escribir soy yo, se dijo, repitiendo sin querer a Camargo, ¿pero quién soy yo? Estoy confundida, y ahora Camargo viene a confundirme más. Apenas llevo un mes en el diario y ya hablo con el director como si lo conociera de toda la vida.

Le había bajado tanto la presión que la sangre se le volvió hielo. Si no bebía un brandy se le aflojarían las piernas. Hay un par de bares en la ciudad, le informaron los caseros, pero nunca hemos visto allí a mujeres solas. Va a ser mejor que mi marido la acompañe y la espere en la calle, decidió la esposa. Con esta cerrazón de la noche, usted y el chofer pueden volver a perderse. No hay más de veinte minutos hasta esos boliches, ida y vuelta.

Antes de poner los pies en el primer bar supo que jamás había entrado allí una mujer. Lo supo al ver la hilera de mesas junto a la pared de ladrillos sin revocar, agrietados y mugrientos, el humo espeso que debía de llevar años inmóvil en el cielo raso, y el corrillo de jugadores de naipes en la penumbra, con arrugas hondas como las de la tierra que seguía deshaciéndose fuera. Lo supo porque hasta el olor de una mujer era hostil para aquellos hombres, que habían dejado a las esposas en sus casas y llevaban ya dos o tres horas bebiendo y fingiendo que no estaban en ningún tiempo ni lugar. Unas pocas lámparas de veinticinco vatios despedían una luz muerta, filtrada por las cagadas de las moscas. En un nicho que se abría a la mitad de aquella cueva de murciélagos, un cantinero rengo sacaba y ponía las botellas en los estantes con tanta negligencia que había restos de alcoholes derramados por todas partes.

Reina avanzó hacia el mostrador y pidió un brandy. Lo que le sirvieron, sin embargo, fue ginebra. En las mesas del fondo, donde apenas llegaba la luz, tres periodistas de Buenos Aires discutían sin prestar la menor atención a los vapores del encierro ni a la inesperada presencia de la colega. A dos de ellos, que trabajaban para *El Diario,* se los había cruzado más de una vez en el ascensor y ninguno había respondido a su saludo. No pudo reconocer al tercero de los hombres. Tenía una radio pegada a la oreja y repetía con ademanes nerviosos lo que debía de estar oyendo. A intervalos caprichosos, movía el dial, y hablaba con un tono que, desde lejos, parecía afiebrado, incrédulo, mientras los redactores de *El Diario* tomaban notas en una libreta.

Caminó hacia el fondo sintiendo la hostilidad a medida que avanzaba: a cada paso, el aire se retiraba y sólo quedaba la hostilidad. Quería saber qué estaba pasando y no tenía demasiado tiempo para averiguarlo. Dos horas, le había dicho Camargo. Quedaba menos de hora y media.

Fuera de aquel grupo de forasteros, en el bar parecía no existir la realidad. Los seres que vivían en el pueblo eran impermeables al tiempo y quizá también a la memoria. El tiempo pasaba por allí y les dejaba su marca, pero ellos no la sentían. El tiempo era como el polvo, que se movía de izquierda a derecha en súbitos remolinos grisáceos. Caía sin cesar, y ya nadie se daba cuenta.

—Insiarte, Durán —dijo Reina, cuando llegó a la mesa del fondo.

El que se llamaba Insiarte le hizo señas de que se callara, pero Durán preguntó:

—Remis. Qué hacés acá. Llegás tarde. Ya ha pasado todo lo que tenía que pasar.

Estaban sin afeitar. Olían a frituras, a cigarrillos y a eructos de cerveza. Daban la impresión de no haberse bañado ni lavado. A lo mejor llevaban la ropa del día anterior. El tercer hombre dijo:

—No entiendo. Radio Diez lo ha visto en Jáchal, en la cabaña del guardaparque. Los de Mitre repiten que se ha refugiado acá, en La Unión.

—Lo de Radio Diez tiene que ser trucho. No puede haber llegado a Jáchal tan rápido. Son casi mil kilómetros.

—Están por hacerle una entrevista, eso dicen. No puede ser trucho.

—Qué hago acá yo, entonces —dijo Insiarte—. ¿Me voy para Jáchal, me voy para La Unión? Lo mejor es que llame a Camargo por el celular.

—No podés molestar a Camargo por una boludez así —dijo Durán—. Si te puso al mando de esta nota fue para que vos tomés las decisiones.

—Me puso al mando —siguió Insiarte—. Por eso me dio el celular.

Podría avisarles que Camargo viene para acá, se dijo Reina. Ya habrá pasado Carmen de Areco. Andará por la llanura sintiendo la rareza de la quietud, porque en lo liso todo parece estar siempre inmóvil salvo el cielo: las estrellas, las nubes, el arco sin luz del horizonte van desplazándose como ovejas obedientes mientras lo que hay en la Tierra siente que no avanza hacia ninguna parte, sólo salta de una oscuridad a otra oscuridad. Pero si digo lo que sé, me acosarán con preguntas que no quiero contestar. Ya van a tener todas las respuestas en el diario de mañana.

—No hay señal en el teléfono —dijo Insiarte—. Eso es raro. ¿Cómo no va a tener señal si estamos en una emergencia?

—Atiende el celular cuando quiere —dijo Durán—, para que nadie sepa de dónde viene ni adónde va.

—Yo también quisiera oír la radio —dijo Reina—. ¿Puedo saber qué pasa?

El tercer hombre no la miró ni estiró una mano para saludarla. No se movió. Dejó el aparato de radio sobre la mesa y dijo:

—Oí lo que se te dé la gana. A mí ya me cansaron. Cuanto más oigas, menos vas a entender.

El comienzo de la historia era el mismo para todos los noticieros, pero los detalles se abrían después en un rizoma laberíntico. Decían que el presidente había puesto fin a su retiro benedictino a eso de las ocho menos cuarto de la noche y desde las ocho había empezado una huelga de hambre. Lo raro era la confusión sobre el lugar. A dos de los enviados especiales, el presidente les había pedido que lo acompañaran a la estancia La Unión, situada a tres kilómetros de Los Toldos, donde, luego de arrodillarse ante las ruinas del catre donde Evita Perón naciera casi ochenta años atrás, se tendió sobre una bolsa de dormir y bebió un vaso de agua. Los enviados le oyeron decir con un hilo de voz: «Penitencia, penitencia». Les pareció que sollozaba, pero nunca lo supieron con certeza: una repentina escolta militar en uniforme de fajina los alejó del sitio con malos modales.

Otras emisoras aseguraban que el presidente se había retirado del convento benedictino después de la plegaria de Sextas, hacia la una de la tarde, con tantas precauciones de seguridad que un doble —el mismo doble que lo sustituía repartiendo bendiciones y promesas en las provincias remotas— había asistido al oficio de Vísperas. Según esas versiones, había viajado en el avión de un amigo desde un campo cercano a Los Toldos hasta Jáchal, en San Juan. Una vez allí, el presidente había empezado a comportarse de un modo extraño. Ordenó que no lo siguieran. Pidió prestado el auto de un senador y nadie sabe cómo, a eso de las cuatro de la tarde, llegó a la cabaña del guardián del Valle de la Luna. Iba vestido con un hábito blanco, de beduino, la cabeza cubierta por una capucha de monje y sandalias franciscanas. El guardián contó por la radio, con una voz sin entresijos de mentira, que había tratado de detenerlo mientras el presidente iba y venía por las depresiones del valle, rezando como un poseído bajo el sol enloquecedor. Uno de los móviles de la televisión de San Juan había llegado hasta las vallas tendidas por el ejército y mostraba al presidente desde lejos, trepando por los riscos. A falta de acción, las cámaras insistían en describir la intensidad religiosa de las rocas, en cuyas formas estaba inscripta la historia del mundo: hongos, lámparas, cavernas por las que asomaban lenguas de piedra negra, aves siamesas, parejas copulando, naves cilíndricas abandonadas después de los viajes de Dios.

Otro de los enviados especiales había visto al presidente en Guaminí, sentado sobre una roca junto a las ruinas de la zanja que Adolfo Alsina había ordenado cavar en 1875 para detener las invasiones del cacique Namuncurá, y que desde entonces no cesaba de abrirse paso hacia el centro de la Tierra. Miles de animales habían caído en la grieta de trescientos kilómetros de largo y de una profundidad que la erosión de los suelos volvía insondable. En la penumbra, los vahos de podredumbre eran fosforescentes y atraían a las hormigas y a los escarabajos, pero no había ser humano que los resistiera. El presidente estaba allí, sin embargo, en situación de ayuno y penitencia. «¿Liendo?», decía el enviado a Guaminí. «¿Me grabás, Liendo?» «Te recepciono perfectamente», respondió el tal Liendo. «Voy a ponerte al primer mandatario en el aire. Aquí lo tengo, en exclusiva, desde el sur de la provincia de Buenos Aires.» La transmisión era impecable hasta ese momento, pero apenas

Liendo dijo: «Muy buenas tardes, señor», los graznidos de la estática irrumpieron en la sintonía y no permitieron oír.

Yo tampoco entiendo lo que pasa, se dijo Reina, dejando la radio sobre la mesa. O la realidad es sólo una ilusión de los sentidos o el periodismo crea la realidad. Sin saber por qué le vinieron a la memoria tres versos de un soneto de Góngora: *El sueño, autor de representaciones, / en su teatro sobre el viento armado / sombras suele vestir de bulto bello.* Pero estas historias no eran sueños. En aquel tiempo la gente las tomaba en serio y nadie advertía lo inverosímiles que eran. Ahora se sabe que el presidente penitente no fue a ninguno de los sitios donde lo vieron: a las ocho se escabulló de su celda y, desde un campo cerca de Junín, regresó a Olivos en un helicóptero del gobierno. A la mañana siguiente jugó dos horas de tenis, como si nada hubiera pasado.

Reina no pensaba en la complejidad de ese cuadro sino en lo tarde que se había hecho. Las nueve y media ya. El casero y el chofer estaban esperando fuera, en el relente. Y Camargo quizás había llegado a Membrillar y avanzaba a ciegas por una retícula de lagunas y canales. Al dejar sobre el mostrador la plata de la ginebra, Reina no pudo evitar que Durán apretara su mano contra la madera y le dijera con la voz saturada de aguardiente: «Es temprano para dormir, nena. ¿Por qué te vas? Es temprano para dormir pero no es tarde para otras cositas». Ella lo apartó con un desprecio que le subió de las vísceras: «No es tarde para que te bañés, Durán. Olés a mierda. Y aunque te bañés, vas a oler a mierda toda tu vida». No hizo caso de las miradas voraces y rencorosas de los otros hombres ni del siseo de Durán a sus espaldas: «Puta. ¿Vieron qué lengua la de esta puta?».

En el auto, mientras la oprimían la llanura y la noche, sintió que nada de lo que había pasado durante aquel largo día le importaba. No le importaba la crónica que había escrito sobre los sucesos del convento, porque eso ya era pasado y olvido. Lo único que le importaba era, quizá —su vida era una repetición de quizás—, el interés con que había imaginado el viaje de Camargo por la ruta en tinieblas, siguiéndolo desde Luján al manicomio de Open Door y a los maizales de Chacabuco, imaginando lo que decía y lo que pensaba, pero, sobre todo, sintiendo el desplazamiento de su cuerpo a través de las lucecitas perdidas del camino.

Eran más de las diez cuando Camargo la llamó desde Los Toldos. Su chofer no sabía dónde estaban. «Hemos parado frente a una farmacia», dijo. «Al cartel de la entrada le faltan letras. A ver. Creo que se llama Santísimo Socorro. Preguntale al casero si sabe cómo salir de acá.» «Santísimo Socorro, la farmacia», repitió ella. El casero la interrumpió: «Se han ido para otro lado. Están con las direcciones enredadas. Dígale que no se muevan. Que me esperen».

Sobre la mesa tendida con doce cubiertos caía un incesante polvo diminuto. La casera se lamentó de que la llanura fuera tan lisa, con un cielo de estrellas opacas que no permitían orientarse, y que en el pueblo nadie respondiera a las preguntas de la gente perdida. «He visto pasar por acá cinco o seis veces a un mismo camión, sin rumbo», dijo. «Sí, es difícil llegar a alguna parte», dijo Reina. «Míreme a mí», siguió la casera. «También es difícil irse.»

Tal vez la mesa se quedaría así para siempre y pronto el mantel de encaje se pondría amarillo. El tiempo se había detenido, como en la casa que tenía Miss Havisham en *Grandes esperanzas*. Y ella, Reina, ¿llevaría también un vestido de novia que la soledad iría deshaciendo? Al menos, seguía con la misma pollera negra y la blusa de volados del oficio de Vísperas. Dios, y esa cara de muerta. Durán debía haber pensado que estaba haciéndole un favor al proponerle «otras cositas». Tenía que correr a cambiarse de ropa. ¿Dónde habría un espejo en esa casa?

Acababa de encontrar uno cuando, a las diez y media de la noche, Camargo llegó a la Azotea de Carranza con un ímpetu de diez de la mañana. Era un hombre taciturno y reservado, pero esa noche estaba resplandeciente, como si hubiera viajado hacia su propia juventud. El chofer principal de *El Diario* lo seguía, ceremonioso, con una enorme bandeja de comida y dos botellas de cabernet francés.

—¡Remis! —llamó con energía, apenas traspuso la puerta—. ¡Reina Remis! ¡Vení a celebrar! ¡El presidente mandó al carajo las visiones místicas!

Ella salió de la penumbra del dormitorio y se acercó, recelosa. Esperaba la invasión de los editores y las secretarias. Temía ver otra vez a Durán.

—¿Dónde están los otros? —preguntó.

Camargo se desentendió. Ordenó a la amedrentada casera que guiara al chofer hacia la cocina y pusiera en fuentes de servir el gazpacho, el pavo frío y la ensalada rusa que había traído de Buenos Aires.

—¿Qué otros? —dijo después, con sincera sorpresa.

Y entonces se volvió hacia Reina. Ella tenía la cara recién lavada y toda su belleza simple a la intemperie. Se había puesto el vestido suelto de flores bordadas que se compra en los mercados populares de México y parecía una aparición beatífica de otro siglo. Seguía confundida. La confusión se le había enredado en el ánimo como una tela de araña.

—La casera tendió la mesa para doce —insistió ella.

—Está sorda. Nunca dije doce. Dije dos.

Reina se quedó de pie. No sabía de qué necesitaba defenderse pero se defendió:

—No como ensaladas rusas. Me hacen mal las papas y las mayonesas.

—Tampoco te gusta el gazpacho y el pavo tiene gusto a mierda —dijo Camargo—. Todas las mujeres que conozco tienen algún prurito con la comida.

—No sé cómo son las otras mujeres. Yo soy cuidadosa con lo que me meto en el cuerpo.

Camargo soltó la carcajada. Era más bien una especie de rebuzno que avanzaba a empellones, como si le diera vergüenza reír y luego esa vergüenza dejara de importarle. De pie, al lado de la mesa, acariciando una carpeta con papeles, se internó en un largo discurso sobre las encrucijadas que lo habían desorientado en Los Toldos. A eso de las seis, contó, ya se sabía en Buenos Aires que el presidente no aguantaba más las liturgias benedictinas y quería marcharse de allí esa misma noche. Lo retenía sólo el teatro de viento que Enzo Maestro había montado con la visión de Jesucristo en la copa del limonero. Sentía urgencia por salir de allí, jugar al golf, respirar aire laico. Maestro le hizo prometer que se quedaría hasta el oficio de Vísperas. Después, podría refugiarse en la estancia La Unión, donde simularía una huelga de hambre. Allí se acostaría en un catre y se dejaría tomar un par de fotos, pero enseguida estaría lejos de la vigilancia de los periodistas, con libertad para montar a caballo y mirar televisión. En ese momento decidí que no quedaba nada por hacer en Buenos Aires, dijo Camargo. El ojo de la tempestad se había desplazado hacia acá. Armé una primera página con las fotos de Juan Manuel Facundo depositando los siete millones en el banco de Singapur y dejé dos columnas abiertas para tu historia. Sabía que el abad iba a reaccionar pero jamás imaginé que iba a enojarse tanto. A las ocho y diez me leyeron un comunicado del monasterio en el que se invocan instrucciones directas del Vaticano. Repiten más o menos lo que vos le dijiste al abad en tu carta, aunque con más diplomacia: que Cristo no puede volver a la Tierra hasta el Juicio Final y que las visiones del presidente son tal vez reales para él pero no para la Iglesia católica de Roma. Después de eso, la ficción de la huelga de hambre ya era ridícula. Yo estaba a mitad de camino, entre Carmen de Areco y Chacabuco. No tenía nada que hacer en el diario. Entonces pensé que lo mejor era celebrar la derrota de la bestia con la autora de la hazaña y volver mañana temprano a la redacción. Vamos a viajar en el mismo auto a Buenos Aires, ¿está bien? Ya le dije a tu chofer que se fuera.

Reina quería prestar atención pero el verboteo de Camargo, acelerado y torrencial, no dejaba lugar para la atención de nadie. La casera sirvió el gazpacho sin que él se diera cuenta. La escena era ridícula. Los dos estaban de pie ante la mesa servida, con el vino de noventa dólares recién abierto. Hasta que ella dijo:

—Doctor, son más de las once. Si no nos sentamos a la mesa me voy a desmayar de cansancio.

Sólo entonces él dejó de dar vueltas sobre sí mismo. Durante un largo minuto estuvieron en silencio, sin mirarse, demorando el vino en los cuencos de la lengua. Luego, ella le contó los episodios de la capilla. Le halagaba que un hombre como Camargo, inalcanzable para la gente, hubiera avanzado tantos kilómetros a través de la nada sólo para acompañarla a morder el polvo de aquella comida tardía. A veces, le parecía que la inteligencia de él se fugaba hacia otra parte y en la enorme sala quedaban sólo sus manos distraídas. Pero cuando regresaba al lugar, en las rápidas ráfagas de sus regresos, la hacía sentir el centro del mundo.

—¿Cómo se te dio por aprender tanto sobre el mesías? —le preguntó—. Las mujeres nunca piensan en esas cosas.

—¿De veras quiere saberlo? Entonces no vuelva a decir «las mujeres» ni tampoco diga «esas cosas». Hay hombres interesados en tejer y bordar. A mí me interesa la teología.

—Sí, no entiendo cómo llegaste a eso. Siento curiosidad.

La casera trajo el pavo frío y un par de tomates cortados por la mitad. El gazpacho estaba intacto.

—Hice todo el bachillerato en un colegio de monjas. Todo, salvo el final. En el último año, hacia setiembre u octubre, ya estaban definidos los promedios y yo me aburría. Pasaba el tiempo leyendo cualquier cosa que me cayera en las manos. En esos meses leí casi todos los cuentos de Cortázar, dos novelas horribles de Barbara Cartland, los poemas completos de Benedetti que me habían regalado para mi cumpleaños, las antimemorias de Malraux, y también leí los cuatro evangelios, de punta a punta. Fíjese qué mezcolanza. Los evangelios eran una asignatura pendiente que me quedaba de las misas de los domingos, donde los curas los explicaban en una dirección y yo los entendía en otra. Veía sinsentidos donde nadie más los veía, aunque en esa época a los sinsentidos yo los llamaba misterios. Teníamos clases de religión con la hermana superiora y allí cometí un error fatal. El día anterior había estado distrayéndome con la genealogía de Jesús que está al comienzo del Evangelio de san Mateo y cuando la monja dijo que, de acuerdo con las sagradas escrituras, el mesías debía descender en línea directa del rey David, uno de esos sinsentidos me saltó a la mente. Según san Mateo, Abraham es el padre de Isaac, y éste es padre de Jacob. La sucesión familiar llega en línea recta al rey David. Después hay otros veintidós varones que se van transmitiendo el sagrado linaje masculino hasta un punto que todavía recuerdo de memoria: «Mattan engendró a Jacob, y Jacob engendró a José, el esposo de María, de la que nació Jesús, llamado Cristo». Levanté la mano, sin pensar en lo que estaba por decir. «Profesora: David es antepasado de José, ¿verdad?» «Así es como debe ser», respondió ella, impaciente. «¿Cómo es posible entonces», dije, «que Jesús descienda de David si es hijo de María, no de José?». La monja alzó los ojos al techo y suspiró: «La fe sigue caminos que no conocemos, Reina. No hay que discutir ni averiguar. Hay que aceptar». En ese momento tendría que haberme sentado con cara de sumisión. Pero seguí de pie y dije: «En el evangelio está clarísimo, hermana. O Jesús era hijo de José y la virgen no era virgen, o Jesús no era el mesías». Esa blasfemia la sacó de quicio. Me dejaron encerrada en la dirección hasta que mi padre fue a buscarme. La superiora creía que me había vuelto loca. Si quiere seguir en este colegio, dijo, tiene que copiar mil veces en el cuaderno la frase «Nuestro Señor Jesucristo es el mesías hijo de una virgen inmaculada y descendiente directo del rey David». Pasé la tarde llorando mientras escribía mi penitencia. La habré copiado cuarenta, cincuenta veces, hasta que me di cuenta que era una injusticia atroz y no quise seguir adelante. Preferí que me expulsaran. Mi padre me golpeó, mi madre fue a la iglesia a rezar por la salvación de mi alma, pero no di el brazo a torcer. Tuve que estudiar el quinto año libre, en mi casa.

—Te cegó la oscuridad, porque era demasiado visible —dijo Camargo.

—Me gusta esa idea pero no la entiendo.

—La hermana superiora creyó que estabas viendo el infierno, como en el primer libro de *Paraíso perdido:* ... y aún de esas llamas no salía luz, sino más bien oscuridad visible.

Cerró los ojos y repitió los versos en un inglés que parecía dicho por el propio John Milton. El polvo seguía dando vueltas por la llanura y se infiltraba en la casa con tenacidad de perro.

—Es horrible —dijo Reina—. Acá se puede tomar toda el agua del mundo y la garganta sigue seca. No me extrañaría que la gente tuviera el paladar lleno de grietas.

—¿Eso es todo lo que sabés, Remis? ¿También la idea de la Parusía te vino de aquellos evangelios que leíste a los quince, dieciséis años?

—Diecisiete. No, claro que no. Me sentí humillada por lo que había pasado en el colegio. Decidí que iba a volver algún día a esa clase de religión para echarle en cara a la hermana superiora toda su ignorancia. Me dediqué a leer como una poseída. Descubrí los evangelios apócrifos en una edición española publicada en el peor momento del régimen de Franco, con todos los imprimatur y nihil obstat que usted se puede imaginar. Allí fui a dar con las *Narraciones sobre la infancia del Señor* escritas por Tomás Israelita en el siglo II. Leí ese libro con curiosidad, porque los evangelios canónicos omiten todo lo que pasa entre el nacimiento y los doce años de Jesús. El niño que se describe ahí es iracundo y vengativo. Cierta vez, cuando atravesaba un pueblo, alguien pasó corriendo y lo empujó desde atrás, sin querer. Jesús se enfureció y le dijo: «Ahora vas a quedarte duro para siempre». Y así fue. Le hizo lo mismo al hijito de un escriba que le rompió una cesta de mimbre. La situación se volvió tan grave que san José, en el capítulo 14 de esas *Narraciones,* tiene que pedirle a María que no deje salir a Jesús de la casa, porque todos los que se enojan con él mueren al instante. Leí muchas historias como ésas, escritas por hombres piadosos a los que se acusaba de herejes. Aprendí que en tiempos de Jesús hubo otros magos y profetas como él, que se alzaron contra el poder de Roma y contra la hipocresía de los sacerdotes judíos. No lo quiero abrumar, doctor Camargo. Fíjese qué hora es. Usted termine su té. Yo me voy a dormir.

La casera recogió los platos y el zumbido del polvo se fue apagando a medida que la noche ocupaba más y más el lugar de todas las cosas. A través de las ventanas se veía el movimiento lejano de lámparas que iban y venían. Los peones, pensó Reina.

—Son los indios —dijo la casera—. Están buscando sobras de comida. Es mejor que mi marido no los vea, porque les dispara con el rifle, como a los zorros, y en una noche baja a dos o tres.

Camargo observaba el aire, apartado de sí mismo. Se le había borrado el entusiasmo o quizá su ánimo estaba mudando, como una larva, hacia un entusiasmo distinto.

—No es posible que baje a dos o tres —dijo Reina—. Será un modo de hablar, ¿no? Algo no verdadero.

—No hagas caso de lo que dice. Usted habla por hablar, ¿no es cierto?

—¿Es así? ¿Habla por hablar? —dijo Reina.

La casera no contestó. Entró en la cocina y separó los huesos del pavo de la carne que no habían comido los visitantes. Luego echó los huesos a los perros.

—Reina —dijo Camargo.

—Qué —respondió ella, sin pensar. Nunca la había llamado así, por su nombre.

—Me casaría con vos si tuviera veinte años menos. O si vos tuvieras diez años más.

Ella le sonrió, compasiva. Al sonreír, alzaba tanto el labio superior que la franja de las encías quedaba a la vista. Aquélla era una noche de malos entendidos, de palabras que no significaban lo que decían.

—¿Cómo se le ocurre eso, doctor? Si es un cumplido, es rarísimo.

—No es un cumplido. Te lo digo en serio. Me casaría con vos pero no puedo. Tengo el doble de tu edad.

—El doble o la mitad de mi edad daría lo mismo. No puede porque no puede. Está solo, está lejos. Cuando uno está solo y lejos dice cualquier cosa.

—No he dicho cualquier cosa. He dicho quc no puedo. Estoy casado, soy infeliz, pero ésc no es el motivo, porque eso es lo que te diría cualquier hombre en mi lugar. No puedo porque nos parecemos demasiado. Nos haríamos mal.

Reina sintió que las palabras iban cayendo con alivio una al lado de otra, en un orden que tal vez tenía siglos pero que para ella era nuevo. Le pareció que esas palabras encajaban, después de haberse buscado durante mucho tiempo.

—No sé qué decir. Estoy confundida. Todo me confunde.

Camargo se levantó de la mesa con la taza de té y dio unos pasos hacia la cocina. Luego se volvió, dejó la taza sobre la mesa y puso una mano sobre los hombros de Reina.

—No tenés que decir nada. No tenés que pensar nada. Soy yo el que ha dicho todo.

Ella se apartó de la mano y lo miró a los ojos.

—Hay frases que se quedan, que no se pueden dejar en el aire. Alguien dice algo, y ese algo nos cambia, aunque no queramos.

—Tal vez lo dije sin pensar.

—Nadie habla sin pensar. Todo lo que decimos tiene un sentido, y no hay por qué dejarlo caer.

—Nos parecemos, Reina. ¿Ves lo que pasa? Pensamos igual, casi con las mismas palabras. Así empiezan los cortocircuitos.

—Si usted no fuera mi jefe, yo podría permitirme el lujo de un cortocircuito. Pero tengo la lengua atada. Me gusta lo que hago, ¿sabe? Me gusta escribir. Me costó mucho trabajo entrar en el diario y el día en que lo conseguí pasé una hora bailando sola en el anfiteatro del parque Lezama. Pisé tanta caca de perros que tuve que tirar los zapatos a la basura, pero fui más feliz que nunca en la vida. No puedo perder eso, doctor Camargo. No puedo tener cortocircuitos con el editor de Cultura ni con el prosecretario general ni mucho menos con usted, que está en la punta de la pirámide.

—Tenés razón. Pero yo no te dije que tuviéramos una de esas historias que se olvidan antes de que sucedan. Dije que me habría casado con vos. Es distinto.

—También dijo que no puede. Y eso es lo más distinto.

A él le pareció mentira que estuvieran hablándose así, dejándose ir, con una soltura que jamás había sentido en la relación con ninguna otra persona, ni siquiera sus hijas. Le sorprendió que aquella muchachita de nada lo pusiera a temblar como un adolescente. Ella, a su vez, no entendía qué estaba pasando aquella noche. La confundía retroceder y la confundía avanzar. No le gustaba alejarse tanto de sí misma. Por momentos veía a Camargo tal como era: un señor mayor, que caminaba encorvado, con una voz demasiado pensativa y un torso de matrona, redondeado por los años. Nunca nadie así había entrado en sus sueños. Y sin embargo, todo lo que él decía la tocaba y la hería como un ácido. Todo lo que él decía le cortaba el aliento y entraba en su pasado.

—Voy a dormir —dijo Reina—. Creí que este día no iba a terminar nunca.

—Sí. Podría no terminar nunca.

Ya en el dormitorio, mientras se libraba de los incómodos zapatos de monja y plegaba sobre una silla el vestido mexicano, oyó a Camargo discutir con la casera por la aspereza de las sábanas, por el olor a encierro y por la espesura del mosquitero. «Si alguien se ha llevado el aire de esta casa lo tendría que devolver», dijo él cuando Reina, con el camisón ya puesto, se cepillaba a ciegas el largo pelo oscuro. Estaban en cuartos contiguos, separados por muros de medio metro, pero la delgada madera de las puertas, en vez de amortiguar los sonidos, los encendía y refinaba la acústica.

Apagó la luz a la una de la mañana pero no consiguió dormir. Dos o tres veces la sobresaltó el celular de Camargo. Lo oyó dar órdenes sobre el tamaño de las fotos, mover algunos títulos de lugar, discutir las torpezas de un párrafo. Hablaba con tono firme, pero en voz tan baja que las sílabas se le confundían. A ratos, las ventanas se iluminaban con relámpagos y la humedad crecía como si estuviera viva y no tuviera intenciones de retirarse.

Había empezado a relajarse y a entrar en ese limbo donde los sentidos pierden pie cuando Camargo llamó a la puerta. Serían las dos, tal vez las dos y media. Por un momento no supo si era una voz del día siguiente o de la semana pasada.

—Reina, tuve que retirar tu artículo de la primera página. ¿Estás durmiendo, Reina? Tu artículo no va.

El latigazo de la frase la despejó.

—¿Por qué, doctor? Ya voy. Tengo que ponerme algo.

En su cabeza se instaló de pronto la idea de fracaso y se dio cuenta de que a nada le temía tanto como a eso: no al fracaso con sus padres, porque ésa es una fatalidad de la que ningún ser humano escapa, ni al fracaso con Camargo, que tal vez podría ser reparado, sino con ella misma, con la imagen invencible que tenía de sí y que de pronto se venía abajo. ¿En qué se habría equivocado?

Tanteó la llave de la luz: no servía. Por suerte, una lámpara a querosén estaba encendida y aún titilaba, con la mecha agonizante. Se puso el vestido mexicano sobre el camisón y, al ir hacia la puerta, sintió un ligero vértigo, la sensación de que apenas viera a Camargo caería al vacío.

Él rezumaba humedad y malicia. Acababa de salir de la ducha y olía al mismo perfume suave y recóndito que lo seguía por todas partes. Llevaba en la mano la carpeta de papeles que había traído de Buenos Aires.

—Estás muy linda, Reina —dijo. Las palabras tropezaron unas con otras, como si no fuera eso lo que quería decir.

—¿Qué pasó con mi artículo? ¿Está ahí?

Reina señaló la carpeta.

—Nada. No pasó nada. Sólo quería conversar un momento con vos y no sabía cómo despertarte.

—¿Quiere decir que sale tal como se lo mandé, en la primera página?

—Sale sin cambios, sí. No ha pasado nada. ¿Puedo entrar un momento?

Ella se apartó del paso y él, al avanzar, le tomó la mano. Ella no se la quitó.

—Estoy confundida —dijo.

—Todos estamos confundidos.

Camargo cerró la puerta y la abrazó. Reina sintió que el cuerpo enorme y temible en el que estaba dejándose caer despertaba en ella un deseo que no había imaginado. Sintió que todas las certezas se desplazaban de su quicio, y que Camargo no era ya Camargo ni ella tampoco era ella. Un abrazo bastaba para que dos personas fueran de repente otras. Él le tomó la cara entre las manos y la besó. Sus labios eran cálidos y la apartaban del mundo. Las lenguas se buscaron y se acariciaron, y una marea ciega los arrastró hacia el ningún lugar donde querían estar. Reina no se detuvo a pensar en todo lo que ganaba y lo que perdía en aquel instante. Sólo se dejó llevar, porque él le pareció un niño indefenso y ella tenía ganas de protegerlo.

A Camargo le extrañó que ella no estuviera en la cama cuando despertó. Por la sucia luz de invierno que entraba por la ventana dedujo que serían más de las siete. El horizonte era una raya gris y el calor seguía allí, contrariando las estaciones. No estaban las ropas de Reina ni su bolso de viaje ni la computadora portátil en la que había escrito el artículo sobre la herejía. Incrédulo, empezó a vestirse. No le incomodaba tanto que se hubiera marchado sin dejar siquiera una nota sino que lo hubiera espiado, tal vez, mientras dormía. Debía ser propio de las mujeres como ella: espiarlo, tener todo bajo control. Lo habría visto con la boca desencajada, las piernas desnudas y varicosas, el abdomen blando y desvalido. Lo habría sorprendido en estado de indefensión y se habría llevado esa imagen consigo, sin darle tiempo a él para corregirla. Salió a la galería en busca de la casera y la encontró cubierta por tules de mosquitero, cargando un cuenco lleno de miel. La mujer se quitó los tules en señal de respeto. Tenía los cachetes arrebatados, partidos por la sequedad.

—¿Usted también se va ya, señor? —dijo—. Hay café caliente y bollos. Debería probar los bollos con esta miel. No hay flores, pero las abejas siguen trabajando. La semana que viene nos van a traer reinas nuevas. Tendría que venir a verlas, señor. Las reinas cantan, ¿sabía eso? Cuando cantan, todo lo que usted ve acá se pone amarillo, vaya a saber por qué.

Camargo no respondió. Tanta locuacidad le molestaba. No quería tratos con la gente inferior, ni menos esas muestras de confianza. ¿Habría visto algo la casera? ¿Lo habría oído?

—¿Dónde está el chofer? —preguntó—. Tendría que tener el auto ya listo aquí, esperando.

—Se fue a llevar a la señora a la terminal —dijo la mujer—. A lo mejor volvió a perderse.

—Sírvame café. Sin miel, sin bollos. Sólo tomo café por la mañana.

Se había ido en ómnibus, entonces. ¿Por qué hacía esas cosas? Quizá porque él la había dejado en medio de la calle cuando salieron a comer. Era vengativa, una mierda. Sin embargo, seguía pensando en ella. Zumbaba en su imaginación y no se iba. Echaría al chofer cuando volvieran a Buenos Aires. Y con Reina, ¿qué haría? Un par de abejas se acercó al cuenco de miel que la casera había dejado sobre un banco, en la galería. A lo mejor no ha vuelto al diario, pensó. A lo mejor está yéndose a cualquier otra parte. Pero algún día tiene que detenerse. Algún día va a llegar a un sitio y va a quedarse para saber qué hacer. Y cuando llegue, voy a estar esperándola. Puede sentirse todo lo libre que quiera. Puede sentirse libre todo el tiempo porque, vaya donde vaya, me pertenece.

Siete

Hace una hora pusieron a la pobre Ángela en terapia intensiva, te ha dicho Brenda por teléfono en un castellano ya erosionado por el desuso. No le pueden controlar una infección respiratoria. Según el doctor Clarke, los glóbulos blancos que tiene se han vuelto inocuos. Le han hecho tantas transfusiones que no le queda una vena sana. Ayer tuvieron que inyectarla en el dorso de la mano. El dolor no la deja en paz. Si la oyeras te partiría el alma. ¿Y el pecho? Pobre chiquita, el pecho es de una flacura que te espanta. Tendrían que empezar de nuevo con la quimioterapia, pero antes van a evitar que la infección siga invadiéndola. ¿Te das cuenta? ¿Cómo se puede sufrir tanto cuando se tienen sólo quince años? Ya no doy más, Camargo. No puedo verla así. Me le acerco a la cama y me pregunta ¿cuándo va a venir mi papá? Apenas le queda voz. Hace más de tres meses que no te ve. Has ido a Toronto, a Las Vegas, y no has tenido tiempo de pasar aunque sólo sea un día por Chicago. Es tu hija, ¿no? Tengo miedo, Camargo, miedo de estar sola, miedo de lo que pueda pasar.

El doctor Clarke, ¿quién es?, has dicho. El hematólogo que la está viendo desde que empezó todo, se asombra Brenda. Cómo no te vas a acordar de él. Pero es así, no te acordás. Hace ya mucho que pensás en Ángela como si no tuviera que ver con vos. Decís su nombre y se te abre un blanco en los sentimientos. Las fotos de los conciertos, los paseos en bicicleta, nada de ese pasado te conmueve. Has ido a visitarla un par de veces este año y ni siquiera tuviste ánimo para abrazarla. Se ha vuelto demasiado frágil. Ha dejado de pertenecerte, porque ahora pertenece a la enfermedad, a la mala suerte, a una pena de la que preferís estar lejos. Tratás de decir algo más en el teléfono y no te sale. ¿Cómo está Diana?, has preguntado. Rara vez tu ex esposa y vos hablan de la otra melliza. Ella también te es ajena. No se ha separado ni un instante de la cama de Ángela, responde Brenda. Ahora sí, porque no la dejan quedarse en la sala de terapia intensiva. Está acá mismo, conmigo. ¿Querés hablar con ella? No, contestás, aterrado. Ahora no puedo. Tengo a dos de los editores en la antesala. La situación del país es grave, como sabés. Estamos esperando de un momento a otro la renuncia del ministro de Economía. Dale un beso de mi parte a Diana. Decile que la extraño. Si puedo viajar mañana te lo hago saber, Brenda. Tengo que cortar. ¿Mañana?, pregunta ella. No lo puedo creer. ¿Vas a esperar a mañana? Ángela tiene cuarenta y un grados de fiebre y no se la pueden bajar. No sé si te das cuenta que mañana podría perder la conciencia y agravarse tanto que no te dejen verla. Tiene que ser hoy mismo, Camargo. Sos el padre. Te subleva que Brenda invoque una responsabilidad a la que nunca has faltado. Estás gastando una fortuna en hospitales y médicos inútiles, que ni siquiera saben bajar una temperatura de cuarenta y un grados, y ella te habla de tus deberes de padre. Es más de lo que se puede tolerar. No me apurés, Brenda, le decís. Siempre estás queriendo manejar la vida de los otros. Ya voy a ver cómo me las arreglo para viajar.

La tranquilizás con promesas para sacártela de encima. Ha tratado de manipularte, y una vez más has evadido el cerco. No tenés la menor intención de salir de Buenos Aires. ¿Justo ahora, cuando la mujer de la ventana de enfrente te ha traicionado y ha dejado en ridículo los meses de atención que le dedicaste? Después de haber construido su cuerpo con tu mirada, ¿vas a permitir que tu obra se deshaga en las manos de otro? Estás furioso, desesperado por castigarla, y con semejante espina no podés ir a ninguna parte. Ya vas a tener tiempo para ocuparte de Ángela. Ahora, la mujer de enfrente es más importante que todo.

Al día siguiente de tomar el fenobarbital durmió hasta las doce. Postergaste las citas que tenías en el diario hasta que la viste despertar y arrastrarse sin energía por la casa, despeinada y desencajada. Llamó dos o tres veces por teléfono, tal vez al médico o a su madre, y también a su trabajo para decir que tenía mareos, náuseas y que iría cuando se sintiera mejor. Mientras la espiabas, apartado de tu propia ventana para no delatar tu acecho, ordenaste a uno de los redactores de Cultura que averiguara con extrema discreción —*extrema,* subrayaste, dándole a entender que un paso en falso podría costarle el puesto— si alguna editorial de Buenos Aires estaba por publicar un ensayo sobre Jesús, sobre los primeros años del cristianismo o cualquier tema conexo. Tal vez sea una colección de varios autores, le dijiste, y en ese caso anote quiénes son. Vaya también a las editoriales marginales, a las clandestinas, a las que están en formación. Sea exhaustivo. Y entrégueme el informe a mí, sin intermediarios, cuanto antes. Destrozarías a todo el que osara publicar las mierdas que esa rata estaba escribiendo a escondidas.

La mujer era joven y tenía un físico indestructible. A las dos de la tarde, el efecto del fenobarbital le había pasado por completo. No cesaba de tomar agua e iba al baño a cada rato. Se apartó un momento de tu mirada para darse una ducha y regresó de nuevo lozana y enérgica. Se hizo café, pero no comió. La viste vacilar un par de veces ante el cartón de jugo de naranja y volverlo a guardar en la heladera. No sintió desconfianza, de eso estabas seguro, pero tendrías que vigilar sus hábitos por si rechazaba el jugo. En ese caso, buscarías otro recurso para la próxima ración de fenobarbital. Lo que se haya borrado de su memoria sobrevivirá en el cuerpo. Cada vez que se acerque al jugo de naranja, el pasado volverá a ella como si fuera presente. Lo que la mujer olvide tenés que recordarlo vos.

La viste sentarse ante la computadora y revisar el correo. Estaba agitada, sin tiempo para responder a los mensajes. De día era más difícil observarla, porque la luz de la calle dejaba demasiados espacios en la penumbra. Pero sus movimientos se volvían nítidos cuando estaba cerca de la ventana, se miraba al espejo o abría la heladera.

Has dejado que pase una semana para que ella relaje sus costumbres. Sabés que, en ese lapso, ha llamado dos veces al editor colombiano desde el teléfono de su oficina, gastando dinero ajeno en su amorío. Presenta el viaje a Río de Janeiro como un trabajo de investigación urgente, para que la empresa a la que sirve le pague los gastos. Además de puta es ladrona. No merece la menor piedad.

Ahora llegás siempre temprano a tu cuarto de la calle Reconquista, antes de las diez de la noche. Dejás el cierre en manos del editor nocturno o de Enzo Maestro, al que has contratado poco antes del cambio de gobierno. Lo elegiste por sus contactos políticos, lo fuiste ascendiendo por su lealtad sin fallas y al fin lo has convertido en tu mano derecha.

Ya lo primero que hacés no es aferrarte al telescopio sino cruzar la calle e intentar un diálogo con la pareja sin techo que duerme junto al edificio de la mujer. Cuando vivías en Chicago aprendiste que la gente, al dirigirse a una persona que no entiende la lengua del lugar, habla con lentitud, marcando las sílabas, como si la completa ignorancia del idioma ajeno se disolviera sólo porque la voz va más despacio o el tono es más alto. Pero nada es tan eficaz como el lenguaje de los gestos. Así has ido comunicándote con el hombre sin techo, porque la mujer no te quiere: aprieta los labios sumidos cuando te ve llegar y se tapa la cara con su frazada de ruinas. Son refugiados de la guerra de Kosovo y usan una intrincada variante dialectal del serbio. Ni siquiera son parientes: los une el infortunio de haber huido del mismo pueblo montañés, cerca de una ciudad llamada Pranjani, o eso creés entender. Han pagado una fortuna para llegar a Buenos Aires, sobornando controles migratorios en Ciudad del Este y Posadas, sólo para descubrir que en la capital están condenados a un destino de mendigos. El hombre recoge a veces latas y botellas en rincones por los que aún no han pasado otros como él. Al invadir zonas ya tomadas se arriesga a que lo maten a palos y lo tiren en una zanja. ¿Pero qué otra cosa podría hacer? No hay trabajo para nadie, la gente ha perdido la cabeza, la única idea fija es comer. Somos vientres, sólo vientres, dicen los ademanes del hombre.

A veces les llevás latas de carne y de sopa. La sin techo sabe decir gracias, porque la has oído pronunciar torpemente esa palabra cuando alguien le arroja una moneda, pero a vos te mira con encono y, cuando te detenés a conversar, se dirige a su compañero repitiéndole *Baš smo žedni.* Por lo que has ido adivinando, la frase significa «lo que tenemos es sed» o algo por el estilo. Que te rechace podría estorbar la relación que has ido tejiendo con el hombre: tratás de ser cortés con ella, de vencer su desconfianza, de pasar por alto sus groserías. No es fácil, porque verla te resulta cada vez más repugnante. Cuando se incorpora del jergón tiene una melena erizada, con nudos de medusa. La hediondez que despide es insoportable. Al menos no se molesta cuando te alejás caminando una o dos cuadras con su compañero, aunque los sigue todo el tiempo con la mirada y fingiría un ataque si los perdiera. No te podés explicar en qué consiste la dependencia que se ha creado entre esos dos. No puede ser física, porque el hombre es todavía fuerte y, si no fuera por los dientes, hasta sería atractivo, en tanto que ella ya se ha deformado por completo, con sus costras y sus enfermedades de pesadilla.

Más de una vez les has ofrecido pagarles un cuarto de pensión, pero se han negado. Conservan cierta altivez, como si la miseria fuera una elección y no una derrota. Ahora no te queda otro remedio que hablarles claro y decirles lo que necesitás. La mujer de enfrente se va dentro de tres días a Río de Janeiro y tenés que evitarlo de cualquier manera.

Después de la conversación con Brenda salís en busca de los sin techo: el tiempo te muerde los talones. Son las diez de la noche y hace ya semanas que las rutinas han cambiado en el departamento de enfrente, quizá porque la mujer está enamorada y prefiere no distraerse de sí misma. Llega temprano de la oficina, rara vez acepta invitaciones a cenar, y desde el alba pasa muchas horas escribiendo. Los domingos, sin embargo, sus hábitos son los de siempre: monta a caballo y regresa cuando oscurece. Oye música, se desnuda ante el espejo. Está más interesada que antes en el cuidado de su cuerpo: la ves estirarse en una barra cuando se levanta, hacer flexiones, untarse cremas en las piernas y en el pecho antes de ir a la cama.

Momir —has aprendido que así se llama el hombre— ya está roncando en el nido de escombros cuando vas en su busca. La compañera, en cambio, sigue sentada, fumando. Le pedís permiso para hablar con él. De nada te serviría despertarlo, porque ella no lo dejaría moverse.

Juntás las palmas de las manos e intentás un ademán de súplica. Importante, importante, le repetís en castellano, sin saber cuál de esas sílabas la conmueve. *Čekaću ga,* insistís. Creés que eso significa algo parecido a «voy a estar esperándolo». Luego dejás caer una palabra que la sin techo, por fin, entiende: *Pranjani.*

Todo lo que la pareja quiere es —te lo ha dicho el hombre— regresar a Pranjani. Del pueblo donde vivían, devastado por los bombardeos, no quedan ni los escombros, pero en Pranjani ha empezado la reconstrucción. Allí él podría trabajar como albañil. No has conseguido adivinar si te dijo albañil o maestro de obras u otro oficio vinculado a la ingeniería porque el lenguaje de los gestos es limitado, y el castellano del hombre es ínfimo, utilitario. Has venido a ofrecerles lo que desean.

Te ocultás en la portería de tu propio edificio mientras Momir se despeja. Tenés miedo de que la mujer llegue de la oficina de un momento a otro. Al fin ves que el hombre se yergue y te busca con la mirada. Le indicás que cruce la calle, pero no lo hace hasta que su compañera se lo ordena: *Pitaj ga.* Ha llegado el momento de que le propongas el intercambio en el que estás pensando desde que leíste los mensajes de la mujer de enfrente a su amante colombiano. Vas a recomendarle discreción extrema —*extrema,* repetirás—, pero ¿cómo podría traicionarte este campesino sin lengua, ajeno al mundo? Desde ya descontás que la negociación no va a ser fácil: habrá consultas infinitas del sin techo con su pareja. Tu oferta es simple: una suma de dinero suficiente para cubrir dos pasajes a Belgrado, el ómnibus hacia Pranjani, más lo que haga falta para sobrevivir una semana. Vas a decir «Tres mil pesos», a la espera de que Momir replique: «Cinco». Lo que te pide es más, sin embargo. Quiere pasaportes nuevos para él y la mujer. Creés entender que en la travesía de Posadas a Buenos Aires les han robado todo lo que llevaban: documentos, dinero, joyas, ropas, fotografías. ¿Pasaportes?, repetís, extrañado. No es posible. ¿Cómo vas a conseguirlos en tan poco tiempo? Él tendría que cumplir con su parte del trato mañana por la noche, y vos no podés entregarles los papeles antes de setenta y dos horas, con suerte. Voy a darles los pasaportes, les doy mi palabra. Tengan confianza. Te mira desconcertado. Cruza otra vez la calle y discute con la compañera. O Momir no ha entendido tus argumentos o la mujer no transige. Regresa cabizbajo. ¿De cuánto tiempo dispongo, entonces?, le preguntás. Ahora, responde Momir, implacable, señalando el piso con el índice, sin dejar dudas de su firmeza.

La insensatez de los sin techo te enfurece. ¿Cómo se les ocurre a esas liendres oponerse a tu voluntad? No vas a pasar por alto este desaire. Vas a destruirlos, cuando llegue el momento. Ahora son, por desgracia, el arma que necesitás para darle una lección a la mujer de enfrente. Mientras no lo hayan hecho, tendrás que emplear todo tu poder en darles lo que piden. Recurrir tal vez a Sicardi, el jefe de personal, o a Enzo Maestro, que todavía tiene contactos con los servicios de inteligencia.

Voy a cumplir, Momir, decís. Voy a dedicarme por entero a eso. A las siete de la mañana enviaré una persona de confianza para que les tome fotos acá mismo, en la calle. Traten de asearse, péinense. Traten de parecer normales. Después, a la noche, te entregaré, si puedo, los papeles de tu compañera. Te daré el dinero y el otro pasaporte más tarde, después de que hayas hecho lo que te pido. Momir se aleja una vez más para saber si la mujer está de acuerdo. Desde los escombros, ella asiente. Dios, cuánto conciliábulo.

Pero la realidad está en tu contra. Mientras hablabas con Momir desconectaste los celulares, y ahora advertís que en los dos hay mensajes desesperados. Maestro ruega que vayas cuanto antes a tu despacho. El presidente ha despedido a medio gabinete, dice, y se ha enredado en una pelea mortal con los aliados que lo llevaron al poder. No quiere oír las razones de nadie, salvo las de sus hijos. La crisis es ya tan grave que puede renunciar el vicepresidente. El diario está inmovilizado, Camargo: todos a tu espera, dice Maestro en el contestador. ¿Cómo voy a autorizar los títulos de primera página sin que los veas? Tengo ya los borradores listos, sobre tu escritorio. Una vez más pensás cuán certero fuiste al elegirlo para que te secunde. A la mitad de los redactores les repugnó. Fue el vocero con menos escrúpulos que haya conocido el país, te dijeron. Ni durante la dictadura hubo alguien así. Exageran. Lo llamaste a tu lado porque no discute órdenes: las perfecciona. La lealtad sin quebranto que le profesó al presidente anterior ahora te la profesa a vos. Y la imaginación dañina, maliciosa, con que entretuvo al país mientras su jefe robaba a mansalva, ha ido refinándose en el diario. No puede crear hechos, como antes, pero es un malabarista jugando con ellos, corrigiéndolos y desplazándolos. La vida es injusta con hombres como Maestro, te has repetido más de una vez. En un país menos insignificante que la Argentina habría sido un Fouché, un Kissinger, un J. Edgar Hoover. En la biografía de ninguno de ellos hay una joya de la distracción tan admirable como la falsa penitencia del anterior presidente en Los Toldos, en la zanja de Alsina y en el Valle de la Luna simultáneamente: tres golpes de dados que desembocaron en un solo azar.

Te gustaría confiarle tus tribulaciones con la mujer, porque Maestro sabría darte un consejo certero, pero ése es un secreto que no podés entregar a nadie. Se lo dirías a tu madre, eso sí, derramarías en ella todo lo que llevás por dentro si volvieras a verla, pero aunque la esperanza siga en pie, hace tiempo que has dejado de buscarla, Camargo: tu madre se ha ido ya del reino de este mundo.

En el celular reservado para las hijas y los íntimos hay dos llamadas enojosas. Ángela se agrava hora tras hora. Con voz de funeral, Brenda te anuncia que no le pueden controlar la infección. Tres médicos la atienden en la unidad de terapia intensiva. Si acaso no estás en vuelo rumbo a Chicago, dice Brenda, te ruego que busqués alguna conexión por San Pablo, por Lima, por donde sea. Tenés que estar acá cuanto antes, Camargo. Diana y yo estamos desesperadas.

Tu ex mujer se ha vuelto loca. ¿Cómo se le ocurre que podés viajar al menor sobresalto de la enfermedad de Ángela? No sería la primera vez que trata de enredarte con una falsa alarma. Tu hija tiene una leucemia difícil de curar, de las llamadas mieloblásticas, pero ya se ha recuperado antes y no tendría por qué ser peor ahora. Si Brenda se pusiera por un instante en tu lugar, sabría que te ha caído encima una crisis política y no podés abandonar el diario irresponsablemente. Y si viera la vida en tu misma longitud de onda, como en los primeros años del matrimonio, adivinaría que el viaje de la mujer a Río de Janeiro es para vos la única cuestión de vida o muerte.

La otra llamada te importuna: es Reina Remis, que necesita verte cuanto antes. Tan sólo un minutito, ruega, soy víctima de un malentendido y quiero disiparlo cara a cara. No vas a recibirla, ya lo has resuelto. Someterás su caso a la justicia de Sicardi y no moverás un dedo en su favor.

¿Y mañana? Ah, no quisieras dejar ni un hilo suelto en tus planes para mañana. Apenas entrás en tu oficina querés ver a Sicardi. Quizás él solo pueda resolver todo lo que te inquieta. No podés evitar que su nariz te ponga nervioso: un pimiento enorme, a punto de reventar. La moralidad de Sicardi es un terreno inexplorado, de modo que vas moviendo tus palabras con delicadeza, como si las hicieras caminar sobre carbones ardientes. No se preocupe, doctor, te dice, podemos tener los pasaportes mañana por la tarde. Falsos, por descontado. Voy a ubicar los que robaron del consulado polaco. ¿Esos malandras que vamos a sacar del país son croatas, dijo usted: serbios, montenegrinos? Nadie se va a dar cuenta, entonces, de la diferencia. Serbios, polacos, búlgaros: es la misma resaca. Te resignás a dejar las puntadas finales en manos de Sicardi: las fotografías, la invención de los nombres, las fechas probables de nacimiento, entre 1954 y 1960. Quisieras que no haya errores de traducción al escribir los datos en los papeles, le has advertido: esos detalles podrían arruinar todo el esfuerzo cuando pasen por el filtro de Migraciones. Mire que hay letras raras en esas lenguas, Sicardi: y griegas con acento agudo, efes con rayas transversales, haches circunflejas. Doctor, no se preocupe, te tranquiliza. ¿Acaso alguna vez le hemos fallado?

Aún te incomoda el tema de Reina Remis: es el invisible campo de espinas que ni Sicardi ni vos se atreven a franquear. ¿Algo más se le ofrece, doctor Camargo? ¿Nos olvidamos de Remise, tal vez?, te pregunta, obsequioso, allanando el terreno. Deberías agradecerle porque más de un vaso capilar en su nariz habrá sucumbido a la tensión. Rémis, lo corregís, acentuando con fuerza la primera sílaba. Se llama Reina Remis. Ya sabe usted que ha traicionado al diario. Esa aerolínea, Fleet, le ha pagado un soborno. No queda otra salida que despedirla, Sicardi. ¿Y si fuéramos más despacio, doctor Camargo?, se alarma él. ¿Si le llamamos la atención con suspensiones escalonadas? Despedirla de un día para otro nos saldrá carísimo. ¿O acaso tenemos pruebas de esos pagos? Más caro sale retenerla, Sicardi. Actúe. No se extravíe en pruritos legales.

Te enfurece tener que dar explicaciones. Cuando se trata de Remis, no aceptás que nadie te contradiga. Despídala pero dele tiempo, le repetís. Permítale cometer un par de errores más. Que nos haga juicio. La vamos a tener meses sin cobrar, yendo de un abogado a otro.

Qué alivio al fin. Ya te has quitado de encima el malestar que no te dejaba en paz. Apenas tengas un respiro vas a llamar a los directores de *El Heraldo,* de los canales de televisión, de las agencias de noticias y a todas las radios que se te vengan a la cabeza para advertirles que Reina te ha traicionado y que darle un empleo equivale a declararte la guerra. Debería servirte de lección, Camargo. La llevaste demasiado lejos, hasta alturas donde sólo seres como vos saben respirar sin intoxicarse. Le ofrendaste tu intimidad, le duplicaste el sueldo por lo menos dos veces. Ganaba casi tanto como Maestro. Por ella, sólo por ella, te separaste de Brenda y te alejaste de las mellizas, aunque quizá tarde o temprano lo habrías hecho. Y mirá cómo te ha pagado: corrompiéndose. No necesitás comprobar si, además de pasajes, ha recibido cheques de la compañía aérea. Te basta con leer lo que ha publicado para favorecerla. No vas a perdonarla, Camargo, aunque te lo suplique de rodillas. Has aprendido esa lección de Dios, que es misericordioso, pero jamás perdona.

Ahora llamás a Enzo. Con él te sentís relajado, a tus anchas. Sus ideas son siempre un calco de las tuyas, y si por azar tiene otras, las evapora. Podrías decirle que el título de mañana es, por ejemplo, *Crinete de la gabisis,* y acataría con entusiasmo. No estaría mal tomar a los lectores por sorpresa alguna vez y obligarlos a reconstruir un lenguaje desmembrado: *Se renuncia la espera del vicepresidente.* O tal vez: *Detros ponen minis a tres.* Los diarios serían juegos para adultos y no papillas digeridas para infantes sin mente. Sí, hagámoslo, es extraordinario, te diría Maestro, y en el acto pondría manos a la obra.

Salir del infierno de los pasillos palaciegos lo ha rejuvenecido. Aunque sigue enfundado en los trajes brillantes con chaleco e insiste en las corbatas floridas a que lo acostumbró el mal gusto del ex presidente penitente, a Maestro se le ha desvanecido la mirada huidiza y avergonzada de otros tiempos. Cuando camina por la redacción, con los pulgares hundidos en el chaleco, parece Noé oyendo los relinchos, trinos y silbos agradecidos del arca. ¿Sabés cuál era la noticia del día, Camargo?, te saluda, entusiasta. La caída de Milosevic. Teníamos dos crónicas preciosas enviadas desde Belgrado, una entrevista a Vojislav Kostunica, que asumió el gobierno, y una columna exclusiva de Juan Goytisolo. Pero acá el presidente se levantó de la siesta con la regla y echó a tres ministros indóciles a patadas. De buena fuente sé que el vice va a pegar el portazo de un momento a otro. Lo insinuamos, pero no lo decimos. ¿Te parece que cambiemos los títulos y pongamos el énfasis en eso?

No muevas nada, Enzo, ordenás. Que todo quede tal como lo hiciste. Armaste una primera página impecable. Nada del otro mundo va a pasar esta noche. El vice, si renuncia, va a esperar que el presidente recapacite y lo llame a su lado. El que está en líos, Enzo, soy yo. Vas a tener que relevarme por un par de días. ¿Ahora, Camargo? ¿Cómo vas a hacer eso? Te banco lo que quieras, pero yo no soy vos y los lectores lo van a notar. No me queda otra, le contestás. Ángela está peor. Aunque Brenda no quiere admitirlo, sé que mi hija puede morir de un momento a otro. Tendría que haber volado ya a Chicago, pero no tengo coraje. Tampoco tengo fuerzas para ver a nadie. Voy a estar a tu alcance, en el teléfono, y vendré al diario si hay alguna emergencia. La de mañana es una crisis cantada, Enzo. Hasta podría dictarte el título: *El vicepresidente entregó / su renuncia indeclinable.* No hay mucho que imaginar. Sólo tenés que enviar a un cronista a Olivos para que narre cada balido del presidente, mientras algún otro sigue al vice desertor a donde quiera vaya. Le ponés un moño al paquete con un par de análisis de la crisis, y ya está. Va a ser un día traslúcido, puro oxígeno. Si la historia sucede como la estás contando, Camargo, a lo mejor sí, todo es simple. Podría sin embargo desviarse hacia un atajo, enloquecer. Fijate en el extraño curso que hoy tomaron los hechos: amanecimos con la caída de Milosevic y al empezar la noche nuestro anodino presidente rompió los cristales de su gabinete.

El diario, sin embargo, es lo de menos. Lo de más es la culpa que podrías sentir si te quedás. ¿No será mejor que viajés a Chicago? Maestro es ingenioso pero no organizado. Desconoce a la tropa, ignora cuál de los redactores se entera por el celular de lo que pasa en Olivos mientras almuerza en su casa con la familia. No se fía tampoco de los consejos de Sicardi. Vas a tener que darle una mano con las escaramuzas de mañana. Le sugerís que ponga a Remis tras las huellas del vice dimitente. Le dejás por escrito un detallado plan de operaciones: que a las ocho de la mañana lo encuentre en el café de la esquina de su casa, donde acostumbra tomar el desayuno; que siga paso a paso la escritura de la renuncia, el llanto de la esposa, las llamadas infructuosas desde Olivos tratando de disuadirlo, la conferencia de prensa en la que se despide, la soledad del hogar y la congoja de la gente. ¿Remis?, se extraña Maestro. ¿No estamos por echarla? Sí, ¿y eso qué importa?, respondés. Lleva meses trabajando con negligencia y además robándonos. Mañana démosle la oportunidad de devolver lo que nos debe. Ocupate de que cumpla. Que Sicardi confirme de tanto en tanto si está en su puesto. Y no la dejés irse hasta que no hayas enviado al taller el último punto y aparte de la historia. Vos la querías, Camargo, se atreve a decir Maestro. Hasta hace poco la seguías queriendo. Por eso mismo, contestás. Nunca permito que los sentimientos se mezclen con el trabajo. Todavía es útil. Sabe narrar con la destreza de Victoria Ocampo y es tan insidiosa como Patricia Highsmith. También es dañina.

Esta noche vas a acostarte por primera vez en el catre de monje de la calle Reconquista, aunque quién sabe si podrás siquiera cerrar los ojos. Dejarás tu sillón de observador, te acercarás muchas veces al telescopio Bushnell, y repasarás cada movimiento de mañana. Te gustaría entrar en el departamento de la mujer de enfrente apenas salga rumbo a su trabajo, pero la empleada de la limpieza se queda allí hasta la una de la tarde y tendrás que armarte de paciencia. Hay un ligero cambio en la rutina de los jugos que la mujer bebe antes de acostarse: aunque sigue prefiriendo los de naranja, a veces se desvía hacia los de manzana. Siempre hay dos o tres cartones en su heladera. Para evitar el menor riesgo, vas a verter dos gramos de fenobarbital en cada envase. Esta vez tendrás que usar guantes, porque el castigo que vas a inferir es muy osado y no deben quedar huellas. También has extremado las precauciones reservando pasajes para Momir y su pareja en el avión que sale rumbo a Santiago de Chile el sábado a mediodía. Desde allí, en tres escalas, llegarán a Belgrado. Los querés mudos y lejos. Has dejado los trámites en manos de Sicardi, con la certeza de que al mediodía, cuando lo llames, se habrá ocupado hasta del último detalle. Lo único que se te ha escapado, maldición, es saber dónde andan los sin techo durante el día, en qué cloacas se refugian, a quiénes ven. Tal vez se desplacen hacia los andenes de Retiro o hacia la Costanera Sur, donde has visto mendigar a gente que habla lenguas parecidas, o acaso esperen la noche en algún tren de carga anclado en Constitución. Perderías demasiado tiempo ahora si los rastrearas. Dudás que Momir hable de vos con los de su calaña, porque no le has dicho tu nombre y ni siquiera le has revelado tu plan. Sólo te has asegurado de que no falle en lo esencial.

La noche es lenta y ya te has levantado tres o cuatro veces, temeroso de que Momir se haya ido. Pero los dos crotos siguen yaciendo sobre sus basuras, con los cuerpos pegados a la cortina metálica de la tintorería. Antes de las once, como supusiste, ha llegado la mujer de enfrente. Después de un ritual más breve que el de costumbre, la viste apagar la luz. No omitió la lectura de su correo en la computadora ni las fricciones sensuales en las piernas y los pechos con cremas tonificantes. Estás seguro de que ha reservado turnos el sábado para depilarse, arreglarse las uñas de las manos y los pies, preparándose para el encuentro con el amante. Es una lástima que no puedas verla dormir, entrar en ella y navegar en el río de su sangre. Si le vieras los sueños con tanta nitidez como tu cámara vio cada pliegue de su cuerpo, sabrías por qué te ha traicionado y a lo mejor, mientras la castigás, le acariciarías la frente, no por misericordia, porque la ofendería ese sentimiento, sino por amor a vos mismo, Camargo, por toda la vida que se te ha ido contemplándola.

Ocho

Camargo sobrevivió tres años a la tragedia que le cambió la vida. Fue una lástima que no pudiera leer las dos inspiradas columnas que le dedicó Enzo Maestro. Era un texto sin una palabra de más, a la izquierda de la primera página, con un título que a él le habría gustado: *Duelo:* El Diario *llora la pérdida / de su ex director G. M. Camargo.* Aun cuando ya no hacía falta, el texto acataba los deseos del difunto. Deslizaba sólo una vez, como de paso, el nombre de sus documentos civiles, Gregorio Magno Pontífice, e ignoraba casi todos los detalles íntimos de su biografía, desde el abandono de la madre en plena infancia hasta el divorcio de Brenda y la tardía reconciliación. Con generosidad, Maestro convertía al padre en «un pionero de nuestra radiotelefonía» y resumía el ostracismo del gran periodista en un par de líneas sobrias: «Poco antes de caer enfermo, Camargo había recorrido el mundo con asombro, como si fuera otra vez un redactor joven. Los artículos que envió desde las grandes capitales europeas, desde Katmandú, los templos de Angkor Wat y las ruinas de Chichén Itzá son ahora clásicos argentinos. Su viuda, Brenda, se propone reunirlos en un volumen, junto con la última colaboración que, ya retirado, envió a *El Diario* y que reproducimos para solaz de nuestros lectores».

La edición llevaba una escueta franja de luto y desplegaba en las páginas centrales doce fotografías de Camargo, seleccionadas con esmero por Maestro. Dos de ellas habían sido tomadas entre los geranios de la casa de San Isidro, junto a la esposa y a las hijas mellizas. Se lo veía feliz, desafiante, como un director de orquesta que acaba de verificar la sumisión de los instrumentos. En seis de las otras acompañaba a estadistas, hombres de negocios, premios Nobel de Literatura, aunque en verdad parecía que fueran ellos quienes lo acompañaban a él, contemplándolo con ojos devotos. Maestro había elegido con deleite una imagen de Camargo al lado de Carlos Salinas de Gortari, ya al final de su mandato, en la que el periodista observaba, con el labio inferior más inclinado que nunca por el desdén, al mínimo y calvo presidente. La página estaba dominada por una fotografía a cuatro columnas que mostraba a Camargo en su despacho de *El Diario,* rodeado por el estado mayor de editores, antes de una de las reuniones de la tarde. Maestro extendía una mano protectora sobre el sillón del jefe mientras ocultaba el pulgar de la otra bajo el chaleco. En las restantes, el difunto posaba ante la Gran Muralla, ante el edificio del Instituto de Seguro de Accidentes de Trabajo, en la calle Na Poricí de Praga, donde Franz Kafka trabajó desde 1908 hasta que se jubiló en 1922, y ante el Museo de Arte Moderno de San Pablo, acompañado por su amigo Antonio Marcos Pimenta Neves, poco antes de que éste sucumbiera también a una pasión desdichada.

Al pie de las dos páginas se reproducía en un recuadro el único artículo que Camargo había escrito en primera persona. Era también el último de su larga carrera. Ese verano había sido testigo, por azar, de un incidente en el que se encarnizó la prensa de escándalo de América latina y, aunque hacía ya tiempo que la adversidad lo había forzado a dejar la dirección de *El Diario,* se sintió obligado a enviar su testimonio. Leal hasta cuando ya no era preciso, Enzo Maestro —el sucesor— le concedió un espacio de privilegio, aunque hizo notar a sus editores cómo la edad y la desgracia habían mellado la pluma de un estilista modelo.

Un testigo ocular relata la tragedia de Viña del Mar

Cada vez va más gente a Viña del Mar en verano. Desde agosto ya no hay casas por alquilar cerca de la playa y de diciembre a marzo se agota la capacidad de los hoteles. Mi esposa Brenda tuvo la fortuna de conseguir por unos pocos dólares la mansión amarilla que se alza en el extremo norte del balneario, desdeñada por ser refugio de aparecidos que espantan a los inquilinos. En 1976, un general del ejército chileno que descubrió allí a su joven esposa en pleno pecado de lujuria, vengó la ofensa matando con su pistola reglamentaria a los adúlteros y envenenando a sus tres hijos con jarabe de arsénico antes de pegarse él mismo un tiro en el corazón.

Una de las más firmes tradiciones de Viña del Mar asegura que todos los días, a las diez de la noche —la hora aproximada en que se cometieron los crímenes—, fluye de las almas de aquellos difuntos un llanto puntual. Durante las semanas que pasé allí, sin embargo, sólo oí el fragor del mar.

Las puestas de sol en ese balneario chileno, que gozan de justa fama, alcanzan su máximo esplendor en la pequeña bahía que se abre justo frente a la casa amarilla. Gente de Santiago y Valparaíso acude los fines de semana a contemplar ese portento, que Brenda y yo teníamos a nuestro alcance en el balcón de la casa. No recuerdo por qué decidimos bajar a la orilla del mar el domingo 23 de febrero de 2003, cuando más infernal era la romería de visitantes. Nuestra hija Diana se había marchado a Buenos Aires, los dos nos sentíamos solos y melancólicos y, aun sin decirlo, estábamos sedientos de compañía. En la playa corría un aire cálido y transparente. Los turistas, con pañuelos atados a la cabeza y cestas de picnic, se habían tendido entre las rocas inmóviles como lagartos. El graznido de las gaviotas desentonaba con la calma sin fin. A eso de las seis y media, cuando el sol iniciaba su caída, un avión pasó frente a nosotros a una velocidad tan inverosímil que el rugido de las turbinas nos llegó cuando ya se había perdido de vista. Al cabo de un rato volvió, y era como si flotara. Volaba a trescientos o cuatrocientos metros sobre el mar y cortaba el globo del sol con perfectas líneas horizontales. Era un Cessna Citation para cuatro pasajeros, pero luego se supo que la única persona a bordo era el piloto enloquecido.

A medida que el sol se adentraba con mayor decisión en el mar, el avión daba vueltas cada vez más bajas. Al final parecía que las turbinas, bramando bajo la altiva cola en forma de ballena, casi en el extremo del fuselaje, iban a rozar la superficie del mar. Brenda me tomó las manos, con la cara bañada en lágrimas.

—No pasa nada —le dije—. Ese hombre sólo está tratando de llamar la atención.

—No te das cuenta —dijo ella—. Quiere matarse.

Las intuiciones de Brenda siempre han sido certeras. El sol estaba por perderse en la última curva del mar, y un par de mujeres, levantándose de sus refugios en las rocas de la orilla, chillaron de excitación.

—¿Qué hace ahora? ¡Está elevándose como un cohete!

Todo sucedió en un instante imposible, en el que tal vez nadie respiró. El avión irguió su nariz de delfín hacia el cielo sin nubes, en un ángulo casi recto y, cuando parecía ya que se estaba alejando, se lanzó en picada sobre el mar. Debía tener los motores apagados porque nadie recordó el menor ruido antes de la vasta explosión que incendió la bahía, sólo un silbido rayando la solemnidad del sol que se apagaba. Se clavó en el mar, hubo una luz aterradora y, de pronto, llegó la noche.

Brenda me soltó la mano y corrió hacia el agua, como si pudiera salvar algo de aquel naufragio. Lo que recordaré para siempre no será el Cessna hundiéndose como un cazador a la búsqueda de invisibles peces, sino fragmentos sin sentido de la tarde: las piernas varicosas de una mujer que se arrodillaba, las luces de neón de un bar que se encendió a lo lejos en la costa, la sirena de una ambulancia inútil, una botella de cerveza que flotaba en las aguas de la orilla, y Brenda entre las olas, con las ropas empapadas, extendiendo las manos hacia el sol en agonía.

Todos los noticieros exhibieron imágenes del rescate. En un mar sin viento, bajo la luna radiante, los buzos recuperaron los restos del avión antes de la medianoche. No les fue tan fácil encontrar el cadáver del piloto, que apareció flotando a la madrugada del lunes, treinta kilómetros mar adentro, sin nada que lo identificara.

Se sabía, sin embargo, que el difunto había sido presidente de la República Argentina. Su segunda esposa, una chilena que alcanzó fama como cantante y actriz de telenovelas a comienzos de los noventa, había decidido abandonarlo semanas antes, refugiándose en la mansión victoriana que también está frente a la bahía, junto a la casa que estábamos alquilando. Ignorábamos que alguien viviera allí. Aunque no es nuestra costumbre ocuparnos de los vecinos, nos llamó la atención la ausencia completa de actividad: jamás vimos entrar o salir un auto ni oímos sonido alguno.

Según el comando de Carabineros de Viña del Mar, el ex presidente no dejó cartas que justifiquen el suicidio. Pensaba, tal vez, que un acto tan estrepitoso se explicaba por sí mismo, o que el abandono de la esposa no requería de palabras.

Al día siguiente de las exequias, que congregaron a los presidentes de Argentina, Chile y Venezuela, asistí a la lectura del testamento, depositado en la sucursal del Banco de Santander. Se había previsto que la ceremonia fuera estrictamente privada y tuve que movilizar todas mis influencias para que nos permitieran entrar a Brenda y a mí. Fue una precaución vana, porque los enviados de televisión de quince países forzaron el frágil cordón de seguridad e invadieron el salón Embajador del hotel donde estábamos reunidos los abogados, un trío de escribanos, la primera esposa del difunto con su único hijo y sus nueve hermanos, además de un número escaso de testigos. Como el presidente suicida seguía aún casado con la actriz de telenovelas, se descontaba que esa mujer iría a reclamar al menos la mitad de los bienes. No estaba allí, sin embargo. La representaba su padre, un hombre pálido, delgado, que fumaba con avidez un cigarrillo tras otro.

Los escribanos se resistieron a leer el testamento hasta que se despejara el salón Embajador, pero los móviles de la televisión estaban decididos a que los actos póstumos del ex presidente fueran tan poco solemnes como habían sido los de su vida. El suegro fumador quería marcharse de una vez, por lo que el jefe de los escribanos, acatando esa urgencia, abrió el sobre lacrado que contenía el documento. La sombra vertiginosa del suicida se posó por un instante sobre nosotros y, en vez de infundirnos pavor, nos preparó para una revelación alevosa. La tuvimos. Con una voz de impropia monotonía, el escribano anunció que la fortuna del ex presidente ascendía a trescientos ochenta y nueve millones seiscientos veintiséis mil dólares en propiedades, depósitos en bancos europeos y caribeños, acciones de la bolsa, bonos al portador y empresas confiadas a testaferros, en vez de los modestos dos millones ochocientos mil dólares que había declarado como único capital al dejar el gobierno. «Yo sabía, yo sabía», se oyó decir a la primera esposa. «Murió como vivió, engañándonos a todos.»

Al escándalo de la declaración se sumaba la desvergüenza, porque casi todos los bienes estaban en manos de terceros, registrados en codicilos secretos que los escribanos debían ejecutar por separado con cada uno de los albaceas. El difunto admitía que su fortuna real era enorme, pero los herederos legítimos no podrían reclamarla porque estaba en manos inaccesibles. Asignaba al hijo un millón y medio y otro tanto a la segunda esposa. El resto se dividía en donaciones para clubes de fútbol, fondos para la creación de un circuito automovilístico de Fórmula Uno, la compra de un canal de cable dedicado a los deportes que debía llevar su nombre, y un legado especial para que se construyera, en la montaña más alta de su provincia natal, un monumento con su efigie, similar a los de Washington y Jefferson en el monte Rushmore. Como el suicidio, esas decisiones póstumas eran un dedo del medio alzado contra la opinión del mundo.

Borges escribió —o dijo— que la obra más importante de un hombre es la imagen que deja de sí mismo en la memoria de los otros. Al difunto, sin embargo, no le interesaba dejar *una imagen. Quería imponerla, tatuarla. Más que la idea que la posteridad tendría de él, lo desvelaba la desconfianza que él sentía por la memoria de la posteridad.*

G. M. Camargo, *El Diario de Buenos Aires,*
28 de febrero de 2003

Reina llegó a la estación de ómnibus poco después de mediodía. Un olor a fritangas y carne asada impregnaba las calles. En los zaguanes y desfiladeros que separaban las bisuterías regenteadas por viejos judíos de las tiendas coreanas donde se vendía ropa de marcas falsas, yacían tropillas de mendigos. Una chiquita de tres o cuatro años, desfigurada por costras y cicatrices, se desprendió de la vigilancia de la madre y se aferró a los tobillos de Reina, pidiéndole una moneda. De entre las mesas y frazadas tendidas en la vereda por peruanos que ofrecían tanto hierbas naturales como teléfonos celulares de contrabando, surgió también un coro de chicos implorantes. Espantada por el olor a mierda y orines y por el horror a la sarna y los piojos, Reina tomó un puñado de monedas, lo dejó caer sobre los mendigos, salió corriendo. Siempre había sido aprensiva. Se lavaba las manos a cada rato. Las llagas ajenas le daban espanto, y no entendía historias como las de Evita Perón, que había besado a los sifilíticos y a los leprosos para demostrar que compartía los sufrimientos del pueblo. Ella no podía soportar siquiera la vista de una víctima de muermo, como las que se veían a veces en las caballerizas.

En la esquina de La Perla del Once aún quedaban ejemplares de *El Diario*. En la primera página estaba el artículo sobre el oficio de Vísperas dominando las columnas superiores, a la derecha. El editor nocturno había subrayado su firma, Reina Remis, ilustrándola con una foto en la que se veía más joven, casi adolescente, resignada a una sonrisa que delataba sus encías. Sólo Camargo, llamando por el celular desde la Azotea de Carranza, podía haber dado la orden de que destacaran su nombre y la convirtieran, por ese simple pase de magia, en la periodista del momento. Sin embargo, esta inesperada fama no se debe a lo que ha sucedido entre los dos, se dijo Reina. Me la debo a mí, a la destreza con que deshice la farsa del presidente penitente. No estaba arrepentida de la intimidad con Camargo, para nada. Ella también había descubierto placeres de los que no se creía capaz, pero ahora pensaba que esos sentimientos siempre se apagan la misma noche en que se encienden y que lo mejor sería tratar al director de *El Diario* como si lo estuviera viendo por primera vez. Jamás pediría nada, no quería nada. A la gloria fugaz del primer artículo seguirían otras, estaba segura, porque su ambición la llevaría ahora a cualquier parte, ella misma era un viento que subiría a cualquier cielo, pero no de la mano de Camargo sino arrastrada por los ángeles de su propia inteligencia, como en el sueño de Jacob.

Parada frente a La Perla del Once, sintió que la gente clavaba la mirada en ella y la reconocía por la foto publicada en la tapa de *El Diario.* Tuvo ganas de releer su crónica del monasterio bebiendo un capuchino en una de las ilustres mesas de La Perla, donde ochenta años atrás Borges había aprendido las lecciones de idealismo de Macedonio Fernández, para quien no había materia duradera detrás de las apariencias del mundo ni un yo que percibiera las apariencias. Allí mismo solían citarse los Montoneros a comienzos de los años setenta, desafiando a los escuadrones de la muerte, para escribir sus gacetillas de prensa clandestina, y algunos músicos de rock habían imaginado junto a la ventana las primeras letras de escarnio contra la dictadura. Nada de todo eso queda en pie, se dijo Reina al descubrir una mesa de fórmica libre pero aún sucia de medialunas y diarios cortados en tiritas. Los que gastaban la mañana eran desocupados ojerosos, que volvían de formar filas inútiles antes del amanecer en las escasas oficinas con vacantes, o padres de familia en busca de alguien que les ofreciera una changa para pagar el almuerzo, cualquier cosa, desde gestiones en la aduana a buscar botones raros en las mercerías. Lo que más abundaba, sin embargo, eran los mendigos. Se colaban bajo las sillas como los gatos, a la caza de algún mendrugo suelto, esquivando la cólera de los mozos. También aquella Perla del Once se había convertido en la capital de la desdicha —*capitale de la douleur,* diría Paul Éluard—, en un país que se caía a pedazos. Las mesas en las que Xul Solar había inventado un castellano práctico, pero impronunciable e ilegible, sólo registraban ahora historias de menesterosos. Ni siquiera eran las mismas mesas: la noble madera había sido reemplazada por viles caballetes de plástico y aluminio, que se ladeaban fatalmente por más soportes que se pusieran bajo las patas. El capuchino que le llevaron a Reina estaba frío y las moscas se posaban sobre las páginas del diario con terquedad de lectoras. Prefirió marcharse cuando iba por el tercer párrafo de su artículo y había echado apenas una ojeada a los balbuceos de Insiarte, relegados a la página siete.

Era la hora de llegar a la redacción pero prefirió tomar la tarde con calma. Desenchufó el teléfono de su casa —el contestador registraba sólo dos llamadas de la madre preguntándole dónde había ido—, se desvistió, hizo flexiones ante el espejo del dormitorio y se dio un baño caliente, de inmersión, a la máxima temperatura que toleraba su cuerpo. Salió adormilada, envuelta en dos toallas, y al tenderse sobre la cama se quedó dormida.

Cuando despertó eran más de las siete. La oscuridad de julio se abatía sobre la ciudad húmeda y las escuálidas luces de la calle Humberto Primo caían muertas al enfrentarse con la neblina. Se vistió a las apuradas y, mientras esperaba un taxi, se pintó los labios y se alisó el pelo, que el sueño había enredado y erizado. Pocas veces se había sentido tan hinchada, tan fea. Estaba segura de que, al llegar al diario, el jefe de personal, Sicardi, la llamaría para reprenderla y avergonzarla delante de los otros redactores, como era su costumbre. Aliviada, no lo vio caminar por los pasillos. Encontró en cambio una carta sobre su escritorio en la que Sicardi le informaba que los editores, durante la reunión de la tarde, habían decidido promoverla a jefa de un área que no existía hasta entonces, Investigaciones Especiales, y que se le duplicaría el sueldo con efecto retroactivo al 1º de julio. Para que la instruyeran sobre sus nuevas obligaciones debía presentarse a la brevedad en la oficina del doctor Camargo.

Muy pocas veces Reina sentía miedo. Su vida se instalaba siempre en el presente, donde sólo sucedía lo conocido, pero ahora estaba desasosegada por el minuto siguiente. No quería volver a ver a Camargo, no sabía qué hacer ni qué decirle. Otra vez, como la noche anterior, se le confundían los sentimientos, pero ya no por el deseo o la curiosidad de un cuerpo imprevisible sino porque no sabía qué hacer con la importancia que de pronto había ganado. Era ambiciosa, claro que sí, pero la vida que imaginaba para sí era otra. Quería escribir poemas, algún largo ensayo arqueológico sobre los tiempos de Jesús, cuentos en los que sucedieran pocas cosas como en los de Isaak Babel y nada fuera asombroso como en los de Raymond Carver: que la recordaran por eso, no por las centellas que el diario echaba a volar cada día para que otras centellas las apagaran al día siguiente. Investigaciones Especiales. ¿Qué tendría Camargo en la cabeza? Suspiró y marcó el teléfono interno de la dirección.

Toda la tarde el jefe había estado pensando en ella: eso fue lo primero que le dijo. Ordenó que le sirvieran café, apagó los televisores que transmitían la querella judicial de un funcionario de la aduana contra un ex ministro que lo había acusado de corrupción, y la miró con extrañeza, como si reconociera a una mujer que estaba atrás en su vida y había perdido, o como a una vida que había perdido. Toda la tarde he estado pensando en vos, repitió.

—Yo no pensé nada. Me quedé dormida.

—Los editores te ascendieron, Remis. Dijeron: ¿no estaba rondando por ahí la idea de crear un área de investigaciones? ¿Por qué no se la damos a esta chica?

—Qué bien. No escribo más sobre Cultura, entonces.

—Vas a escribir sobre lo que quieras. Ahora tenés que seguir la historia del contrabando de armas. Un emisario del gobierno ha vendido armas clandestinas a Bosnia, Croacia, Serbia, uno de esos países. Tal vez entregaron misiles a Irak.

—No puedo ir tan lejos sola. Necesito ayuda. No sé nada de eso.

—Yo tampoco. Nadie sabe. Todos estamos aprendiendo. ¿Por qué te fuiste temprano de Los Toldos?

—La nota había terminado. Ya no tenía nada que hacer ahí. Y si está hablando de algo más personal, doctor, no me fui. No me voy de lugares a los que todavía no he llegado.

—Hay frases que no se pueden dejar en el aire. Eso fue lo que vos misma me dijiste, ¿te acordás? También a los cuerpos les pasan cosas que no se quedan en el aire.

Reina dejó la taza de café sobre el plato antes de llevársela a los labios. Hizo una pausa, como si buscara dentro de sí el aire que no encontraba fuera.

—No quiero perder mi trabajo en el diario, doctor —dijo, con un tono resignado—. Y si me enredo en una historia de la que no sabría cómo salir, lo voy a perder. Lamento lo que empezamos. No lo voy a seguir.

—Lo lamentás.

—Lamento el presente, no el pasado.

Camargo inclinó el asiento hacia atrás y apoyó la nuca en la palma de las manos. Después de esos movimientos ponía siempre los pies sobre el escritorio, pero esta vez no lo hizo.

—En la vida todo va y viene, Reina. Cada vez que te sucede una felicidad, debés esperar una desdicha. Y al revés: no hay desgracia, aparte de la muerte, que no se arregle con alguna felicidad. Esta mañana me desperté con la ilusión de verte. No estabas. A pesar de eso, respiré con alegría el polvo del campo, tomé café, fui a ver unas colmenas. Cuando venía para Buenos Aires, mi mujer me llamó por el celular desde Traverse City, en Michigan, cerca de los lagos. Tengo hijas mellizas, ¿sabés?: trece años. La abuela vive cerca de ahí, en el lago Torch, y las mandó llamar porque le dio un infarto y creyó que iba a morir. Contra todos los vaticinios, ha sobrevivido. Pero a una de las mellizas, Ángela, le descubrieron una leucemia. Hacía ya tiempo que se quejaba de cansancio y dolor de huesos. Ayer por la mañana, me dijo Brenda —mi mujer se llama Brenda—, Ángela estaba jugando con unos pájaros que la vieja tiene sueltos en el granero. Dos zorzales aletearon, rozándola en los brazos, y enseguida estuvo llena de hematomas, derrames. La llevaron al hospital de Traverse City y le hicieron análisis de sangre y de médula. El patólogo dio la alarma esta mañana: leucemia mieloblástica. Aunque se salve, aunque entre en remisión —como se dice—, la pobre Ángela va a tener toda la vida esa espada sobre la cabeza.

—Vaya a verla, doctor. ¿Qué espera?

—Ahora no puedo, Reina. Has visto cómo está el país, ¿no? Sería un irresponsable si me fuera. Y podría suceder que se hayan equivocado con los análisis. Que le hayan atribuido a mi hija los resultados de otro enfermo. A veces pasa.

¿Creía en verdad Camargo lo que estaba diciendo? Reina volvió a desconcertarse. No sabía si consolarlo, si tomarle las manos, decirle: «Váyase, doctor, vaya. Haga lo que tiene que hacer», o echarle en cara la falta de sentimientos, la negación idiota de la realidad. Una hija, pensó. Quién sabe en cuántas novelas había leído que nada es tan desgarrador como la muerte de un hijo. Y Camargo le hablaba de la situación política. A lo mejor se daba cuenta y no quería sufrir, pobrecito. A lo mejor prefería irse de sí mismo antes que sufrir.

—Ojalá tenga razón, doctor —le dijo—. Ojalá el diagnóstico sea un error.

Pensó que debía de estar muy mal en el fondo, porque vio que la cara se le convertía en una nuez llena de arrugas. Habría seguido demacrándose si él, llevando la mano a la barbilla, no le hubiera devuelto la compostura. El Purgatorio, se dijo Reina. Fui elegida para esto, *per lui campare;* y no hay otro camino. Se le encogía el corazón. Ángela, Ángela, si fueras mi melliza te salvarías.

—No me dejés solo, Reina.

La voz le salía de muy adentro, de unas honduras que ella no había visto ni adivinado. A veces le daban ganas de ponerle la cabeza sobre la falda y acariciarlo.

—No —dijo—. No voy a dejarte solo.

La necrología que escribió Enzo Maestro para *El Diario* no mencionaba a Reina Remis ni los tres años que ella y Camargo vivieron sin separarse casi, yendo de un lado a otro del mundo. Reina estuvo ahí todo el tiempo, en el centro de esa vida, y sigue siendo raro que los demás vean la historia de amor que los unió como si nadie la hubiera vivido y los personajes se hubieran retirado de ella, dejando sólo la historia. Ahora se sabe que la minuciosa investigación de Remis sobre el contrabando de armas también quedó en la nada, a pesar de las pruebas que ella y Camargo recogieron en los bancos de Zurich y en los archivos de las cancillerías balcánicas. El presidente penitente fue amenazado con la cárcel por el gobierno que lo sucedió, pero salvó el pellejo con facilidad. Todos los que debían juzgarlo habían sido nombrados por él, y estaban ansiosos por devolverle el favor. No tardaron en descubrir errores en los sumarios y con esa excusa invalidaron los procesos. También al nuevo gobierno le convenía que estuviera libre, para dividir a los opositores. La impunidad persistió. El Parlamento siguió aprobando leyes que saqueaban el país hasta convertirlo sólo en un nombre vacío: el mismo desierto inútil que había sido cuatro siglos antes.

Nada hay más atroz en una historia de amor que la certeza de que terminará algún día. A Reina la atormentaba la idea de que hubiera un fin aun cuando ni siquiera estaba segura de que la historia fuera de amor. Deseo, ambición, amistad, compañía: no se trataba de eso. Si hubiera sido sólo alguno de esos estados del alma no habría tenido miedo de perder a Camargo. Pero era más y era también menos: un sentimiento para el que no había nombre ni medida. De pronto le parecía que, sin Camargo, su vida iba a hundirse en la oscuridad: que había dejado su propio cuerpo en alguna parte y se había quedado sólo con su sombra. Ya lo que había empezado no podía sino terminar, y entonces, cuando llegara el fin, ¿cómo recobraría el cuerpo? *In my beginning is my end,* decía. *Now the light falls,* y todavía estoy acá o allá, en el principio de mi fin, con el cuerpo en menguante.

Ahora, dos o tres veces por semana se quedaba a dormir en San Isidro, junto a la galería de geranios. Camargo no se había tomado la molestia de mover los retratos y las lencerías de lugar, de manera que Reina se acostaba de cara a un pasado donde las mellizas tocaban la viola y la esposa la saludaba en vestido de fiesta desde fotografías en marcos de plata. Aunque Brenda ya no viviría más allí, su ropa interior y sus vestidos de verano estaban todavía alineados en los armarios, y junto al dormitorio seguía intacto el pequeño gabinete donde se refugiaba a leer y a escribir cartas, entre paisajes del lago Torch y fotografías de la madre junto a nubes de pájaros.

Reina sólo era feliz cuando viajaban juntos. En los hoteles, nada pertenecía a nadie y podía sentir que en la realidad porosa, inasible, su existencia no era inferior a las otras existencias. Una vez, en Washington, donde se quedaron tres semanas para narrar la desventurada pasión de Monica Lewinsky por Bill Clinton, ella insistió en que Camargo viajara a Chicago un día, un solo día, para ver a Ángela, que había sobrevivido al primer ciclo de la quimioterapia. Ya en esa época la relación entre los dos era pública y Brenda había entablado demanda de divorcio, no por el adulterio —como dijo por teléfono— sino porque era un padre indiferente, que pasaba meses sin ver a las hijas. Camargo se negó a viajar. Ángela está mejor, dijo, y mi presencia la puede alterar. La que se está muriendo, en cambio, es la abuela, y no tengo estómago para afrontar las escenas de dolor de Brenda, no soporto la idea de que se aferre a mí y llore sobre mi hombro. Reina no quería que las mellizas la culparan alguna vez por la ausencia del padre y le repitió a Camargo que pensara en Ángela, en sus desesperados reclamos de amor cuando hablaba por teléfono. Estaban solos en la habitación del hotel, cerca de Georgetown, vestidos ya para comer en la casa de un editor del *Washington Post,* y de pronto sobrevino uno de los bruscos cambios de humor de Camargo a los que Reina no conseguía acostumbrarse. Tomó asiento en un sofá junto a la cama mientras ella terminaba de maquillarse y empezó a balbucear frases sin sentido. A Reina le pareció que estaba discutiendo consigo mismo las alternativas de un vuelo a Chicago, porque en el monólogo había alusiones a horas, líneas aéreas, conexiones de trenes y nombres de hoteles desconocidos. No le estaba prestando atención. La tomó de sorpresa cuando lo vio ponerse de pie, rojo de cólera, y decirle casi a los gritos:

—¿Entonces es verdad? Querés quedarte sola en Washington para salir con tu amiguito, ¿no? ¿Desde cuándo me lo estás ocultando, puta?

Tenía el ánimo tan ofuscado, tan descompuesto, que Reina se preparó para recibir una bofetada.

—No —dijo—. Sólo pensé que Ángela te necesitaba...

—Estoy harto, harto de que me mientas. Me doy vuelta y mentís. Te reís a mis espaldas, ¿te creés que no lo sé? A mí me cuentan todo.

—Camargo, Camargo, ¿de dónde has sacado eso?

Sintió ganas de arrancarse el vestido y echarse en la cama a llorar. O marcharse y dejar que la noche se cayera a pedazos. Pero tenía que mirarlo a la cara para detener su ira o, al menos, para unir la imagen de esa ira con la de aquel hombre al que había amado hasta hacía sólo un instante, aunque amar quizá no era la palabra.

—¿Hay otro, no es cierto? Decímelo, no tengás miedo. Perdono cualquier cosa menos la mentira.

Daba la impresión de que se había tranquilizado, pero ella veía la oscura lava de adentro, el rencor que le salía por los poros. No tengo otra vida que la que tengo con él, se dijo Reina, pero si se lo explico de ese modo sólo voy a enfurecerlo más. ¿Un amigo acá —repetía sollozando—, un amigo? ¿Qué amigo voy a tener si apenas sé hablar inglés? Era cierto. En las comidas con los editores de *Foreign Affairs* o los asistentes del fiscal Kenneth W. Starr callaba con tanta elegancia que nadie se daba cuenta de que el diálogo fluía sin que ella entendiera una palabra. Sólo una vez se equivocó cuando la madre de Monica Lewinsky le preguntó si era justo que una felatio sin importancia, idéntica a la que millones de mortales repetían a diario, condenara a su hija a una vida de calamidad y encierro. Reina contestó *Thank you* con una diáfana sonrisa, y tuvo la suerte de que todos la interpretaran como una frase de consuelo. Ya estaba por recordarle a Camargo su ignorancia del inglés cuando se le ocurrió un argumento mejor:

—¿Cómo creés siquiera que puedo pensar en otro? De todos los hombres que he conocido, ninguno te llega a los talones.

A Camargo se le iluminó la cara, pero no respondió una sola palabra. Se puso otra vez el saco, que había arrojado sobre el sofá, y dijo:

—Terminá de arreglarte que vamos a llegar tarde.

En el automóvil que los llevaba a una lujosa casa de Bethesda, al norte de la capital, Reina se enteró de que su enamorado le vigilaba hasta el olor de los excrementos. No vayas a descuidarte nunca porque yo sé todo lo que hacés, le dijo. Sé con quiénes hablás por teléfono, conozco hasta la última palabra de las cartas que escribís, puedo repetir la lista de los libros que has leído en los últimos dos meses y las anotaciones que has dejado en los márgenes, cuáles son los resultados de tus análisis de sangre y de tus mamografías, qué secretos míos has contado a otros redactores. Hay tres hijos de puta que te mandan e-mails con insinuaciones sexuales sin que vos les hayas parado el carro. Uno de los tres está en Washington, ¿eh?, tanteó.

¿Por qué no me avisaste? ¿Por qué me tengo que enterar por terceros de tus levantes clandestinos?

—¿En Washington? Primera noticia —atinó a decir ella—. Ya que lo averiguás todo, andá a Chicago. También desde ahí me podés seguir los pasos.

—No. Si salís de joda no tengo más remedio que volarte la cabeza. Un hombre como yo tendría que pasarse la vida en cana por el capricho de una mina como vos. Inconcebible, ¿no?

—Te dije que no quería empezar esta historia para que no nos hiriéramos. No hay nadie en mi vida, Camargo, nadie. Sería mejor que tampoco estuvieras vos.

Reina trató de no pensar en nada durante la comida, pero una desazón oscura la devoraba por dentro. Junto a Camargo había recorrido medio mundo, desde la galería de los Uffizi en Florencia, donde se besaron ante el *Nacimiento de Venus* de Botticelli restaurado con amarillos y verdes que les parecieron demasiado estrepitosos para una obra que ya tenía más de quinientos años, hasta los templos musicales de Kioto, donde se situaban a cien metros uno del otro para oír cómo la más sigilosa de las pisadas resonaba en cada extremo. Durante esos largos meses había sido casi feliz. Tal vez habría llegado a amarlo —lo que ella entendía por amor y había sentido sólo una vez, en la adolescencia, cuando dejó al músico de rock que la desvirgó en brazos de una rival invencible, la cocaína— si Camargo no la hubiera sometido a cambios de humor que la descolocaban, asaltos de pasión demencial y luego semanas de indomable indiferencia, sin que aun en los momentos de mayor intimidad y entrega él le prometiera nada ni ella tampoco pidiera: casi no hablaban del porvenir. Mañana era, para ellos, literalmente el día de mañana. Sin embargo, Reina había ido acostumbrándose a su compañía, a las errancias de su sexualidad; disfrutaba de su conversación sentenciosa y de sus modales anticuados. Ahora, en Washington, lo desconocía. No imaginaba cuál ignorada llaga de sus sentimientos podía haber tocado por imprudencia. La comida le resultó tan insoportable que, al despedirse, equivocó el único saludo que sabía decir en inglés: «*Vice to meet you, Bob*». Camargo, siempre feroz con esos deslices, se mostró por una vez indulgente. Cuando regresaban al hotel, le pasó las manos sobre los hombros y le dijo:

—Me gustaría que en Buenos Aires vayamos a visitar a mi padre, Reina. Ya ha pasado los noventa y no creo que le quede mucha vida.

Pero una vez que las parejas empiezan a desbarrancarse no hay manera de retroceder, aunque sea sólo uno el que está cayendo. Al diálogo infortunado de la noche siguió la noticia fatal de la mañana siguiente. Ángela llamó a su padre por el celular y le anunció que la abuela había muerto de la peor manera posible. Dos semanas atrás —contó—, el médico le había permitido abandonar el hospital y volver al caserón del lago Torch. Para no dejarla sola, a Brenda se le ocurrió pasar algunos días allí con las mellizas. La noche anterior habían ofrecido a los vecinos una fiesta pantagruélica, en la que todos se hartaron de truchas, tilapias, pollos al ajo y vinos del valle Napa. A medianoche se acostaron tan extenuadas que dejaron abiertas las puertas del granero y olvidaron cubrir las jaulas de los zorzales. La abuela, que tenía el sueño frágil de un recién nacido, se levantó antes del amanecer y descubrió un estropicio de plumas ensangrentadas y pájaros sin cabeza entre las parvas de comida. Ángela contó que sólo mucho más tarde los tramperos del lago Torch reconstruyeron lo que había sucedido. Durante la noche, dijeron, la casa y el granero fueron invadidos por animales depredadores: acaso bandas de gatos salvajes que anidaban en el bosque o esa comadreja asesina que en Estados Unidos se llama *opossum* y que hace estragos en las huertas. El terror debió de paralizar la garganta de los pájaros y la matanza sucedió en silencio. Pero no lo sabían cuando la abuela apareció como un fantasma en el cuarto de las mellizas y se desplomó sobre la cama de Ángela, segada por el relámpago de dos infartos consecutivos.

Camargo repitió la historia con medias palabras secas y distantes, disimulando el sollozo de perro que tenía atascado en la garganta. Después se quedó mirando por la ventana el tránsito sin sonidos de la calle M, temeroso de que Reina hablara porque, si lo hacía, se le iban a desprender todas las lágrimas que jamás había llorado. Estuvieron en silencio más de una hora, mientras se alzaba el sol transparente de la mañana, hasta que él se volvió y le dijo con el tono pausado de siempre:

—Ya no hay por qué seguir acá ni un solo día. Me da lo mismo que crucifiquen a Clinton o que lo salven. Me estoy pudriendo en esta ciudad sin alma.

Ella le contestó lo que él quería que dijera:

—También yo estoy cansada de viajar.

El último esfuerzo que hizo por reparar el daño de la noche anterior terminó, sin embargo, por arruinarlo todo.

—Ya no te sientas mal, amor —dijo—. No quiero verte sufrir.

Camargo era invulnerable a los ataques porque sabía cómo devolverlos, y toleraba airoso el desamor de los otros, la indiferencia y el rencor que había aprendido cuando era chico. Pero la sola idea de inspirar lástima le hervía la sangre.

—¿Sufrir? ¿Cómo podés ser tan estúpida para creer que sufro por la muerte de esa vieja? No, Reina. Lo que me inquieta es el dolor de Ángela. Me inquieta que tenga una recaída y no me quede más remedio que correr a la cabecera de su cama.

Ella se acercó para abrazarlo diciéndole «Me parecía, me parecía...». Apenas tuvo tiempo de ver los ojos de Camargo trastornados por la ira y de adivinar lo que estaba por suceder, sin que pudiera evitarlo. Él la golpeó con una energía de buey, y cuando ella se recuperó, en el piso, los labios estaban sangrando.

No se volvieron a hablar durante las horas que aún les quedaban en Washington y se dijeron apenas lo indispensable en el avión que los llevó de regreso. Reina creyó que la relación volvería a su cauce cuando entraran en la rutina de Buenos Aires, pero ya nada fue como antes. Camar go no le pidió perdón, y se comportaba como si fuera ella la que estaba en falta. En el diario, sin embargo, la trataba con una cortesía casi artificial. Jamás empezaba las reuniones de editores sin que ella estuviera presente y tomaba nota en un cuaderno de todas sus observaciones, aunque nunca las usara.

Asignó a Reina dos ayudantes para que investigara el crimen de un estanciero y su esposa durante las inundaciones del río Salado. Los culpables parecían ser tres miembros de la familia Guthrie, unos puesteros pelirrojos, de cara aindiada, que descendían de escoceses. Se los acusaba de haber crucificado a los patrones con vigas arrancadas del techo de un granero. Reina había descubierto cerca de los cadáveres un ejemplar ruinoso del evangelio según Marcos, y, en su artículo, comparó el asesinato con otro cometido por una familia de nombre parecido, Gutre, en 1928. Esta primera historia había sido ligeramente modificada por Jorge Luis Borges e incluida en uno de sus libros de cuentos, *El informe de Brodie.* Reina exhumó los detalles del crimen original, en el que los crucificados eran también dos —un estudiante de medicina y su primo hermano—, y lamentó que Borges empobreciera la realidad al acentuar la semejanza con el sacrificio del Gólgota. Debían de haberlo influido los informes periodísticos de la época, que aludían a Jesucristo y al buen ladrón, tal como hicieron los diarios de fines de 1999. Más sagaz, Reina advirtió que los Guthrie eran iletrados, como los Gutre, y conocían una tradición rural de las Highlands, según la cual Jesús murió en la cruz de Jerusalén al mismo exacto tiempo que Simón, su hermano gemelo, era martirizado en la cruz de Damasco.

El relato aumentó las ventas de *El Diario* y desató un sinfín de polémicas entre los lectores. Otra vez Sicardi llamó a Reina para anunciarle que le duplicaban el sueldo: la empresa quería disuadir así a las radios y los canales de televisión que seguían tentándola con ofertas fastuosas. Habían pasado apenas dos años desde el incidente en el monasterio de Los Toldos y ya era una de las diez personas mejor pagadas de la redacción. *El Diario* (o Camargo, daba igual) le había asignado un equipo propio, que incluía al resignado Insiarte y a otros dos cronistas impacientes por alcanzar la misma gloria rápida de la jefa. Reina se aficionó a dar órdenes. Jamás había pensado que ese ejercicio pudiera ser tan placentero, y lo perfeccionaba volviéndose cada día más implacable y exigente. Adoptó la costumbre de poner los pies sobre el escritorio y reclinar el asiento hacia atrás, como Camargo, sosteniendo la nuca con las manos. Algunos pensaban que era una parodia, pero Reina lo hacía sin pensar, creyendo que ese gesto desaliñado indicaba un cierto poder, de la misma manera que había fumado cigarrillos a los quince años para sentirse adulta.

Pasaron el invierno y el comienzo de la primavera sin que ella regresara a la casa de los geranios, en San Isidro. No la extrañaba, y tampoco extrañaba la vida infeliz que había compartido con Camargo, pero a la vez la perturbaba la soledad de sus dos cuartos en la calle Humberto Primo, donde había ido acumulando ropa, libros, computadoras y equipos de música con los que tropezaba a cada paso. Decidió al fin alquilar un departamento más amplio, en un barrio menos bohemio y apartado que San Telmo. Fue a ver covachas oscuras, con ventanas que daban a patios internos de ventilación y cocinas con escamas de grasa centenaria, por las que se pedían depósitos altísimos porque los inquilinos se quedaban cuatro, seis meses sin pagar, y luego resistían el desalojo.

Una mañana se le ocurrió que tal vez fuera mejor comprar algo. Buenos Aires estaba llena de balcones con letreros de venta, los préstamos hipotecarios eran fáciles para las personas de ingresos fijos y, si no encontraba un departamento nuevo a su gusto, podría reformar algún otro, abriendo ventanas y derribando paredes. Necesitaba cartas de *El Diario* para empezar los trámites y cuando se las pidió a Sicardi intuyó que había dado un paso fatal: Camargo lo sabría al instante. Durante meses se había mantenido lejos de él. Ahora, la interrogaría. Lo que para otros eran azares simples de la vida, para ella podían volverse puertas del infierno.

No se equivocó. Después de la reunión de editores de la tarde, el director le pidió que se quedara en su despacho un momento más. Repitió punto por punto el ritual con el que la había recibido al volver de la Azotea de Carranza: ordenó que nadie lo molestara, ofreció café y apagó los televisores del despacho, en los que un momento antes se había visto al viejo George Bush descender de un avión privado en el aeropuerto militar de la ciudad, mientras el presidente penitente, en los últimos días de su mandato, lo saludaba enarbolando un palo de golf.

—No puedo dejar de pensar en vos, Reina —le dijo.

—¿Por qué? ¿Ya no tenés a quién golpear?

Quería ser cínica y brutal, aunque a él nada le hacía daño. Tampoco esta vez cambió su expresión de niño desconcertado.

—Ah, Reina, Reina, qué rencorosa sos. Aquel día, en Washington... ¿Tenemos que hablar de ese día? Me enceguecí, me volví otro. Puedo soportar lo que sea, pero no soporto que me tengan lástima.

—No era lástima, Camargo. Sólo quería abrazarte.

—Ya sé. Si conocieras mi vida sabrías por qué me pongo a la defensiva.

—Deberías habérmela contado antes de golpearme.

En algún lugar tengo que poner todo ese rencor, se dijo Camargo. En algún lugar, algún día. Ella no ha permitido que la domen, y ya tiene más de treinta y dos años.

—Estuviste sola todos estos meses, ¿no?: metida de cabeza en el trabajo.

—Lo sabrás mejor que yo. ¿O has dejado de vigilarme?

—Te estás convirtiendo en una gran periodista, Reina.

—Supongo que no me hiciste quedar después de la reunión para decirme eso. Ya me lo dijo Sicardi, gracias. Hago mi trabajo. Esto es todo lo que tengo y a lo mejor también es todo lo que soy.

—Te llamé para decirte que voy a contratar a Enzo Maestro. Sos la primera que lo sabe.

—¿Maestro? Es un hijo de puta, un buchón de este gobierno podrido. ¿Lo vas a contratar después de todo lo que nos jodió?

—El gobierno está podrido, él no. Tiene el defecto de la lealtad, y lo exagera. Le lamía los zapatos al presidente. Ahora va a lamer los míos.

—Vos sabrás lo que hacés. Lo único que quiero es que no se meta conmigo.

—Va a coordinar a todos los editores, Reina. Es un buen tipo. Tenés la mala costumbre de juzgar a la gente antes de conocerla.

—Como te parezca. Voy a pensar adónde me puedo ir cuando también este diario empiece a corromperse. ¿Eso es todo?

—No —dijo él.

Encendió, nervioso, los televisores, donde se vieron ráfagas del juego de golf entre el presidente penitente y el viejo Bush, y los apagó al instante. No, repitió.

—¿Qué, entonces?

—Una vez me prometiste que me acompañarías a ver a mi padre. Tengo que ir mañana. No quiero estar solo.

—Tu padre. ¿Vas a manipularme ahora con tus sentimientos filiales? —el tono de Reina era implacable—. ¿Y tu hija? ¿Fuiste a visitarla alguna vez?

—Está mejor, Reina. Parece que la enfermedad se ha retirado o ha remitido, no sé cómo se dice. La vi el mes pasado, cuando pasé por Chicago. Habría querido que las dos vengan y se queden conmigo, Ángela y Diana. No quieren o no pueden. Van a la escuela allá. Están felices en un mundo que no es el mío.

—Brenda ha de ser una buena madre.

—Tal vez. Ya salió la sentencia del divorcio, ¿te lo dijo Sicardi? Brenda se quedó con todo el dinero que yo tenía en Estados Unidos, los bonos al portador, los plazos fijos. Sólo me ha dejado la casa de San Isidro. Para qué quiero un lugar tan grande.

—Podrías mudarte. Yo estoy por mudarme.

—Ya sé. Sicardi me cuenta todo.

—Otro delator. Hay tantos cerca tuyo que van a terminar tragándote. Buchones.

—No lo hizo con mala intención. Lo hizo porque sabe que te puedo conseguir un departamento nuevo por la mitad de lo que te costaría uno más chico y más viejo.

—Sí, pero yo te debería un favor. Y no quiero.

—El diario te debe favores a vos. El diario haría los arreglos.

—El diario o vos: es lo mismo. No, gracias.

—Pensalo, Reina. Nadie te va a pedir nada a cambio.

Los años le han caído encima, se dijo ella. La desgracia y la soledad o las tormentas que lo afligen por dentro y de las que él no sabe cómo defenderse, todo eso lo envejece. Pero yo no puedo hacer nada, nadie puede. Lleva ya tanto tiempo haciéndose mal que no sabe cómo detenerse. El mal no va a separarse de él, y es insaciable.

—¿A qué hora es, entonces, el encuentro con tu padre? —concedió Reina.

—Puedo ir a las nueve o a las diez. Está despierto desde que amanece. ¿Paso a buscarte?

—No. Decime dónde. Voy por mi cuenta.

Era un edificio presuntuoso y sucio detrás de lo que había sido alguna vez el Mercado de Abasto. La calle estaba sombreada por árboles espesos y a la vez raquíticos: ejemplares que aún guardaban memoria de su antigua fortaleza y que, sin embargo, estaban al borde de la ruina y el fin. Así era todo alrededor: casas de altas verjas y patios con muros de hiedra y mujeres que lavaban la vereda, y bares con olor a cerveza fermentada donde alguien había cantado tangos alguna vez, hasta que todo había decaído y terminado. Se alzaba un sol candente, blanco, y sin embargo la calle estaba en penumbra, como si el sol la desdeñara.

Lo vio desde la esquina, esperándola junto a la entrada. Estaba con un traje claro y una corbata violeta, que tal vez fuera brillante pero que el lugar desteñía. También de lejos exhalaba fuerza e imperio, aunque el índice de la mano derecha rascara siempre una ceja, pensativo, y él mismo pareciera estar en otra parte, lejos de allí, tal vez en el punto donde ella estaba ahora, con un vestido demasiado ligero y sandalias: casi desnuda.

—Subamos —dijo Camargo—. El piso es el octavo.

Tenía las llaves de la entrada y un pesado manojo de otras llaves.

—¿Está solo? —preguntó Reina.

—Cómo se te ocurre. Tiene más de noventa años, ¿no te dije? Lo cuida una enfermera. Lo lava, lo limpia, le da de comer. Sicardi viene a cada rato para que no le falte nada.

—¿Y por qué no venís vos? Es tu padre.

—Sicardi o yo da lo mismo. A veces me reconoce, a veces no.

La enfermera era enorme, casi tan alta como la puerta, y no le interesaba ocultar que era infeliz allí, en esa prisión sin palabras. El televisor estaba encendido frente al anciano, pero él no lo veía. Ocupaba las manos en pasar arena o pedregullo a una caja de madera, que agitaba a ratos, produciendo un sonido que tal vez a él le evocara una tormenta, pero que sólo parecía eso: el siseo de la arena. De vez en cuando alzaba la caja y se miraba en el espejo que cubría la pared, a la izquierda. Le sonreía a su imagen, quizá la saludaba, y luego vertía el pedregullo o la arena en otra caja. A Reina le pareció que Camargo calculaba mal su edad: debía de tener más de cien años. El cuerpo se le había encogido tanto que, cuando la enfermera le acariciaba la cabeza, lo borraba como si tuviera una goma en las manos. Era un viejo apacible, inofensivo, y cuidarlo no podía dar otro trabajo que alimentarlo y mantenerlo limpio. Ni siquiera había que ocuparse de que se muriera, porque eso tal vez no iba a suceder nunca. De pronto la mirada del padre se cruzó con la de Reina. Una vez que se posaron en ella, los globitos duros, acerados, ya no dejaron de observarla: eran ojos nublados por cataratas y unos párpados flojos y pesados, pero el anciano no estaba sirviéndose de ellos sino de un sentido para el cual los ojos eran sólo mediadores. Con la luz de la memoria veía los labios finos y pequeños de Reina, la nariz erguida hacia una punta redonda y gruesa, la barbilla enhiesta y desafiante. Parecía reconocer los tobillos gruesos y los pechos mínimos que, bajo el vestido ligero, de algodón, se mecían con ondulaciones de medusa. Aun a esa edad imposible podía sentir cómo irradiaba Reina una libertad de gata, una indiferencia que la ponía lejos de todo alcance.

El anciano dejó a un lado las cajas de madera y la encaró, con una voz que no parecía salir de aquel cuerpo mínimo sino del recuerdo que ese cuerpo tenía de su juventud perdida.

—¿A qué has venido, perra? —le dijo—. ¿A reírte de mí?

—No, señor, cómo dice eso —contestó ella, turbada—. Vine con su hijo, a verlo.

—Mi hijo no puede haberte traído. Hace rato que no quiere saber nada de vos. ¿Ves que andás siempre con mentiras, siempre fingiendo?

En el tono del viejo no había razón ni designio: sólo un odio invencible, como el olor de la cerveza rancia en los bares de afuera. Camargo se puso de cuclillas ante él y lo tomó de las manos.

—Soy yo, papá. Yo la traje.

El viejo retiró las manos con vigor y lo miró de arriba abajo. Estaba lleno de ira, de desprecio. Vaya a saber desde cuándo venía guardando esos sentimientos.

—¿Quién te conoce a vos, eh? Debés ser una mierda, como ella.

—Papá, papá —insistió Camargo.

Nadie hubiera dicho que al viejo le quedaban fuerzas, pero en aquel momento parecía dispuesto a levantarse y a noquear a un peso pesado en el ring. Un viento impetuoso y ciego soplaba dentro de él: un viento que arrastraba los silencios, las desesperaciones, el desamor de todos los años que había perdido. Ya no le prestaba atención a Camargo. Todo el ser que le quedaba se había concentrado en Reina.

—Has venido a humillarme en mi propia casa —le dijo—. Esperaste a que me volviera inválido y viejo, ¿no? ¡Esperaste tanto para traer a tu amante!

—Se equivoca, señor. Se confunde —dijo Reina.

—¿Yo? ¿Cómo voy a confundirme si pasé la vida esperando que este momento llegara?

Perdía el aliento y de su pecho salía un coro de silbidos. La enfermera preparó una inyección calmante e hizo señas de que todo había terminado. Era mejor dejar al viejo en paz.

—Vamos a irnos, papá —dijo Camargo—. Me alegra verte bien. Me alegra que te cuiden.

—Perra, perra —siguió el anciano—. ¿Y ahora por qué no te pusiste los guantes del hospital, eh? ¿Ya no te da asco tocarme?

—No llevo guantes, señor. Véame. No vengo del hospital —trató de convencerlo Reina mientras Camargo la tomaba por el brazo y la arrastraba hacia el ascensor.

Fue como si la marea de lo no vivido se retirara de las playas que había cubierto durante años y el pasado apareciera ante Camargo liso y nítido: la desmemoria a que lo condenaron las fotos quemadas por el padre y el nombre prohibido de la otra, la que se había ido, todo eso regresaba, como regresan siempre los dolores que no queremos sufrir. Se dio cuenta de que durante años había equivocado la búsqueda, yendo detrás de una madre que debía repetir su propia imagen, una forma errante cuyos ademanes y voz estaba seguro de reconocer, sin saber —pero ahora el padre acababa de decírselo— que perdemos la vida buscando lo que ya hemos encontrado.

—Estás pálido —le dijo Reina, ya en la calle.

—Estoy bien —dijo él.

—¿Por qué estás bien? No podés estar bien después de lo que ha pasado.

—Siempre es así. A veces me reconoce, a veces no; ya te lo dije.

—A mí me pareció que estaba perdido pero lúcido. Me confundió con otra, eso fue todo. No te veía a vos, pero estaba viendo algo que era verdadero.

—Vos no eras verdadera. No eras otra.

—Para tu padre sí, en ese momento.

—¿En ese momento? No, nunca. No puede distinguir una persona de un micrófono.

—Claro que sabe. Las personas somos para los demás no como somos sino como nos quieren ver.

—Vaya a saber de quién hablaba —dijo Camargo—. No sé quién pudo haberlo herido así.

—Sabés, sabés —lo acosó ella—. No querés acordarte.

—No sé. Y tal vez no quiero acordarme.

Reina no debía haber sentido ternura en ese momento, pero la ternura no es una decisión que se pueda tomar sino una ola que se mueve por dentro sin que nadie la llame. Meses después se daría cuenta de que estaba cometiendo un error, pero en ese momento sólo pensaba en él y en su pasado triste: un pasado que no conocía entonces y que Camargo nunca le revelaría. Fue tal vez por eso que aceptó ir esa noche a la casa de los geranios, en San Isidro, olvidando que, apenas él se sintiera seguro de su amor, volvería a menospreciarla. No era correcto hablar del amor de Reina, porque no se trataba de eso, como ya se ha dicho: lo que ella sentía era apego y, muy en lo hondo, temor de su cólera. Entrar en el espacio de Camargo significaba ser vigilada, asediada, y también vulnerada por sus cambios de humor. Pero no sabía cómo apartarse de él una vez que caía bajo su influencia: era un imán de alcance infinito, o una herida que nunca cicatrizaba.

Empezó a pasar dos o tres noches a la semana en San Isidro. Le gustaba levantarse al amanecer y caminar sobre el césped de la casa hasta una glorieta desde la que se veían los veleros tempranos del río y la mansa niebla destrenzándose de la corriente. Reina sentía entonces que el ser de antes se le evaporaba y no sabía si este nuevo ser que ahora entraba en ella podía ser feliz alguna vez, con Camargo pesándole como una sombra. Su vida de antes había sido gris y ésta también lo era, aunque de otro modo: en la vida de antes corría y corría sin poder avanzar, y en la de ahora avanzaba sin poder correr. Le parecía que un invencible aro de hierro la asía de los tobillos, mientras el viento se la llevaba de un lado a otro. En noviembre, Camargo y ella volvieron a viajar juntos, a Venecia y a París, donde se tomaron fotos y jugaron en los hoteles a ser padre e hija. Celebraron la llegada del 2000 en un crucero a los glaciares del sur de Chile, y desde la cubierta, abrazados, contemplaron la gloria de los fuegos artificiales en la bahía de Puerto Montt después de haberse extasiado, en el televisor del barco, con las réplicas iluminadas de los globos Montgolfier que volaron sobre la torre Eiffel de París y los muros de fuego que se deshicieron en Berlín a un lado y otro de la puerta de Brandeburgo. Esa noche se hablaron por primera vez en una lengua que sólo tenía significado para los dos. Reina había empezado a estudiar la gramática canaanita e inventaba frases a partir de los sonidos que le dictaban sus deseos. Estaban ya borrachos o más bien colocados —como decía Reina— y se desnudaron en la cabina para que el nuevo siglo los bañara con la luz de felicidad y desconcierto que tiene todo lo que empieza. Ella le acarició las piernas y le dijo, de pronto: «Manā pussa astiy». «¿Manā pussa?», preguntó Camargo. «¿Qué es pussa?» Ella le mintió: «Quiero tocar tu animalito. Pussa significa animalito». La expresión en arameo es más dulce, significa «es mi hijo», pero a ella le dio vergüenza confesar que el animalito le parecía pequeño y en estado de perpetua necesidad. «Bringueame la plusidra, entonces», siguió Camargo, besándola. Ella lo apartó: «Eso no vale. Es glíglico, el horrendo invento de Cortázar. Si nos hablamos, que sea en mi lengua, maru legrabas, con sintaxis, con núcleos: voz de seres humanos». «Si es así, te fuqueo, Queenie, musaraño ta coquilla.» «Así es mejor, urduno», suspiró ella.

A veces, en la redacción, se comunicaban a través de esos intríngulis para que las secretarias y los editores no entendieran lo que estaban diciéndose. «¿Flineamos a la Caleta?», le preguntó Camargo a fines de enero, cuando la invitó a Washington, donde un informante iba a explicarle la estrategia confidencial que el Fondo Monetario pensaba aplicar en la Argentina para cobrar una deuda de catástrofe. «¿Vrané?», quiso saber ella. «Camargo», dijo Camargo, porque esa palabra también significaba mañana.

Se alojaron en el mismo hotel de la calle M que tan malos recuerdos les traía. Reina creyó que iba a suceder otro desastre cuando oyó que les asignaban un cuarto idéntico en el mismo piso, pero Camargo la sentó en los sillones del vestíbulo apenas la camarera los dejó solos y le dijo que, aunque él no tuviera los veinte años menos que habría querido, ya era hora de que ella aceptara la fatalidad de que se casarían tarde o temprano. Durante todo el viaje la trató con una delicadeza tan extrema que parecía de mentira. La llevó a ver un programa doble de películas viejas que daban en un cine de la avenida Pennsylvania, le compró un collar de esmeraldas en la joyería de Georgetown a la que Grace Kelly le había encomendado la diadema de su casamiento, le prometió felicidad eterna ante las caídas de agua de la National Gallery y no quiso aprobar dos de los títulos principales del diario antes de que ella diera también su parecer. A Reina la conmovió tanto esa voluntad de enmienda que no se atrevió a decirle «Tendrías que ir a verla hoy mismo» cuando Brenda volvió a llamarlo por teléfono para decirle que Ángela sufría una hemorragia interna en pleno cuarto ciclo de la quimioterapia. Estaban sólo a dos horas de Chicago y esa mañana había no menos de cuatro vuelos desde los aeropuertos de la capital. «No puedo, Brenda», le oyó decir. «¿No te das cuenta que no puedo?» Al colgar, se volvió hacia Reina y le pidió, con cara inocente, que se abrigara bien porque iban a pasar la tarde en el zoológico.

A ella no le quedaba tiempo sino para las investigaciones del diario y para Camargo. No sólo fue perdiendo las pocas amigas que había tenido —ninguna soportaba los malos humores de él ni su extraña certeza de que el mundo estaba siempre debiéndole algo—; la urgencia con que vivía hizo que también se perdiera a sí misma. Hacia fines del verano descubrió que sus modales eran idénticos a los de Camargo: sólo le faltaba pasearse por la redacción a las diez de la mañana perfumada con su agua de colonia. Se quejaba de los asistentes y esperaba que Insiarte le diera la espalda para imitar su andar patizambo.

Eran semanas apacibles en Buenos Aires, y Reina se aburría. El presidente penitente había dejado el poder, después de un vano intento por hacerse reelegir, y el sucesor era un hombre previsible, que se movía sin brújula por los laberintos del poder, al que los periodistas le adivinaban las respuestas antes de hacerle las preguntas. El equipo de Investigaciones Especiales alcanzó un par de éxitos al descubrir que la anterior ministra de Medio Ambiente contrabandeaba nutrias a las peleterías japonesas y que su padre estaba vendiendo tierras en la Patagonia para que se usaran como basureros nucleares.

Para escapar del marasmo, viajó sola a Madrid en busca de datos sobre la quiebra de una compañía de aviación. Camargo se le apareció de sorpresa una noche en el hotel Palace, cuando ya estaba dormida, y al día siguiente la llevó a ver las salas de Dalí en el museo Reina Sofía, a pasear por el parque del Retiro y a comprarse un abrigo en El Corte Inglés. Esa noche se esfumó tan sigilosamente como había llegado. Desde un avión que iba a Londres la llamó para disculparse por haberla dejado plantada a la hora de la cena.

De pronto, Reina empezó a sentir unas enloquecedoras punzadas en la cabeza cada vez que iba a pasar la noche en la casa de geranios. Pensaba que sería el polen, o el olor a podredumbre que llegaba del río, o el vapor sulfúrico que despedían las cagadas de pájaros en el jardín. Ni una sola vez se le ocurrió que podía ser el tedio de las horas hipnóticas que pasaba junto a Camargo ante el televisor de la casa, y el desgano que se le escurría por todo el cuerpo cuando iban a la cama. No podía decir que lo amaba menos, porque sus sentimientos seguían sin tener forma ni medida; sólo se atrevía a decir —sólo a veces, sólo a sí misma— que cuando estaba lejos no lo extrañaba y cuando lo tenía cerca no concebía el modo de separarse.

Una tarde, Enzo Maestro llamó a la puerta de vidrio que ahora establecía una frontera entre la redacción y el escritorio de Reina. Ella estudiaba las fotos de la gran mezquita de la Roca en Jerusalén, publicadas por la revista *National Geographic,* y se había detenido en dos inscripciones desafiantes, tomadas del Corán, que eran una carta de batalla contra el cristianismo: *Alabado sea Dios, que no concibió hijo alguno y tampoco tiene igual*; *Allah es Dios, el Eterno: no fue engendrado ni tiene par.*

Durante algunas semanas Reina había sentido el ingreso de Enzo a *El Diario* como un agravio personal. No podía perdonar sus años de servidumbre a un gobernante corrupto ni su celo policial en el monasterio de Los Toldos. Aunque Camargo lo defendiera por su lealtad, a ella le parecía que un cómplice es tan repugnante como el criminal que lo alquila. Reconocía, sin embargo, que desde la llegada de Maestro, se respiraba en *El Diario* un aire más vivo, más —¿cómo decirlo?— atlético. En la primera página aparecían de vez en cuando relatos sobre pueblos que desaparecían bajo las aguas o sobre partos de mujeres en los basurales: era más osado que Camargo y, para su sorpresa, más sensible también a las desgracias de la gente.

—¿Conocés la mezquita, Reina? —le preguntó.

—Nunca estuve en Jerusalén —dijo ella, melancólica—. Siempre quise.

—Es la primera construcción islámica fuera de Arabia. Los ejércitos del Profeta ocuparon Jerusalén cinco años después de su muerte, pero la mezquita esperó medio siglo. El califa Abd al-Malik ordenó que fuera una declaración de guerra contra Jesucristo. Dios no engendró ningún hijo, se lee en la cúpula. ¿Creés eso?

—Si hay un solo Dios no puede haber un hijo —dijo ella.

—Tal vez haya una hija, ¿no?

—Sería lo mismo.

—La historia, sin embargo, está llena de hijos de Dios.

—Soberbios, fanáticos. El extremo mayor de la soberbia es creerse hijo de Dios.

—En alguna parte he leído eso.

—Fue en un informe de Inteligencia del Estado, estoy segura. Me revisaron el departamento de arriba abajo, me robaron papeles, plata en efectivo, calzones. Yo había escrito esa frase. Ahí la leíste, entre mis despojos.

—Deberías escribirla otra vez.

—Ya lo hice. No habrás venido por eso, ¿no?

—No. He venido a salvarte de la nada. Es verano, el gobierno sigue dormido, este país es un desierto. ¿Has oído hablar de la zona de despeje, en Colombia?

—Soy periodista, se supone. He oído. Un territorio del tamaño de Suiza, gobernado por guerrilleros.

—Uno de mis amigos edita un semanario en Bogotá. Le han ofrecido una entrevista con los dos jefes de la guerrilla, Tirofijo y el Mono Jojoy, pero no quieren dársela a él solo. Le piden que haya además diarios de

Venezuela y de la Argentina, vaya a saber por qué. Si estás de acuerdo, podríamos mandar a Insiarte.

—Es demasiado hueso para que se lo coma un perro tan chico. Preferiría ir yo.

—Me lo imaginaba. Es peligroso.

—No tengo nada que perder.

—Camargo se va a negar —dijo Maestro, socarrón.

—¿Le anunciás vos que me voy de viaje? ¿O preferís que lo haga yo?

Reina salió hacia Bogotá dos días más tarde y al tercero llegó a San Vicente del Caguán, la polvorienta aldea desde la que se abrían los senderos de la guerrilla. Jamás había visitado un lugar tan inhóspito ni creía que existiera otro igual en el mundo. El aire denso olía a cloaca y lo cruzaban nubes de moscas gordas e inquietas. Caía un sol tan incandescente que sólo por milagro la sangre no entraba en ebullición. La primera noche, en el hotel donde Reina y sus compañeros se alojaban por designio de los guerrilleros, ella sudó tanto que se levantó antes del amanecer a exprimir las sábanas empapadas. No podía dormir más y salió a tomar el fresco al porche de la entrada. Germán, el editor bogotano, estaba allí meciéndose en una hamaca y fumando con serenidad, como si lo hiciera dormido. Apenas la vio, le ofreció un sitio a su lado para que se tendiera. Reina lo hizo sin vacilar. Sentía una confianza instintiva en él, la certeza súbita de que el mundo podía empezar y acabar en su cuerpo anguloso, de huesos demasiado grandes y unos ojos tan azules que casi se podía ver lo que había al otro lado. Era una hora de silencio unánime en la aldea, porque ya el último borracho se había desmayado en la última taberna, y Germán le enseñó a distinguir los sonidos de la selva cercana, donde los monos aullaban como lobos y los papagayos reían como hienas. Esa tarde, mientras esperaban al guía que iba a llevarlos al campamento de Tirofijo, bailaron los vallenatos del Dúo de Dos en un salón de fiestas que se llamaba La Perdición, y salieron a beber cerveza con un enano de circo que le ofreció a Reina sus dientes de oro por una sola noche de amor. Después, ella y Germán caminaron hacia el hotel por la calle principal, donde los vendedores de arepas y frutas tropicales estaban recogiendo sus tiendas entre perros que se perseguían para fornicar y de pronto quedaban inválidos y lastimeros, pegados por las ventosas del coito. Al toparse con el río Caguán se dieron cuenta de que habían equivocado el camino y desandaron unas cuadras tomados de la mano con naturalidad, como si fueran amigos de muchos años, aunque Reina sintió que Germán se estremecía cada vez que los dedos cambiaban de posición y que el roce de las palmas, aun sudadas y pringosas, tenía una intensidad sexual que antes jamás había sentido.

Un enviado de los guerrilleros estaba esperándolos en el bar del hotel. Les explicó que Tirofijo o el Mono Jojoy o ambos no iban a llegar a tiempo al campamento y que sería mejor emprender el viaje durante el día en vez de arriesgarse a las emboscadas de las noches. Los trasladarían con los ojos vendados, pero podrían quitarse las vendas al cabo de una hora, cuando ya no tuvieran modo de orientarse en el laberinto de la selva. No podrían llevar cámaras fotográficas ni teléfonos celulares ni, por supuesto, nada que se pareciera a un arma. Reina había viajado con la consigna de llamar a Camargo dos veces al día. Habló con él por última vez para avisarle que su aparato iba a estar apagado y no sabía por cuánto tiempo.

—Si es así no quiero que vayas —le dijo Camargo. Su tono era pausado, como siempre, pero ella sabía descubrir los cambios de humor aun en las frases más breves. Esta vez hablaba en serio: le prohibía que diera un paso más.

—Si pego la vuelta ahora se pudre todo —porfió Reina—. Pidieron tres periodistas. No van a recibir a dos.

—Fue una mala idea de Maestro.

—Tal vez, pero ya estoy acá.

—Me pagás con una mala noticia la buena sorpresa que iba a darte.

—¿Buena? —dijo ella, indiferente. Algo, esa tarde, la había dejado más allá de toda sorpresa y de toda curiosidad. Su deseo cabía entero en ese pueblucho horrendo. Ahora estaba allí y no quería irse por ningún motivo.

—Sí —dijo Camargo—. Sicardi te consiguió un departamento de tres ambientes, a estrenar, y acaba de firmar el boleto de compra en tu nombre. Tenés que pagar sólo quince mil dólares, en cuotas. Es mejor de lo que pensabas, ¿no?

—Ni siquiera lo he visto.

—Está en una torre nueva, en la calle Reconquista. Podés ir al diario caminando.

—No me importaría si estuviera más lejos —dijo con un tono de falsa ingenuidad, para que Camargo no descubriera el sentido de lo que decía—. No me importaría que estuviera en otro mundo.

Cortó y volvió a salir al porche. Se quedó mirando el cielo bien dibujado, transparente, y las casas monótonas de alrededor, con sus paredes grasientas y sus techos de palma. Sin darse cuenta, se puso a llorar, no por la tristeza de lo que veía sino por ella misma, por el vacío de sus últimos años, en los que no había amor ni belleza sino tan sólo el afán de ser alguien. Un día iba a subir a su nube sólo para quedarse allí, sola, y mirar hacia abajo preguntándose ¿qué hice de mi vida, qué ciega mierda hice de mi vida?

Germán encendió un cigarrillo en el otro extremo del porche y le sonrió, con una mezcla de compasión y complicidad. Ella lo miró como si estuviera dentro de él y pudiera oír las destilaciones de su pensamiento. Lo oyó como si en la realidad no hubiera otro sonido que el de ese pensamiento. Cuando él la abrazó preguntándole «¿Todo está bien?» y la besó en la boca con una fiebre invasora, ella lo dejó hacer. Dejó que la llevara a su cuarto y la desvistiera y la tocara. Era todo tan natural, tan fácil, que por un momento le extrañó que aquel cuerpo fuera el de ella y no el de otra, porque había dejado que su cuerpo se fuera y no imaginó que, al volver, iba a pertenecerle tanto. Hicieron el amor sobre una cama que crujía sin que les importaran los vapores calcinados de la noche, el asedio de las moscas ni nada de lo que sucedía en el mundo. Durmieron una hora y volvieron a sentir la urgencia de penetrarse y lamerse, y así habrían seguido sin darse tregua si a las seis de la mañana el guía guerrillero no los hubiera llamado para decirles que el Mono Jojoy y Tirofijo estaban esperándolos en el abismo de la selva.

Nueve

Adivinaste la traición antes de que sucediera. Ya habías notado algo esquivo en el cuerpo de la mujer cuando volvió de la zona de las guerrillas, en Colombia. Se quedaba con los ojos abiertos al hacer el amor, temblando a veces, buscando en el aire de los geranios el deseo que no llegaba y no llegaba. Su sexo estaba seco y también temeroso: quería decirte algo y sin embargo enmudecía. A ratos se apartaba y te pedía un instante de tregua: estoy cansada, tan cansada. Vos te ponías boca arriba en la cama y mirabas los arabescos de la penumbra, las sombras de su desnudez, el centelleo de las ramas en el jardín. También cuando la observabas a través del telescopio Bushnell, desde el cuarto de la calle Reconquista que habías alquilado sólo por ella, obedeciendo al instinto de desconfianza que jamás te fallaba, la sentías ausente ya no sólo de vos sino de todo lo que la rodeaba, buscando un cuerpo que parecía haber dejado en otra parte, ¿su cuerpo u otro distante, el de alguien en cuyas manos la mujer se había puesto: la perra, desagradecida? Perra, perra, tu padre tenía razón: era igual a la madre que los había dejado, una reencarnación tal vez, una melliza que regresaba para maldecirte.

Después de la travesía a Colombia, la mujer ha viajado sola dos veces, a Santiago de Chile y a Caracas, con el pretexto de otra investigación confidencial sobre el tráfico de armas. Vos y ella acordaron encontrarse en Santiago: saldrías una mañana de sábado, ignorando los llamados cada vez más angustiosos de Diana desde el hospital:

«Ya no saben cómo bajar la fiebre, papá. No podés imaginar qué débil está, qué triste. ¿Por qué no venís, papito? Apenas se despierta, la pobre Ángela pregunta si ya has llegado». Ibas a regresar de Chile el domingo al caer la tarde, dejándolo todo sólo para estar con la mujer, pero la noche del viernes, cuando la llamaste para que supiera a qué hora debía esperarte en el aeropuerto, ya se había ido del hotel y su teléfono celular estaba desconectado. De todas maneras viajaste a Santiago, perdiste como un imbécil horas y horas rastreándola en los ministerios y en las guarniciones militares, avergonzándote ante tus amigos de *El Mercurio* y de *La Tercera* en busca de alguna pista: todo en vano. ¿A qué extremos de humillación te había llevado? ¿Quién habría podido imaginar que alguien como vos, al que jamás nadie osaría dejar esperando en el teléfono, iba a perder la calma por el silencio de un insecto como ella?

La mujer regresó al diario el martes al mediodía, con una luz en la expresión que no reconocías, el sol recóndito de alguna felicidad perversa: entonces empezaste a comprender que algún intruso la ensuciaba, que ella rendía su cuerpo a un desconocido tal vez joven y sin duda podrido por venéreas, ladillas y otras enfermedades de la arrogancia. Querías saber qué había pasado, ah, cómo la sospecha y la incertidumbre te enloquecían, Camargo, cuántos residuos de la memoria de tu madre se habían instalado en la mujer y te acosaban, abriéndote de nuevo las llagas del abandono. No querías que ella advirtiera tu desconfianza. Le preguntaste, como si nada hubiera pasado:

—¿Todo fue bien, Queenie?

Ella te respondió, con soltura:

—Todo joya, Bitte. Me dieron una entrevista en Temuco y cuando quise llamarte desde el avión para que lo supieras, se me murieron las pilas del celular. Vagué tres días cut off, confined.

Desde el amanecer del nuevo año la llamabas así, my Queenie, mi reinita, en la lengua privada que habían construido para la intimidad y que abrevaba en un delta de otras lenguas: el arameo de Queenie, tu inglés y tu italiano, su portugués, tu checo. Ella te decía Bitte, que tantos significados corteses tenía en alemán aunque en verdad aludía a las amarguras de tu apellido, *bitter*.

Así que el celular se le había agotado: esa coartada era difícil de verificar. Pensaste, entonces: puedo encontrar su huella. Si se quedó en Temuco, su paso ha de estar registrado en hoteles, líneas aéreas, restaurantes. Sicardi descifrará esos enigmas con un par de llamadas. Vas a pedírselo apenas la mujer se aleje, pero te detiene algo en el tono de lo que ahora te dice: familiar y a la vez distante, sonidos en desarmonía con su sentido:

—¿Tenés un rato para mí esta noche, Bitte? Sólo para conversar.

—¿A las diez, te parece?

—Un poco antes —sugiere ella—. A las nueve y media ya habré terminado el día.

La invitás a un bar al que fuiste otras veces, con amantes de paso, cuando te daba claustrofobia la imagen funeraria de Brenda esperándote en la cama de San Isidro. Hay en ese lugar tantas voces que tratan de encaramarse unas sobre otras, tantos yuppies pavoneándose con sus vasos de whisky que hasta alguien tan notorio como vos puede pasar inadvertido si encuentra libre uno de los cubículos que se abren frente al mostrador. Son espacios de sonido muerto, a los que el estrépito de afuera llega tan sólo como eso: un oleaje, un cotorreo indiscernible.

Ya llevás esperándola diez minutos cuando la ves entrar, con un abrigo largo, negro, y debajo un conjunto de paño gris. Desde el viaje a la selva guerrillera ha corregido el desaliño que la mantenía clavada en la adolescencia, como si su edad avanzara entonces con más lentitud que el tiempo. La ves abrirse paso entre las jaurías del bar y advertís cuánto ha madurado en pocos días, con qué elegancia mueve hacia un lado y otro su cabellera oscura.

—Bitte, qué guapo estás —te dice.

A veces su habla se contamina de palabras que ha copiado de libros españoles —guapo, listo, enfado—, pero en ella nada parece artificioso. Su soltura te asombra siempre. Ahora, mientras aún está de pie, quitándose el abrigo, exhala una seguridad imperial.

—¿Ya te acostumbraste a tu departamento nuevo? —le preguntás.

—No me acostumbro a nada —te dice, a la vez que ordena con displicencia un whisky doble, con un dedo de agua—. De noche, cuando vuelvo, la calle está desierta. Sólo veo mendigos arrastrándose. No nos damos cuenta, Bitte, pero Buenos Aires está mutando. Es una mariposa que vuelve a su estado de larva.

—Deberías venir más seguido a San Isidro. Ahí nada cambia. Sólo el olor del río, a veces.

—No puedo ir por un tiempo. De eso quería que habláramos.

—¿Qué pasa? ¿Querés dejarme?

—Ni se me ocurre. A vos nadie podría dejarte. Necesito tiempo ahora para escribir mi libro.

—Los mesías gemelos, ¿no?

—Nadie lo sabe. ¿Cómo lo sabés vos?

—No lo sé. Todos los signos de tu vida van hacia ese punto: la necrología de Robert Mitchum, tu discusión con la superiora en el colegio de monjas. *Tout aboutit à un livre,* como decía Mallarmé. ¿Por qué no me hablaste de eso? Te habría ayudado.

—Quién sabe si hubieras podido ayudarme. No estaba madura hasta hace poco. Sólo ahora sé que puedo.

Le tendés las manos para ver si te las acaricia, como antes. Las ignora. Finge que se concentra en el vaso de whisky.

—Ahora —tanteás—: después de tu excursión a las pólvoras colombianas.

Una tensión súbita le salta a la cara. Como se ha echado el pelo hacia atrás, podés ver que las sienes le laten. Has calculado bien el efecto de la palabra pólvora, su insinuación erótica.

—¿Me mandaste espiar? —te dice, alzando la voz—. Si alguno de tus policías anduvo pisándome los talones, no entiendo por qué seguiste el juego todo este tiempo.

—Porque para mí no es un juego. Yo no te voy a dejar, Reina, aunque vos quieras dejarme.

—Soy una persona, Camargo. No me podés tomar ni dejar. No te pertenezco. Soy de nadie. Sólo ahora sé que, por lo menos, me pertenezco a mí.

Ella misma te ha franqueado el paso. Decidís, por lo tanto, ir un poco más lejos:

—Te pertenecés a vos porque pertenecés a otro.

—Tal vez —admite.

—Y te enredaste tanto que ya no podés salir.

—No me enredé. Tampoco quiero salir. Estoy donde estoy por mi voluntad, limpia de cuerpo y alma, ¿podés entender eso?

Te subleva que, al mirarte, lo haga con negligencia, como si ya se hubiera puesto fuera de tu alcance. Hay algo en su actitud evasiva que te devuelve a la infancia. Ella es la otra, la perdida, ¿no? Si tu padre lo vio con tanta nitidez, tanta certeza, ¿por qué lo desoíste? La ira te saca de quicio y, sin embargo, tu voz mantiene la mesura. No ha contestado aún Reina a todas tus preguntas.

—Limpia no. Eso no es cierto. Si tu alma estuviera limpia no habrías vuelto a acostarte conmigo. Me traicionaste a mí primero, después traicionaste al otro.

—Fui cobarde, no sabés cuántas veces me lo he repetido. Tuve miedo de lastimarte. También tuve miedo de vos. Traicioné a Germán, pero él ya lo sabe. Me he pasado todos estos días pidiendo disculpas.

—¿Germán se llama? —gritás ahora. La garganta se te ha secado. La sangre te sube a la cabeza como una lava.

—Germán. Pensé que lo sabías. ¿No dijiste que sabés todo?

Hiciste, hace años, tu aprendizaje de la desdicha. Cuando ya no podías aprender más, te volviste inmune a todo sufrimiento. Ahora te queda sólo la cólera. A tu cólera no le importa alzarse sobre el vocerío de los yuppies y las risotadas de las empleaduchas.

—Cogiste conmigo, cogías con él, cogés con cualquiera. Te abrís de piernas al primero que pase, puta. Te vendés al que mejor te pague, ¿eh? ¿No te ha bastado todo lo que te di, todo lo que me sacaste?

—No me regalaste nada, Camargo. Lo único que hiciste fue arrancarme cosas. Nunca te dije que te quería. Te admiraba: es distinto. No te mentí.

—¿Creés que me vas a dejar así, tan fácil? ¿Creés que se puede salir de Camargo como se sale de una fiesta? No, nena, vos no te vas.

—Quiero a otro. No me puedo quedar.

—¿Otro? No hay ningún otro. A mí nadie me abandona. Yo no soy mi padre.

—Pobre Camargo —te dice.

Tu sangre ya sublevada se desborda. No sentís tu cuerpo ni te importa. Sólo sentís tu indignación invencible. La mujer alza las manos, tratando de cubrirse, pero vos sos más rápido. Descargás toda tu fuerza en un revés que le alcanza los labios, de pleno, y se los parte. Ella te observa atónita, demudada, con ojos de cordero sacrificado. Va a decirte algo pero no se lo vas a permitir. Arrojás sobre la mesa un billete de cincuenta pesos y salís casi corriendo de ese infierno, entre el murmullo de los yuppies imbéciles. Vos sos quien sos, Camargo. Nadie puede dejarte.

No recordarás el incidente en el bar. Ciertos hechos de tu vida no te suceden a vos sino a un ser que está fuera de tu memoria y de tu carne: alguien que no quiere moverse del pasado. Cuando observás a la mujer a través del telescopio, por ejemplo, te extraña que los labios se le hayan partido y la barbilla esté hinchada. Mañana tendrá un hematoma y habrá perdido alguna brizna de su belleza misteriosa. La ves estudiar la herida en el espejo y despejar un hilo de sangre con la lengua. Te irrita que, a pesar de todo, parezca feliz, y se desvista meciendo las caderas al compás de alguna música prostibularia que no podés oír. Si alguien la ha castigado, lo ha hecho a medias. Tendría que haberle vaciado los ojos y quemado la lengua con tenazas candentes. Sobre todo, tendría que haberle cosido cada anillo de la vagina para apagar el daño que han causado.

Al advertir que su desvergüenza es indomable y que nada, nadie, podrá arrancarle el placer que el otro le ha incubado en las entrañas, pensaste en el sin techo que duerme afuera, en Momir, aunque aún no conocías su nombre. Así se ha ido insinuando en tu imaginación el dibujo todavía impreciso de la venganza. Sabés que la mujer es aprensiva. Pero si ha caído bajo el influjo de algún otro, si ha traicionado la vigilancia amorosa quc durante tantos meses le prodigaste, se habrá entregado al desvarío sexual sin tomar precauciones, indiferente a los contagios de herpes, gonorrea, malaria o cualquier otra infección propia de las regiones ecuatoriales. Abandonás por un momento tu puesto de observación junto al telescopio para examinar, en el baño, si ha ensuciado tu pene con alguna enfermedad. Debería haberte advertido, cuando llegó, que se había dejado penetrar por la podredumbre. Pero la perra se quedó callada mientras le lamías la cloaca, ¿te das cuenta?, no le importó infectarte con los chancros de su viaje. No ves otro signo que una ligera irritación en el glande, nada inusual, aunque quién sabe, quién sabe. ¿Y si de veras te hubiera expuesto a la gangrena? ¿Qué suplicio pagaría la enormidad del daño? Hasta el azar tiene sus propias leyes y, al entrever la sombra de Momir durmiendo bajo el alero de la tintorería de enfrente, intuís que él puede ser el instrumento de tu castigo. Su hedor, la irredimible suciedad de su cuerpo, el asco de sus manos: eso es lo menos que merece la traición de la mujer.

Estás oyendo el cuarteto en re mayor de César Franck. Cuando el allegro final cesa de atravesar tormentas y arrancar árboles, la melodía se desperezа en una larga llanura. Esas ráfagas de melancolía te sosiegan, pero la mujer, con sus ademanes triunfales, parece decidida a sacarte de quicio. Se ha parado ante el espejo y vuelve a mecerse. Agita las tetas insignificantes y procaces como si buscara algún recuerdo. Deja encendidas las luces y se exhibe ante la ventana, ¿no es increíble todo ese descaro? No le importa que alguien la esté observando, como vos en este instante, asfixiado por el deseo.

Abrís la ventana y lo que te salta al cuello son los ruidos atroces de la ciudad, televisores, ómnibus, ambulancias: la salvaje mierda humana. La noche te pesa tanto que te sentís como un buey arrastrándola, te agobia el cuerpo, la penumbra, la fiebre, la conciencia de un tormento que vaya a saber por qué está en vos cuando debería estar en ella. ¿Qué hacés así, vestido, aún con la corbata y la camisa con puños de gemelos? Te desprendés con furia de esos estorbos y tu propia imagen te sorprende en el espejo. No hay verdad en las apariencias, ya lo sabías, porque ni la más fiel de las imágenes repite el pasado, el alma ni la incandescencia de lo que está reflejando. El ser que estás viendo ahora no sos vos, porque a la figura del espejo le falta la mujer. Ella debería estar allí arrastrándose a tus pies, implorando piedad, suplicando que no la abandones, doctor Camargo, ni le devores el pensamiento. No, no la dejes: un día va a devolverte todo lo que te ha quitado. Pero ya no la oís, es tarde para seguir oyéndola. Implacable, alzás tu pie y le aplastás la cabeza.

La osadía de la mujer no tiene límites. Después del episodio del bar se ha declarado enferma y ha faltado tres días a sus obligaciones en *El Diario*. A cualquier otro redactor le habrías enviado un médico para que lo devuelva al trabajo, pero con ella debés ser cauteloso. Si la examinara el médico, te acusaría de haberla golpeado, omitiendo de mala fe todas las razones que te llevaron a ese arrebato. Es taimada y, mientras no la acoses, se callará la boca. Pero cuando ella misma decide que ya se ha curado, urde una treta que te toma de sorpresa. Antes de la reunión de editores se ha presentado en la oficina de Enzo Maestro y le ha dicho que tiene un testigo insólito en el caso del contrabando de armas: un coronel, resentido porque no le pagaron la comisión que le correspondía en la venta de ocho mil fusiles de combate y diez millones de proyectiles. Al salir de una entrevista con el primo del presidente penitente, el coronel fue detenido por venta ilegal de drogas. Era falso, por supuesto, pero a la vez innegable: seis kilos de cocaína fueron encontrados en un jarrón de su casa. Una falla en el procedimiento judicial lo rescató de la cárcel y al día siguiente el coronel estaba lejos de la Argentina. En algunas de las operaciones de contrabando había servido como intermediario, y tenía copias de los cheques pagados por traficantes serbios al cuñado y al hijo del penitente. Ofrecía los documentos a cambio de que *El Diario* publicara su versión de los hechos. Era preciso ir a buscarlos a Caracas, donde el abogado del coronel esperaría a Reina —sólo a ella: al menos eso le dijo a Enzo— en el aeropuerto.

Maestro es astuto como J. Edgar Hoover, maniobrero como Kissinger, cínico como Fouché, pero por las mañanas, cuando aún no ha terminado de digerir las glotonerías de la noche, puede ser cándido como Rudolf Hess. Ha cometido el error de autorizar la expedición de Reina pero la lealtad lo mueve a preguntarte si estás de acuerdo antes de ordenar la compra de los pasajes.

—¿Esa mujer quiere viajar de nuevo? —le has dicho, reteniendo apenas la furia—. No, Maestro, cómo se te ocurre. Estamos perdiendo el tiempo. Ya ves que nuestras denuncias no tienen ningún efecto. Los jueces van a seguir absolviendo a esos mafiosos. Deberías saberlo mejor que nadie. Vos inventaste la pólvora y ahora no reconocés ni los fuegos artificiales.

—¿Querés decir que no publiquemos una línea más sobre el contrabando? ¿Que dejemos sin pan ni circo a veinte mil lectores que nos compran sólo por eso?

—Tampoco te vayás al otro extremo. Sólo te digo que a esa mujer, Remis, hay que hacerla trabajar acá. Se está aficionando al turismo.

—En este caso tiene que ir ella o nadie.

—Entonces nadie —dijiste.

A la mañana siguiente, la obcecada mujer ha dejado una nota sobre el escritorio de Maestro, informándole que irá de todas maneras a Caracas. Se ha protegido con habilidad de las sanciones que le podría imponer Sicardi: usará —dice en la nota— los cinco días de franco que Maestro le prometió a su regreso de Colombia, costeará el pasaje y los gastos de hotel con su dinero, y entregará a *El Diario* los documentos que ha ido a buscar, más el relato de la investigación. Son libres ustedes de publicarlos o no, concede con arrogancia.

Le has ordenado a Sicardi que la detenga por cualquier medio en el aeropuerto, pero la mujer no ha tomado ninguno de los vuelos regulares a Caracas. Suponés entonces que ha salido temprano, rumbo a Montevideo. Tiene una cita desesperada con el amante, estás seguro. Ha ido otra vez a que le vierta su estiércol. Desde acá podés oír la impaciencia de su sexo.

Es esa desesperación por huir de vos la que te induce a tomar el control de su cuerpo desnudo filmándola en secreto. Mientras la contemplés en el televisor de San Isidro, a tamaño natural, podrás ir amansándola, atrayéndola. No hay materia duradera en las apariencias del mundo, pero la voluntad del yo puede rehacer la materia, enseñarle el camino de la sumisión. Al apropiarte de su imagen, también poseés su cuerpo: ésa es una de las sabidurías remotas que los seres humanos han desaprendido.

Sicardi te ha entregado las llaves de su departamento y, la primera vez que lo visitás, te sorprende que la mujer disponga de tanto tiempo libre para escribir textos que nada tienen que ver con *El Diario.* Le pagás una fortuna para que trabaje con dedicación exclusiva y, aun así, cada vez que puede distrae su energía escribiendo relatos de pocas líneas, poemas —en algunos de los cuales entrevés la envidia que te tiene, el afán con que siempre quiso ocupar tu lugar: esa mierdita, esa nulidad que tanto te ha costado educar y refinar—, y unas cincuenta páginas de apuntes para el ensayo sobre los mesías gemelos que la obsesionan.

Has fotocopiado algunas de las páginas que la mujer había dejado ya impresas sobre el escritorio. Algunos de sus descubrimientos te sorprenden. Según ella, hay cinco milagros que suceden dos veces en los evangelios sinópticos, sin cambio alguno: la multiplicación de los panes y de los peces, la caminata sobre el mar después de haber calmado una tempestad, y tres curaciones inexplicables: la del ciego cuyos ojos son untados con saliva, la del hijo del funcionario o criado de un centurión al que se le devuelve la salud sin mirarlo ni tocarlo, y la del poseído cuyos demonios se refugian en el cuerpo de unos cerdos. Jesús hizo esos prodigios en Galilea y su gemelo Simón en Damasco, acaso al mismo tiempo. Para que los de Simón desaparecieran de toda memoria, los evangelistas los adjudicaron a Jesús, sin preocuparse por las repeticiones. El hijo de Dios podía morir infinitas veces en la cruz y también expulsar infinitamente al demonio de un mismo cuerpo. La pregunta retórica que aparecía al final de aquellas cincuenta páginas de ese texto vuelve a vos como un estribillo: «¿Predicarían los dos el mismo sermón acaso, invocando uno al Padre y el otro a la Madre Eterna?».

Si no fuera por la forma artera en que la mujer te traiciona, ni siquiera habrías pensado en Momir. Ahora que has vuelto a ver su canino único despegándose casi de las encías violáceas y la sombra de unas escaras despuntándole detrás de las orejas, a pesar de que su aspecto es todavía saludable, estás seguro de que Momir encarna el mal que la mujer ya se ha infligido a sí misma, la podredumbre en que ella se solaza y que ha tratado de esparcir cuando se metió en tu cama.

En el primer artículo que publica en *El Diario* al regresar de Caracas se te entrega atada de pies y manos, sellando su destrucción. A pesar de la malicia con que lee todo lo que debe editar, Maestro no ha detectado el fraude. Vos sí. El segundo párrafo deja escapar, como de paso, la frase delatora: «El coronel durmió como un bendito en la primera clase de Fleet Air durante el vuelo entre San Pablo y Maiquetía». La inútil mención de la línea aérea enciende al instante tu suspicacia. Ordenás a Sicardi que llame al gerente de Fleet Air y averigüe si extendió un pasaje de cortesía a nombre de Reina Remis. Tus sospechas se confirman. Ella no sólo mendigó el pasaje: también prometió mencionar en el diario al generoso donante.

¿Ahora qué te ha quedado de ella, Camargo? Mirás dentro de vos y sólo ves un horizonte de asco, un río de escorias que irás secando poco a poco. Vas a permitir que la mujer relaje sus costumbres durante una semana y, de paso, que siga delatándose en sus artículos. Tal como has previsto, la mención a Fleet Air reaparece en la segunda entrega de su insulsa entrevista al coronel. Mientras tanto, Sicardi ha verificado que llama al amante desde los teléfonos del diario. A la traición suma la estafa. Cuando la mujer acude a Maestro para que le autorice un viaje más, a Río de Janeiro, su descaro te colma la paciencia. Vas a retenerla ahora sólo un par de días, exigiéndole que escriba sobre la crisis ministerial y sobre la segura renuncia del vicepresidente. Sus artículos van a ser desastrosos, porque harás que Sicardi la humille hasta secarle el lenguaje, que le ajuste el garrote al cuello y estrangule su orgullo.

Antes de que la mujer se siente a escribir, el jefe de personal la llamará para reprenderla. Eso debe suceder alrededor de las nueve, en el momento de tensión extrema, sobre el filo del cierre. Poco después, agitado, el pobre perro fiel correrá a tu oficina para contar lo que ha sucedido. Lo verás inflamado, exultante. Como la sevicia le aflora siempre en la nariz, van a brotarle dos forúnculos nuevos. Sicardi habrá grabado el diálogo y te entregará tanto el casete como la transcripción, con una diligencia que siempre se adelanta a tus ansiedades:

—¿Cuánto hace que la empresa lucha contra la corrupción, señorita Remis?

—Qué sé yo —le ha dicho ella, impaciente—. Cuando llegué, ya había empezado.

—¿Y qué podríamos hacer, entonces, si descubrimos a un redactor corrupto?

—Yo no soy usted, Sicardi. Probaría primero que es corrupto y después le pediría explicaciones.

—¿Y si estuviéramos hablando de alguien que escribe contra la corrupción, qué haríamos?

—Pregúnteselo a la policía. No me haga perder tiempo. Si insinúa que hay un corrupto en mi equipo, se equivoca. Yo respondo por todos, hasta por Insiarte.

—Conocemos un caso, sin embargo, señorita.

—Acabe de una vez y desde ya le advierto que no le creo. ¿Quién es, Sicardi?

—Vos, nena —le ha dicho, mudando el tono y acentuando el vocativo grosero.

La mujer le ha respondido con insultos filosos, letales. Ordenás a Sicardi que los incluya en la carta de advertencia. Servirán para justificar aún más al diario cuando decidas echarla. Ahora ya podés confiar el mando a Maestro por un par de días y concentrarte en los laberintos del castigo.

Resignado, esperás que se vaya retirando la noche: es lenta, lenta, se mueve con pesadez de mula. Ni por un instante el sueño viene en tu socorro. A ratos te tendés en el catre del cuarto que has alquilado en la calle Reconquista. Temés que, afuera, algún hilo de la realidad se te escape y volvés una vez y otra al telescopio Bushnell, con una ansiedad que no podés controlar. Al fin, poco antes de las siete y media de la mañana, la mujer sale rumbo al café donde desayuna el vicepresidente con sus acólitos. Poco antes, un emisario de Sicardi ha despertado a Momir y a su pareja para fotografiarlos. Lleva la consigna de seguirlos a dondequiera vayan y asegurarse de que, al caer la tarde, se pongan a tu alcance. Has vuelto a encender los celulares por distracción y, mientras espiás a la empleada de la limpieza, una llamada te sobresalta. Ya no es la voz de Brenda la que te sale al cruce sino alguien que habla con sequedad, en un inglés escueto:

—Señor Camargo —dice. Has detestado siempre que te llamen así.

—¿Señor? —has respondido, devolviéndole el guante.

—Soy el doctor Clarke —dice—. El hematólogo de Ángela. Quiero avisarle que estamos haciendo lo posible por detener la infección. Hemos probado un antibiótico nuevo y todavía no sabemos el resultado. Ahora le vamos a sumar un antimicótico. Brenda, su esposa...

—Mi ex esposa —corregís, con rápidos reflejos.

—... dice que a usted le cuesta aceptar que el caso de su hija es complicado...

— ¿Es complicado o no?

—Podríamos decir que es un caso crítico, señor.

—¿Cuántos días de vida supone que le quedan?

—¿Días? Yo no hablaría en esos términos. Lo importante ahora es ver cómo evoluciona la infección.

—¿Qué clase de médico es usted? —replicás, indignado—. Le he pagado una fortuna para que cure a mi hija y ahora sigue diciéndome que debemos esperar. ¿Son ustedes los que se ocupan de ella o es su organismo el que se defiende solo? Si no lo ha intentado todo, inténtelo. ¿Por qué no le han hecho el trasplante de médula que me prometieron?

—No es tan simple. Déjeme que le explique, señor...

—No me llame señor —decís—. Soy el doctor Camargo. Si Ángela muere ahora, le voy a hacer un juicio por incompetencia. ¿No sabe usted en qué país vivo? Dirijo un diario, ¿sabe? Acá el gobierno está cayéndose a pedazos.

Oís un balbuceo y, sin detenerte a desentrañar lo que significa, cortás la comunicación. Estás furioso. Vas a ajustar cuentas con Brenda cuando la veas. ¿Cómo se le ha ocurrido darle tu número privado a ese médico inepto cuando tu cabeza tendría que estar desenredando las nervaduras de una madeja sin fin: los pasaportes de Momir, la ejecución del castigo, y la delicada cirugía de introducir el fenobarbital otra vez en los cartones de jugo sin dejar la menor huella?

Con alivio, ves a la empleada de la limpieza ponerse el abrigo y apagar todas las luces en el departamento de enfrente. Es posible que la mujer le haya dado vacaciones mientras esté de viaje en Río. Has pensado en eso cuando la empleada, antes de marcharse, ha doblado y separado la ropa de la mujer en varias pilas que deja junto a la valija: la lencería por un lado, las faldas y las blusas por otro. Alcanzaste a distinguir algunas sandalias y trajes de baño. Se trata, claramente, de una excursión romántica: no hay en el equipaje ninguno de los vestidos formales que la mujer necesitaría si tuviera entrevistas con informantes del gobierno, como le ha dicho al incauto Maestro.

Cruzás la calle a la hora en que los oficinistas del área están almorzando. Siempre has pasado inadvertido, pero esta vez es imprescindible que nadie te vea. El departamento de la mujer huele a cera y a desinfectante de limón. Ella es astuta, sensible a los perfumes, y esa mañana te has bañado con un jabón neutro para no dejar huellas. De todos modos, tardará en regresar: si Maestro sigue tus instrucciones, no le permitirá alejarse del vicepresidente, aunque la afecten una diarrea o una fiebre súbita.

En la heladera hay dos cartones de jugo de naranja, uno de los cuales está abierto, y otro de manzana, intacto. Vas a inyectar en cada uno tres gramos de fenobarbital con una jeringa de aguja fina, mezclando la droga con agua destilada. Por mucho cuidado que pongas, no vas a poder evitar que se forme una ligera capa de polvo blanco en la superficie, pero la operación es más fácil en el cartón abierto, cuyo líquido vas a pasar por un tamiz, como en la experiencia anterior.

A eso de las dos de la tarde, ves a Momir paseándose inquieto por la calle donde van y vienen los corredores de bolsa y los operadores de las mesas de dinero. El área está sembrada de policías y, como ni su compañera ni él tienen documentos, teme que los detengan. Uno de los asistentes de Sicardi te entregará los pasaportes en la esquina de Corrientes y Reconquista dentro de quince minutos. Has confirmado por teléfono que la falsificación es perfecta: sellos, marcas de agua, firmas sobre las fotos, perforaciones, cada detalle es impecable. Te complace ver que el lento movimiento del tiempo acrecienta la angustia de Momir y aplaca su arrogancia. Cuando vayas a su encuentro, ya lo tendrás derrotado e implorante.

Desde tu última visita, la mujer ha colgado en la pared cuatro fotografías, a la vista del escritorio donde trabaja: una es la que vos mismo tomaste a la entrada del museo de Orsay, en París, un mediodía de enero. La ves con el abrigo oscuro, de paño inglés, que le compraste la tarde antes en la Rue du Faubourg Saint-Honoré, y el tailleur escocés con la bufanda atigrada que tantas veces ha usado en los viajes a Europa. Está radiante, con el pelo partido al medio y la sonrisa infantil que te sedujo la noche del primer encuentro en el bodegón francés, cerca de la placita Cortázar. Al pie ha escrito una palabra inexplicable: «Farsante». Otras dos fotos han sido tomadas en la selva colombiana. Al fondo se divisa un caserío de paredes cariadas y techos de palma. La mujer viste, como sus acompañantes, un uniforme de camuflaje. Te gustaría saber cuál de los que están allí es Germán, pero todos se parecen: los guerrilleros, los periodistas, los campesinos. ¿Será acaso el que clava en la cámara, desafiante, unos ojos azules demasiado felices? Has decidido que irás la próxima vez al departamento con una cámara y copiarás esas fotos, para que Sicardi identifique al intruso en la embajada colombiana. Querés saber su nombre completo, la historia de su familia, e irrumpir con una maza en los cristales de su vida. La cuarta foto, que la mujer ha colgado sobre las otras, al centro, muestra a una niña de tres o cuatro años montada sobre un poni. Alguien que sin duda es la madre la sostiene por detrás: debía tener entonces la misma edad que la mujer tiene ahora, treinta y dos años, y se le parece con tanta exactitud, con un efecto de realidad tan persuasivo, que la hija de ahora bien podría ser la madre de aquel entonces, como si el pasado siguiera durando en el presente y se estableciera, entre las dos épocas, una férrea identidad. Comprendés de pronto que ese juego de espejos sucede no sólo en el tiempo sino también en el espacio. La mujer es un calco de su propia madre y a la vez es un calco de la tuya. La imagen recóndita de la enfermera con delantal blanco tableado y los guantes de goma que se acercaba a tu cama por las mañanas, cuando volvía del hospital, reaparece ahora, nítida, tal como era cuando la dejaste caer en los fosos de tu conciencia. No recordabas su cara desde entonces ni estás seguro tampoco de que es una ilusión lo que ves ahora, una industria cruel de tus deseos, pero el hecho de que tu padre también la haya reconocido te inquieta. ¿Y si la madre de la mujer fuera también tu madre? ¿O peor, todavía, si la mujer, desplazándose en el tiempo, se las hubiera arreglado para ser tu madre y huir de vos en la infancia, como vuelve a hacerlo ahora? Por un momento, la idea te horroriza. Luego, volvés a examinar la foto con atención y te das cuenta de que la madre que aferra la montura del poni, si aún vive —y la mujer te ha dicho más de una vez que vive, te ha mencionado la tenacidad con que la llama por teléfono para preguntarle cómo está, aunque jamás se ha molestado en ir a visitarla—, no puede tener más de sesenta y cuatro años, mientras que la tuya, Camargo, está ya cerca de los noventa. ¿O yerras otra vez en tus cálculos? ¿O tal vez ambos, tu madre y vos, nacieron al mismo tiempo? Puta, decís, con una voz desgarrada que te sale en sordina, más hacia dentro que hacia fuera: puta, ¿por qué has sido tan puta siempre? ¿Por qué me has hecho esto?

Inyectar el fenobarbital en los cartones de jugo te toma veinte o veinticinco minutos: más de lo que has calculado. A través de la ventana descubrís al asistente de Sicardi, que va y viene desde un viejo restaurante inglés, ahora en decadencia, hasta una casa de numismática, donde la calle Corrientes cae en declive. A Momir lo has perdido de vista: ha de estar esperándote junto a la entrada de la casa de la mujer, desalentado ya, creyendo que nunca volverá a su aldea, cerca de Pranjani.

Los hechos son ahora tan rápidos que ni siquiera recordarás que los has vivido. Cuando el enviado de Sicardi te entrega el sobre con los documentos, les echás un rápido vistazo y advertís que pasarán fácilmente los controles de Migración. También están en orden los pasajes que permitirán a Momir y su compañera salir rumbo a Santiago de Chile, al día siguiente, y desde allí a Belgrado, con escalas en Miami, Madrid y Roma. Al volver hacia el departamento te retiene un escrúpulo: ¿dónde entregarás al sin techo lo que le has prometido? El mejor sitio, sin duda, es el ascensor del edificio de la mujer. Casi nadie lo usa, y allí no hay riesgo de que te vean. Momir es desconfiado, un gato de albañal, y vacila antes de seguirte.

—¿Ya todo? —pregunta.

—Todo. Pero aún tenemos algunos puntos que aclarar —le indicás, por señas.

Mientras el ascensor va del primer piso al último y regresa, ponés en manos de Momir el pasaporte de la compañera y el pasaje que está a su nombre: Witold Witkiewicz, así se llama ahora. El tufo del sin techo es intolerable:

quién sabe por cuánto tiempo quedará flotando en el ascensor, denso, tóxico. Las manos, callosas, tienen capas geológicas de mugre. Deberías acostumbrarte a la hediondez. Convivirás horas con ella esta noche.

Momir se inquieta cuando recibe los documentos. El pasaporte para una y el pasaje para otro son inútiles por sí solos. Así no era el trato, te dice, o suponés que te dice. Así son todos los tratos, le respondés: voy a darte el resto cuando cumplas con tu parte.

—¿Cómo puedo estar seguro? —replica en su media lengua.

—Ahora te estoy entregando mucho a cambio de nada —le decís—. Lo que tenés en las manos vale diez mil dólares. Es la prueba de que confío en vos. Lo menos que podés hacer es confiar en mí.

Todas las esperas son más largas que el tiempo real, pero la de aquella tarde te parece interminable. A las siete las calles ya están vacías y se alza un viento de tormenta. De a ratos, acudís a los celulares para seguir a tus personajes. El vicepresidente ha renunciado —te cuenta Enzo—, tal como preveías, y Remis está con él, en la casa donde prepara una última declaración contra los corruptos. Hay una atmósfera de duelo y de derrota: el presidente, como de costumbre, ha titubeado ante la renuncia de su escolta: primero la rechaza, luego le ofrece dádivas, embajadas, el control del servicio de inteligencia, y finalmente se resigna a que lo abandone. Quiero que esa mujer regrese al diario no antes de las nueve, le ordenás a Maestro. Quiero que escriba una crónica detallada de todo lo que ha visto: un relato al que reservarás tres columnas sin firma en la tercera página. Pero antes, en cuanto llegue, Sicardi la llamará para reprocharle el arreglo vicioso que hizo con Fleet Air, preparándola para el despido. ¿No será mejor que esperemos hasta mañana?, te pregunta Enzo. Tal como está el país, echarla es un despilfarro de talento. Siempre vas a ser el mismo, Maestro, le decís. Te vas a pasar la vida protegiendo a los corruptos y a los traidores.

Aunque en la ventana de enfrente sólo hay oscuridad y vacío, vas con frecuencia al telescopio Bushnell y ajustás la mira. Volvés a oír el cuarteto en re mayor de Franck pero de pronto, cuando irrumpe de nuevo el scherzo, tu humor cambia de la melancolía a la tragedia: dejás que te envuelva ahora la Gran Fuga de Beethoven, cuyas variaciones y ritmos matemáticos vas salmodiando tantas veces que ya no sabrías discernir si la música ha nacido de vos o si la has aprendido esa noche en la que todo te pertenece, Camargo. Ni siquiera Dios podría mover de su quicio tantos destinos como los que están ahora en tus manos.

Una última llamada a Maestro te advierte que la mujer ha salido ya del diario, sin duda hacia su departamento. A eso de las diez, mientras aún verificaba algunos detalles de su crónica —«Un trabajo irreprochable, Camargo. Permitime que no despida a Remis todavía: dejame darle una segunda oportunidad»—, ella ha pedido una cena fría. Después, mientras esperaba la aprobación de Maestro, ha llamado a un servicio de taxis: Dijo que iba a la calle Reconquista. Es ahí donde vive, ¿no es cierto?

La verás llegar de un momento a otro: demolida por las tensiones del largo día y sin embargo impaciente por el encuentro con su amante. Sólo faltan setenta y dos horas, ha de pensar ella. Setenta y dos horas: le torcerás el cuello a ese deseo, le romperás las piernas y los ojos.

Momir y la mujer han tendido hace largo rato los jergones debajo del balcón curvo de la tintorería. Fingen dormir, pero no creés que lo hagan: ellos también han puesto su destino en tus manos. Si el hombre actúa tal como vas a pedirle, mañana a esta hora ya estará volando con la mujer sin dientes rumbo a Belgrado.

Todo sucede tal como lo has previsto. La realidad nunca se te subleva, pero hay en ella intensidades que no debés descuidar. Si asoma alguna rebeldía en Momir, ya sabés cómo remediarla: bajo la manga de tu saco, sujeta por un tirante, llevás a tu alcance una navaja infalible. Más vale que no intente algún ardid porque vas a matarlo sin asco. Nadie lo echará de menos y la canalla que lo acompaña se cuidará de quejarse. Tampoco a la mujer de enfrente le has dejado margen para que se defienda: su destino está sellado y nada lo va a cambiar.

A través del telescopio, la ves moverse como si obedeciera el libreto que has escrito. Se desviste con esa morosidad de geisha que aún enciende tu deseo, se descalza, se quita la falda y ensaya, la muy puta, un desperezo sensual ante el espejo. Da un salto inesperado, abre la puerta de la heladera y bebe un largo sorbo del cartón de jugo que estaba abierto, en el que has vertido casi tres gramos de fenobarbital. Tal vez haya sentido alguna aspereza en el paladar porque la ves examinar con desconfianza la fecha de vencimiento en el borde superior del cartón y arrojarlo a la basura. Al invadir el torrente sanguíneo, la droga le acentúa la sed. Abre el cartón de jugo de manzana, llena un vaso, observa al trasluz la transparencia del líquido y, satisfecha al fin, bebe con avidez. El efecto del fenobarbital es más rápido ahora que la vez anterior. La mujer se tambalea, va hacia la cama, y se deja caer en ella con la blusa puesta. Aún mareada, vacila. Trata de encender la computadora que está a pocos pasos, quizá porque espera un mensaje del amante, pero los músculos se le aletargan y pierden fuerza. Ahora va a dormir un día o dos, sin controlar sus nervios ni sus esfínteres. Cuando todo termine, antes de salir de allí, vas a obligarla a beber un vaso de agua, para que no se deshidrate. Si lo vomita, no será tu culpa.

Aun antes de cruzar la calle, desde el vestíbulo mismo de tu edificio, ves que la compañera de Momir está acechándote, con los incisivos afilados. *Njegov passaporto,* te dice, imperativa. Querrá ver el documento de su amigo, pero no vas a mostrárselo. Sus uñas son largas, afiladas. Te lo podría arrebatar. *Kasnije,* le respondés: más tarde. Voy a cumplir mis promesas, le das a entender. Voy a ser implacable si tu amigo no las cumple. Llamaré a la policía, le decís: haré que ustedes dos se pudran en la cárcel. *U redu,* admite la mujer al fin. «De acuerdo.» Desdeñosa, te vuelve la espalda y despierta a Momir con delicadeza.

No podés darte cuenta de si él está lúcido o bajo el efecto de alguna droga cuando entran al cuarto de la mujer. En el ascensor se ha movido con torpeza, enredado todavía en los telares del sueño. Después, más allá del corto pasillo de acceso, la luz del velador le hiere los ojos y, cuando alza las manos para cubrírselos, ves que tiene las pupilas dilatadas. Le has encarecido una y otra vez que se mantenga ágil y alerta para la misión de esa noche. Le has ordenado que no beba y, si es posible, que tampoco se llene el estómago de la podredumbre que sirven en los refugios de caridad. Le has dicho: «Cuando todo termine, podrás hacer lo que quieras, Momir. Podrás hartarte de alcohol, de cocaína. Vas a ser dueño de tu cuerpo. Pero sólo una sola vez, sólo esta noche, voy a necesitar lo que aún te queda de inteligencia, de fuerza, de salud». Lo que le has pedido es apenas un destello de su estropeada naturaleza: le has pedido un brote de su indecencia, de la vida que él mismo ha echado a perder. Y a cambio le has ofrecido la vuelta a casa. Es algo que no se mide en pasaportes ni en pasajes sino en algo mucho más sutil: en sentimientos perdidos que se dejan caer dentro del ser tal como fueron alguna vez, tan nítidos como esos dibujos que aparecen en los cuadernos cuando los niños van humedeciendo los contornos con sus dedos. Cualquier otro pagaría por hacer el servicio que estás pidiendo y te enfurece, cada vez que lo piensas, la hostilidad con que la sin techo ha exigido su parte. *Njegov pasoš, passaporto,* qué audacia. Si no fuera porque en verdad te conviene que la pareja se esfume, la dejarías plantada. Ya ves qué poco celo ha puesto Momir en obedecer tus órdenes: va de un lado a otro con pesadez, con los sentidos muertos. Los seres como él deberían ser borrados de la Tierra: utilizados para la servidumbre y luego aniquilados. Te vienen a la memoria los últimos versos de un poema de Luis Cernuda que tal vez hayan nacido de una indignación gemela de la tuya: *Alguna vez deseó uno / que la humanidad tuviese una sola cabeza, para así cortársela. / Tal vez exageraba: si sólo fuera una cucaracha, y aplastarla.*

Nada quisieras tanto como acabar con Momir, pero aún lo necesitas. Aunque le has explicado hasta el cansancio lo que debe hacer, volvés a repetírselo por señas, mientras desvestís a la mujer y la exponés a su lascivia.

No te cuesta el menor trabajo quitarle la blusa y las medias, y colgarlas prolijamente sobre una silla. El corpiño está sujeto con un par de broches que se desprenden con facilidad. Volvés a observar los pechos menudos, inconsistentes, sin que desaten dentro de vos la misma felicidad de otras veces. Se han vuelto ponzoñosos y perversos desde que los dedos del otro hombre los han mancillado, y ya no significan lo mismo. Es extraño cómo algo que amas puede invertir por completo, y de manera súbita, el significado que tu deseo le daba. Al despojarla de los calzones advertís que la mujer se ha depilado ese mismo día: aún se le nota una ligera irritación en las ingles, recortando el vello del pubis. ¿Cómo se las ha arreglado para hacerlo? Le impusiste un ritmo férreo de trabajo, para que tuviera ocupado cada minuto del día, y sin embargo ya ves: ha logrado escabullirse. Tenés que reprocharle a Maestro ese desliz. Si está ocupándose de su aspecto con tanto detalle, es porque el amante la obsesiona. Quién sabe todo lo que hace para seducirlo, a qué clase de ardores se entrega con él después de habértelos negado a vos.

A Momir no se le mueve un pelo ante esa desnudez que tantas veces te ha dejado sin aliento. Sigue allí, de pie, con la mandíbula perdida y la mirada en ninguna parte. Te indigna. Ah, cómo te indigna todo. La imaginás en brazos del imbécil que se hartó de ella en la selva, en Caracas y en Temuco: la bebió, la devoró, entró en su cuerpo como le dio la gana. Ya que la mujer te ha traicionado con ese sexo que ahora está delante de vos, inerme, no vas a permitir que nada en ella quede sin mancillar ni herir, nada de esa sangre sin infectar. ¿Acaso ha tenido compasión de vos al infectarte el alma? ¿Qué estás esperando, entonces? Llevás las manos de Momir hacia los pechos de la mujer y le ordenás que los acaricie. Así, así, despacio, los pezones, le decís. Y fastidiado ya por tantos rodeos inútiles, le indicás por señas que se desvista.

Con una indiferencia que no habías imaginado, Momir se despoja de los harapos. El hedor inunda el cuarto. La mujer, sin duda, no lo excita. Trata de decir algo y sólo le brota un balbuceo triste, impropio de su rudeza: *Meni je teško, ali znam da je tebi teže.* ¿Vas a echarte atrás ahora?, le preguntás. No, te responde, con su castellano rústico: esto es difícil para mí, pero sé que es todavía más difícil para vos.

Querrías que todo hubiera terminado ya. No vas a oír una palabra más, no vas a calmar ninguno de los escrúpulos de ese hombre. Creíste que ibas a vigilar paso por paso todo lo que Momir hiciera, pero ya hasta la curiosidad se ha desprendido de tu ser, o el ser se ha desprendido de la curiosidad. Te encerrás en el armario donde están las ropas de la mujer, Camargo, te dejás caer entre la dulzura de sus lencerías, el perfume acre de sus botas de montar, aspirás sus zapatos, el ceñidor de sus medias, el fresco olor a tarde de sus sábanas, vas apoderándote de todas las huellas de su apariencia ya que ella te ha cerrado las puertas de su cuerpo. ¿Hay un cuerpo ahora? ¿Tuvo esa mujer alguna vez un cuerpo? Oís gritar a Momir y no podés soportarlo. Oís sus rugidos de bestia herida, desesperada, y ni siquiera el súbito silencio te sosiega. Has movido muchos destinos de lugar, Camargo, pero el tuyo es el único que sigue inmóvil.

Ahora, en la calle, la desdentada examina los pasaportes y se declara satisfecha. Momir se ha echado bajo los jergones, macilento, como un pájaro sin plumas. Tiene algunas manchas de sangre en el cuello de la camisa y la mujer le formula preguntas en un tono imperioso —casi dirías injurioso—, de las que sólo entendés unas pocas palabras. Ella parece decir: ¿Por qué no te cuidaste? ¿No le advertiste que estás enfermo? A lo que Momir responde: «*Gospodin Cro* lo quiso así. Qué importa la enfermedad». La desdentada alza el puño y, por un momento, temés que empiece a golpear a su pareja. Está poseída, tal vez celosa. Como ha arrojado los pasajes y el dinero sobre los jergones, le hacés notar, por señas, que, si se descuida, el viento se los puede arrebatar. Sopla un aire helado y el cielo ha virado al gris, al rojo: tiene tal espesura que en cualquier momento podría desplomarse. *Uhvatiti infekciju,* aúlla la desdentada. *Antibiotike.* Y de pronto caés en la cuenta de que no es su compañero quien la inquieta sino la mujer a la que acaban de abandonar varios pisos más arriba en su cama de suplicio, sobre las sábanas ensangrentadas por las llagas del chancro.

Durante semanas, Momir te ha llamado *Gospodin Cro,* lo que significa —estás casi seguro— doctor Cro, porque te has identificado así, con ese monosílabo de sapo. Pero la desdentada, que te ha evitado siempre con tenaz recelo, te mira ahora como si no supiera nada de vos, como si le inspiraras espanto, como si se negara a oír tu nombre. *Tko ste vi?*, te pregunta con saña. Cada una de esas palabras parece un perro que va a saltarte a la garganta. «¿Quién es usted, por Dios?»

Diez

No le iba a ser tan fácil liberarse de la mujer. Al tenderse de nuevo en su catre monacal de la calle Reconquista, Camargo creyó que había exorcizado para siempre la traición y la ingratitud de Reina. Sin embargo, no conseguía relajarse. ¿Cómo, por un instante, había supuesto que era posible abandonar a un hombre como él? ¿Con qué derecho esa mierdita pretendía darle lecciones de desdicha? Se levantaba, iba al baño, volvía a examinar el glande, por si asomaba alguna mancha, y de tanto en tanto miraba por la ventana.

A veces, cuando ya no toleraba más la tensión de los últimos días, Camargo se acostaba y cerraba los ojos, confiando en que el cansancio iba a derrotarlo. La ansiedad era siempre más fuerte. Daba vueltas alrededor del telescopio Bushnell, resistiendo la tentación de mirar, pero al final cedía: lo que pasaba en la ventana de enfrente era un imán más poderoso que su desinterés por todo lo que no fuera él. ¿Y acaso lo que pasaba allí no era también él: su construcción, su decisión, su destino?

La indecisa luz de la madrugada empañaba las formas y no era fácil ajustar el lente. Por lo que se podía discernir, la mujer seguía durmiendo en una posición mortificante para sus vértebras: con el cuello ladeado, casi rozando un hombro, y la espalda curvada hacia arriba, como si hubiera tenido una almohada demasiado tiempo en el arco de la columna y alguien se la hubiera quitado. A la altura de las caderas, las sábanas estaban manchadas de sangre. Debió de suceder cuando a Momir se le reventaron unas ampollas de la ingle. No la he tratado mal, se había justificado. No la golpeé. Sólo le hice lo que usted me pidió, *Gospodin Cro.*

De vos, Camargo, no ha quedado ahí ninguna huella: estás seguro. Tal como en la noche de la filmación, también esta vez vaciaste los cartones de jugo en la pileta de la cocina, dejando que corriera el agua un largo rato, y metiste los envases vacíos en una bolsa que arrojaste luego en la calle. Ya nada se podía hacer para eliminar la sangre. Que la mujer imaginara lo que le diera la gana. No te importó tampoco que Momir usara las toallas del baño para limpiarse. ¿Quién podría identificar al vagabundo Witold Witkiewicz, ciudadano polaco que dentro de tres horas se embarcaría rumbo a Santiago de Chile, con el miserable que había asaltado a una periodista reconocida? Era improbable que la mujer denunciara el hecho a la policía. Ni siquiera podía estar segura de que la hubieran violado. No había visto a nadie. Quizás hasta se sintiera culpable. Había olvidado cerrar con traba la puerta del departamento y llamar a un cerrajero para que colocara un mecanismo de seguridad, tal como Sicardi le había aconsejado. Iría al médico: eso era previsible. Los análisis de sangre revelarían que estaba infectada. Cuando llegara ese momento, ¿cómo haría para contárselo al amante? Y él, ¿qué haría? Si Camargo estuviera en el lugar de ese hombre, oiría la historia con desconfianza. Era una idiotez tomar en serio a una mujer que se desnudaba delante de una ventana sin cortinas, exponiéndose a miradas intrusas, y que mecía el cuerpo de manera provocadora. ¿Se puede confiar en una mujer así?

Camargo apartó esos cálculos de su mente porque él estaba fuera de toda sospecha. Había visto varias veces una película de Elio Petri que se llamaba de manera parecida,

Indagine su un cittadino al di sopra di ogni sospetto, en la que un policía fascista asesinaba a su amante y confundía a sus colegas con pistas falsas: una de esas obras maestras de la inteligencia criminal en la que los hechos se acomodan, casi por sí mismos, de un modo que permite imaginar a la víctima como la única culpable. Pero el personaje, que en la película estaba encarnado por Gian Maria Volonté, carecía del refinamiento intelectual de Camargo y cometía errores fatales de arrogancia, tal vez porque representaba a un régimen autoritario y confiaba en su protección. Camargo, en cambio, se bastaba a sí mismo: estaba por encima de toda sospecha y también por encima de toda autoridad.

La mujer seguía respirando a ritmo normal. Tenía la boca más abierta que de costumbre, acaso porque faltaba el aire en el cuarto. De vez en cuando intentaba débiles cambios de posición, y eso tranquilizaba a Camargo. La había obligado a beber un vaso de agua antes de marcharse, sosteniéndole la cabeza con los guantes de látex que había usado todo el tiempo, y no se veían signos de que hubiera vomitado. Sin duda iba a sonar muchas veces el teléfono durante la mañana, pero ella no tendría conciencia suficiente para oírlo. La llamaría Sicardi para reprenderla por no haber asistido a la reunión de editores, y luego la llamaría Maestro, pidiéndole que cubriera las dos nuevas renuncias que esa mañana habían sacudido el frágil árbol del gabinete. En vano, en vano. Pensarían que, ofendida por las recriminaciones de Sicardi, había decidido adelantar el viaje a Río.

También la llamaría la madre, se dijo Camargo, y al no encontrarla dejaría una lista de esas recomendaciones inútiles que ella le había permitido escuchar una vez: no salgas desabrigada —repetía eso, aunque fuera verano—, no te acostés tarde, ponete la cartera cruzada sobre el pecho porque vos andás sola en la calle por las noches, nena, y ya has visto qué inseguro se ha vuelto Buenos Aires. La llamaría el amante, extrañado de que no respondiera a sus e-mails. Y vos también, Camargo, sentías ansiedad por su voz, aunque sabías que no iba a contestar el teléfono: querías oír su mensaje grabado, sus instrucciones concisas. Pero ¿y si la mujer moría? ¿Si, cuando la mujer muriera, rastreaban todas las llamadas?

A Camargo le asombró el cúmulo de horas que podía estar inmóvil ante el telescopio sin sentir el paso del tiempo. A veces se le acalambraban las piernas y le hormigueaban los dedos. Cambiaba de posición, sin apartar los ojos del lente, y persistía. Pensaba que, apenas descuidara la vigilancia de la mujer, ella dejaría de respirar. Más de una vez le había sucedido que, al poner su atención en una persona, en la calle o en el teatro, sentía que esa persona dependía de su mirada. Si por casualidad se distraía, a la persona le pasaba siempre algún desastre: se golpeaba la cabeza contra el marco de una puerta, o tropezaba y se caía, o era atropellada por un auto.

Ahora no podía dejar de mirar a la mujer ya no sólo porque deseaba que sobreviviera —si no sobrevivía, el castigo que le había infligido no serviría de nada—, sino porque la mujer y su atención se habían fundido hasta el punto que era difícil distinguir la una de lo otro: entre ambos se tendía un cordón umbilical del que tal vez dependiera toda la realidad. Si dejaba de mirarla, no sólo ella quedaría fuera del orden de las cosas, sino también lo que estaba alrededor y a lo mejor él mismo. Todo lo que se pierde en la vida es porque uno quiere perderlo o porque las cosas quieren perderse y separarse de uno. Para consolarnos, se nos ha enseñado que las pérdidas son involuntarias, pero nunca lo son. Buscamos en la realidad lo que ya se ha retirado de ella, pensó Camargo, y también buscamos lo que nunca podría estar. Sus ojos eran abejas obreras que, para seguir viviendo, debían alimentar sin detenerse a la reina de la colmena.

No quería que nada lo interrumpiera. Los celulares estaban apagados y sólo volvería a encenderlos a mediodía, cuando la ausencia de la mujer empezara a llamar la atención. La atmósfera de la calle, abajo, estaba saturada de personas desagradables, casi todas del sexo masculino, que se movían afanosas de un lado a otro y no pertenecían a ninguna parte: Camargo sintió que, si cualquiera de ellos se desvanecía en el aire, la vida de los demás no cambiaría en absoluto. Podían desaparecer todos, y la realidad, aun así, continuaría intacta, porque en aquel momento los dos únicos seres imprescindibles eran él y la mujer de enfrente, unidos por las ondas magnéticas de su mirada.

En el celular del diario se habían acumulado quince mensajes. Estaba seguro de que todas eran consultas de Enzo Maestro sobre el tratamiento que se debía dar a la crisis de gabinete. Cuando lo llamó, sin embargo, el tono de voz sombrío le hizo pensar en algo peor.

—¿Por qué no contestabas? —dijo Maestro—. Llevamos horas buscándote por todas partes. Sicardi fue a San Isidro y la mucama dice que no has aparecido por ahí en toda la semana.

—Ya te avisé que no estaría a mano. ¿Nunca van a aprender en ese diario a equivocarse solos?

—No es el diario, Camargo. Es tu hija.

—¿Brenda ha vuelto a llamarte?

—Esta madrugada, a eso de las dos. Ángela murió a la medianoche. Brenda no te encontraba, no sabía qué hacer. Me dio la impresión de que estaba desesperada. Me preguntó si podrían enterrar a tu hija por la tarde, pero le advertí que no ibas a llegar a tiempo. Te esperan hasta mañana por la mañana. Sicardi te ha reservado ya el pasaje: salís esta noche y a las seis vas a estar en Chicago. Lo lamento, Camargo. Todos acá estamos desolados.

Se le cruzaron como una ráfaga las imágenes de Ángela. La había visto por última vez hacía ocho meses, ¿o ya nueve?, pero no lograba retener casi ningún recuerdo de ese día. Podía representarse a sí mismo caminando por los pasillos interminables del aeropuerto O'Hare, en Chicago, y buscando el cuarto de hospital donde Ángela había vuelto a caer postrada, después de una fugaz ilusión de mejoría. Pero la memoria de la visita se le había evaporado. Ni siquiera había podido acariciar las manos de la enferma, inflamadas por las agujas de los sueros, pero a lo mejor la había besado en la frente. ¿Eso había sido todo? Era más fácil retener la imagen feliz de la infancia de Ángela, cuando se sentaban juntos al piano y él, Camargo, fingía que tocaba *Para Elisa,* aunque no tenía la menor idea de cómo hacerlo, sólo para que la hija lo apartara del teclado y lo corrigiera: «No, papá, así no. Fijate en mis dedos. ¿Ves que no hay nada más fácil en el mundo?». Es más fácil morir que vivir, ¿no es cierto, Ángela?: es más seguro no nacer que existir. En la existencia hay siempre un recuerdo, por mínimo y fugaz que sea, y ese recuerdo siempre te convertirá en otro ser, en otra cosa. No hay forma de quitarse los recuerdos como quien se quita una camisa, y por eso jamás querés recordar nada, Camargo: para que los recuerdos no te modifiquen y te impidan ser quien sos. ¿Para qué quieren que vayas a ver el cuerpo muerto de tu hija? Ángela llevaba meses en la cama y debía de haber adelgazado mucho. «Apenas treinta y dos kilos, papá: parece un pajarito», te había dicho Diana. Si la recordabas así, exangüe, quedarías atrapado por la fijeza invencible de esa imagen y todas las demás se borrarían. Cada vida deja un recuerdo, uno solo, y Camargo prefería conservar los que ya estaban en él, sin añadir uno nuevo que, además, podía ser terrible.

—¿Acaso he dado yo alguna orden de que me compren pasajes? —dijo—. Que Sicardi los devuelva ya mismo.

—No vas a ir, entonces —admitió Maestro.

—No. Voy a ir después, cuando todo haya pasado.

—Ahí, donde estás, ¿te hace falta algo?

—No. Quisiera hablar con Diana, pero voy a tropezar con Brenda.

—Yo puedo arreglar eso. Puedo decirle a Brenda que tenés una crisis nerviosa y que el médico no te deja viajar. Puedo pedir que me pase a Diana y transferir la llamada a tu celular. ¿Estás de acuerdo?

—Sí. No sé. No estoy en condiciones de pensar ahora.

Hasta que la mujer no despertara no podía moverse de allí: ésa era su mayor tragedia. En el departamento guardaba botellas de whisky, queso y galletas, pero no tenía sed ni otro deseo que acercar la mirada al lente del telescopio y ver la respiración de la mujer: arriba, abajo, arriba, abajo. A veces notaba que las aletas de la nariz se le abrían un poco más, algo casi imperceptible que tal vez fuera un suspiro. Trataba de verificarlo observando el pecho, que también debía expandirse, pero atender a un movimiento le hacía perder el otro: eran transformaciones demasiado sutiles, que la distancia confundía. Todo el tiempo sentía la tentación de cruzar la calle y sentarse junto a la cama de la mujer, para poder concentrarse mejor en ella y darle un poco de agua de vez en cuando, pero no podía arriesgarse a que se despertara de golpe y, al verlo, se diera cuenta de todo. A la vez, tenía miedo de que, en el rápido tránsito de un departamento a otro, alguien lo reconociera. Si al menos hubiera podido averiguar cuánto duraba el efecto del fenobarbital, estaría más tranquilo. ¿No se le habría ido la mano? Quizá la mujer había entrado en un coma del que no saldría. De pronto, sintió terror. Él no era un criminal. No había querido hacerle más daño del que se merecía. Quizá debía buscar un teléfono público y hacer una denuncia anónima. Pero en ese caso, la mujer yaciendo entre manchas de sangre se convertiría en un escándalo policial.

Poco después del mediodía, Maestro lo llamó para decirle que tardaban en dar con Diana. Los médicos le habían recomendado sedantes y ahora estaba dormida.

—Lamento agregarte un problema, Camargo. Remis volvió a faltar.

—Estará enculada. Le habrán molestado los reproches de Sicardi. Vos sabés cómo son las mujeres.

—No quiero meterme, pero ¿ha pasado algo entre ustedes dos? Yo hasta pensé que en algún momento se iban a casar.

—Dijiste que no querías meterte. Es lo mejor que podés hacer.

—Soy tu amigo, Camargo. Soy lo más parecido a un amigo que vos podés tener.

—¿Qué me querés decir con eso?

—Que soy leal y no me callo lo que pienso. Estás exagerando con esa chica. Cometió un error, ya sé. Hizo que Fleet Air le pagara el viaje a Caracas. No es nada del otro mundo. Quería conseguir un documento y lo consiguió. No era para vendérselo a otro diario. Era para dárnoslo a nosotros. No la podemos echar por algo que se hace todos los días. ¿Querés que se la lleven los de *El Heraldo*? Antes de que ella les toque el timbre ya van a estar abriéndole la puerta.

—No volvás a joder con eso, Maestro, o te voy a arrancar la cabeza también a vos. Soy una persona de principios. ¿Alguna vez entendiste lo que quiere decir eso? No tolero la corrupción. No tolero la mentira. ¿Dónde está ahora esa mujer, decime? Cree que el diario es de ella. Hace lo que se le da la gana. Viaja a Caracas, viaja a Río, llama a Karachi, a Mozambique o a donde sea desde los teléfonos que yo pago. Y encima desaparece cuando quiere. Ya me cansé. En *El Heraldo* nadie la va a contratar, quedate tranquilo. Voy a ocuparme de eso personalmente.

Colgó con alivio. La vida le parecía recta y simple. Cuanto más hablaba, con la mirada fija en el cuerpo tenso y desnudo de la mujer, más firme le parecía su razón. Si hubiera podido contarle a Maestro los detalles de la historia, sin duda lo habría entendido. Pero también él estaba enredado en un tejido de apariencias y confusiones. Maestro no había sido testigo del principio de la relación, por ejemplo, de la época en que la mujer era nadie y él la había educado lentamente en un oficio donde todo la desorientaba: el misterio de los títulos, el cortejo de las fuentes, el minué de los adjetivos y de la sintaxis. No sabía distinguir el rumor de la verdad, Maestro: no sabía discernir cuál era la mejor de dos verdades que parecían decir lo mismo. Apenas Camargo le abrió los brazos, ella se le clavó como una hiedra. Le copió hasta la manera de respirar, anotaba en un cuaderno las ideas que él descartaba y las frases que dejaba por la mitad para desentrañar qué saberes diferencian a un periodista genial de un periodista del montón. A Camargo lo halagaba que lo oyeran, y hablaba, hablaba, sin darse cuenta de que, cuanto más conocimiento le cediera, menos lo iría necesitando ella.

La paseó por las calles de Steglitz, cerca de Berlín, donde Franz Kafka vivió los meses más felices de su vida junto a Dora Diamant, poco antes de morir. «He terminado la obra y me parece bien lograda», recitaba Camargo en alemán, repitiendo las primeras líneas del cuento que Kafka había escrito en el 25-26 de la calle Heide, sobre *una mesa junto a la estufa, bajo una lámpara de petróleo que arde maravillosamente.* Kafka imaginaba que, al llegar a Berlín —eso era en setiembre de 1923—, se alejaba de «las fuerzas demoníacas», cuando, en verdad, su movimiento era inverso: los demonios —o «el enemigo», como lo llamaba él— le habían tendido un cerco de galerías subterráneas y allí, en Berlín, se le acercaban, dibujando, ellos también, un laberinto gemelo al de su vida, como se narra en ese penúltimo cuento, «La construcción». La mujer lo oía extasiada y luego, en los trenes en que recorrían Europa de un extremo a otro, leía los otros relatos que Kafka había esbozado antes del final, mientras Camargo recitaba en alemán, de memoria, el comienzo y el fin de «Josefina la cantante», que era el último y el más conmovedor de todos.

La llevó a Amherst, Massachusetts, para que viera la casa y el escritorio mínimo donde la solterona Emily Dickinson había escrito algunos de los mejores poemas del siglo XIX, aislada del mundo, en una comunidad que tenía poco más de cuatro mil habitantes, ¿te das cuenta, Reina?, mientras recitaba al entrar en la ruta 116, ya llegando a Amherst, algunos de los versos con los que esa mujer tímida, aquejada de nefritis, había cambiado para siempre el orden de los sentimientos: *¿Por qué apurarnos —por qué, en verdad? / A cualquier lugar que vayamos / Nos molestará por igual / La inmortalidad.*

Una noche de primavera la invitó a comer en un restaurante de Picadilly junto a los novelistas ingleses con los que él, Camargo, había forjado una amistad laboriosa. Reunió a Kazuo Ishiguro, Martin Amis, Ian McEwan y Julian Barnes, luego de vencer el recelo que algunos de ellos sentían por sentarse en compañía de otros con los que llevaban años sin saludarse. Al término de una conversación animada, en la que Reina no abrió la boca, ella los acosó para que le dieran los teléfonos personales y las direcciones electrónicas, con un descaro que avergonzó al anfitrión.

Cogía como una diosa, era verdad, y lograba que Camargo creyera, al acostarse con ella, que su cuerpo se había vuelto joven e insuperable. A veces iba al baño después de las salvajes funciones de amor, en las que ella gemía sin cesar y, al observarse de reojo en el espejo, le parecía que el abdomen se le había endurecido y que la espalda cargada, que lo obligaba a caminar con la cabeza baja, como un viejo, volvía a estar erguida, en armonía con el cuello de toro. Ni siquiera en los momentos de éxtasis la mujer le decía que lo amaba. Emitía sonidos que denotaban placer, como «ya, ya», «así» o «mío», pero rara vez lo miraba. Sólo una noche, en San Isidro, había dejado caer la cabeza sobre su pecho y le había pedido que la acariciara.

—¿Camargo? —le dijo.

—Sí —contestó él, distraído.

—No sé por qué me cuesta tanto querer.

—Pero a mí me querés.

—Sí. Vos sos la única persona que quiero.

Pocos días después, ella viajó a la zona de despeje, en Colombia, y ya nada volvió a ser como antes. El estúpido al que se entregó con tanta ligereza, en la selva, hizo rápidos estragos en todo lo que Camargo había tardado años en enseñarle. Convirtió a Reina en una persona de moralidad desorientada: es decir, en una persona cuya única moral era el deseo del otro. Quería regresar al otro todo el tiempo, al punto que su centro de gravedad dejó de estar en ella misma y se situó allí donde al amante se le antojaba: en Temuco, en Caracas, en Río. Era capaz de cualquier extremo de humillación para estar cerca de él, y a Camargo le parecía que esas debilidades eran una ofensa al amor que le había profesado. Maestro jamás podría entender el tamaño de esa traición y la justicia con que Camargo se había desquitado. Si conociera apenas un soplo de esa historia, Maestro no la habría defendido. Nadie defiende a los que se quieren perder.

Ni siquiera recordaba que Diana debía llamarlo cuando sonó el teléfono a las siete de la tarde. La mujer seguía en la misma posición: sólo una vez había flexionado la pierna derecha, acercándola al abdomen. Apenas oyó la voz de Camargo, la hija soltó el llanto. Él trataba de imaginar alguna frase de consuelo, pero no se le ocurría ninguna.

—Quisiera estar con vos ahora, papá —dijo Diana—. Quisiera estar allá y acá.

—No estés triste —dijo él.

—Ya no estoy triste. Después de todo lo que Ángela sufrió, el final fue casi un alivio.

—Tenés voz de mujer. Debés haber crecido mucho en estos días.

—Crecí. Entiendo por qué no pudiste venir. Entiendo todo.

—Gracias —dijo él—. Sos una gran chica. Sos la mejor hija que alguien puede tener.

—¿Sabés? Ahora...

Dejó de oír. El cuerpo de la mujer se estremeció y empezó a sacudirse, como si un golpe de mar estuviera agitándola por dentro. Tenía los ojos abiertos pero estaban extrañamente fijos en un punto situado atrás de ella misma. El ritmo de la respiración se aceleró. Agitaba los brazos para atraer el aire del cuarto, aunque tal vez ya no quedaba ninguno: tal vez el encierro había creado allí sólo desesperación y vacío. Logró inclinarse hacia un costado de la cama —justamente el costado opuesto a la ventana, inalcanzable a su mirada— y, por la brusquedad de los espasmos, Camargo supuso que estaba vomitando.

—Ángela, tengo que cortar —balbuceó.

—¿Qué estás diciendo, papá? Soy Diana, Diana. ¿Cuál de nosotras dos creés que ha muerto?

—No sé, hija, no sé. Vamos a hablar mañana, otro día.

La mujer volvió a vomitar y trató de levantarse pero no pudo. Ni siquiera parecía saber dónde estaba, y los tiempos debían de habérsele enredado, como a él. El pasado se volvió presente o futuro, la realidad se estancó y ella, la mujer, sanará de la fiebre que ya no tiene, se cubrió de la sangre que todavía no ha visto, va en busca de agua: eso la desespera, la sed, la sed, pero el cuerpo no la obedece. Está privada de cuerpo, tal como vos querías, Camargo, no puede estar en sí misma ni tampoco en nadie. Sólo puede incorporarse ahora, prender la luz, y eso basta para que la energía perdida fluya otra vez en ella. Lo que ha visto la aterra, estás seguro, ¿pero cómo podría defenderse de un terror que ha sucedido ya, qué puede hacer? La ves caminar aferrada a las paredes, a los muebles, tambalearse. En cualquier momento se le aflojarán las rodillas y caerá de bruces. Y sin embargo sigue, sigue hacia la ventana. Ya no necesitás observarla a través del lente: la silueta se distingue con nitidez. Es una figura infernal. Vaya a saber cómo, parte del vómito le ha pringado el pelo. Una expresión de locura le destempla la mirada. Que la ventana se le resista la desquicia aún más. De todos modos, lucha con desesperación. Querrías llamarla por teléfono, Camargo.

Es posible que, al descubrirse violada, con manchas de sangre y tal vez de mugre, se desconcierte y haga lo que no debe hacer. Pero ya su destino se mueve solo. Detenerlo no está en tus manos. La ves golpear los puños contra los vidrios, forcejear con la falleba, llevarse las manos a la cabeza. Te parece que llora, pero esa mujer no llora: no le han quedado lágrimas ni entrañas y de nada le valdría llorar, porque tampoco le ha quedado porvenir. Se esfuerza, acaso apoya la rodilla contra la pared, hasta que por fin la ventana cede. Las dos hojas se abren de golpe y el aire frío de la noche la toma por sorpresa. Luego se asoma a la calle desierta, en la que se amontonan, acá y allá, bolsas de basura. Son ya las ocho y en toda la extensión de esa calle de bancos y casas de cambio hay un desamparo cruel, que la mujer no advierte. Se asoma a la ventana como puede, inclina el cuerpo y grita, con una ferocidad más poderosa que sus pulmones:

—¡Ayúdenme, por favor! ¡Que alguien me ayude!

Nadie responde. Nadie pasa. Vos tampoco vas a responder, Camargo. Vas a sentarte en el sillón, junto al telescopio, y vas a oírla gritar hasta que vuelva a desmayarse.

Maestro admite al fin que no se la puede seguir esperando. Cuando tampoco al día siguiente Reina se presenta a la reunión de editores, Camargo ordena que le envíen un telegrama de despido. Sicardi anota las instrucciones con una felicidad que es incapaz de disimular: nunca ha tolerado a Remis y le disgusta que se haya encaramado en tan poco tiempo sobre las rodillas del jefe. Esa mañana tiene la nariz en ruinas. Le han crecido nuevos forúnculos alrededor de las aletas y sobre los labios.

—¿Esa mujer ha enviado alguna señal de vida desde Río? —pregunta Camargo—. Si acaso está en Río.

—Nada —informa Sicardi—. Ayer llamamos por teléfono a su casa cinco o seis veces, y en cada ocasión dejamos mensajes. El médico también fue, pero nadie contestaba. Ya es la tercera falta sin aviso que le hemos registrado.

—Proceda entonces, Sicardi. Y vuelva después de la reunión para que hablemos de los detalles del caso.

—Permita que nos ocupemos nosotros de todo, doctor —insiste Sicardi, solícito—. Cómo va a andar usted en esas minucias, con la tragedia que le ha ocurrido.

—No se preocupe por mí. Haga lo que le digo.

El editor de Política está inquieto porque nadie logra encontrar el rastro del vicepresidente desde la noche de la renuncia. Ha desconectado los celulares, se niega a todos los pedidos de entrevistas y ni siquiera atiende a sus amigos íntimos cuando lo llaman. Camargo supone que oculta alguna información gravísima y que prefiere no hablar a mentir.

—Remis lo habría conseguido —arriesga Maestro—. Estuvo al lado de él durante todo el día de la crisis.

—Y a lo mejor sigue ahí —apunta Camargo, socarrón—. A lo mejor va a vender todo lo que averigüe a la CNN. De esa chica se puede esperar cualquier cosa.

—Sos cruel —le replica Maestro—. Nos ha dejado plantados, es verdad. Pero ya nos dio lo que tenía que dar. Hay gente para la cual la profesión está después de las felicidades de la vida.

—Gente, no. Mujeres. Se creen por encima de los demás. Son las que han matado a Dios para quedarse con el lugar todavía caliente.

Camargo ocupa lo que aún queda de la mañana en llamar al jefe de redacción de *El Heraldo* y a los directores de los tres semanarios que sobreviven en Buenos Aires. Después de sortear los untuosos pésames por la muerte de

Ángela, les informa que una de las redactoras principales de *El Diario,* Reina Remis, a quien todos ellos conocen, ha recibido sobornos de una línea aérea, quizá también de una cadena de hoteles, y ha manipulado información en beneficio de esas empresas. Se lo advertí más de una vez, dice Camargo con la voz contrita, y aun así reincidió. No he tenido otro remedio que despedirla. Estoy seguro de que tarde o temprano los va a llamar para pedirles trabajo. No creo que les convenga aceptarla, y a mí, para serles franco, me ofendería que lo hicieran.

Uno de los directores, que se esmera en exhibir su insolencia, le sale al paso con sorna: ¿Reina Remis? Me extraña. Tenía entendido que ustedes eran una pareja. Eso es lo que agrava la felonía, responde Camargo. Fui generoso con ella. Le abrí un espacio que no merece. Así como ha traicionado a esta empresa va a traicionar a cualquier otra.

Ah, Sicardi. La misión que debe encomendarle ahora es vital. El jefe de personal lleva ya más de diez minutos de pie, en la antesala de su despacho. Las secretarias le han dicho que, al entrar en los salones de la dirección, Sicardi clava la mirada en el piso, como si le pesara la importancia de ser él mismo y no creyera en la bendición de trabajar allí, en un puesto de tanta confianza.

—Sicardi: voy a confiarle algo que no compartiría con nadie —le dice Camargo. El jefe de personal siente que esas palabras bastan para justificar su vida.

—Puede estar seguro de mí, doctor Camargo —responde, deslizándose sin querer hacia la primera persona—. Yo no soy Reina Remis.

—Ya sé eso. Quiero que esta conversación quede para siempre entre usted y yo.

—No tenga dudas.

—Siéntese, hombre. Así no es fácil hablar.

—Le ruego que nos permita seguir de pie, doctor.

—Me han amenazado por teléfono, Sicardi. Imitaron la voz de Octavio, el director de *El Heraldo,* y cuando atendí, me dijeron: Si te metés con Remis sos boleta. Te puede pisar un auto o cuando toqués tu televisor puede haber un cortocircuito.

—Deberíamos hacer la denuncia, doctor.

—¿Para qué? ¿Para que nos hagan perder tiempo? No, Sicardi. Lo mejor sería entrar en el correo electrónico de esa mujer, Remis, y saber con quién se escribe, qué dice de nosotros. Los que me amenazan están ahí.

—Entrar es fácil, doctor. Tenemos las contraseñas. Esa mujer usa dos servicios de Internet, el del diario y uno que ha contratado por su cuenta. Conozco los dos. Siempre hemos tomado precauciones.

—¿También sabe mi contraseña, Sicardi?

—No tenemos otro remedio, doctor. Podría suceder cualquier emergencia, Dios no lo permita.

—Deme los datos, entonces. Voy a revisar esos mensajes yo mismo.

—Le ruego que nos acepte una última sugerencia, doctor. En la oficina de personal tenemos un revólver Taurus calibre .38, sólo por precaución, para situaciones como la que usted acaba de explicarnos. El certificado de compra, el permiso a nombre de los ejecutivos de *El Diario:* todos esos requisitos están en orden. Acepte llevar el revólver con usted, por las dudas. Si lo hace, vamos a sentirnos más seguros.

—Gracias. Usted es un amigo.

Camargo le extiende la mano, seductor, sin medir lo que eso significa para Sicardi. Si se la hubiera dado para que la besara, el jefe de personal lo habría hecho sin vacilar. Pero estrechársela es para él algo inconcebible.

—Disculpe, doctor, que me retire así. Darle la mano es un honor que todavía no merezco.

—Dejesé de joder, hombre —dice Camargo.

Pero Sicardi inclina la cabeza y retrocede hacia la puerta sin volver la espalda.

Tal como Camargo ha previsto, Reina no recurre a la policía. A las seis de la mañana despierta a su madre y le pide que la auxilie.

—¿A esta hora, hijita? —la oye decir, en tono de reproche—. Ya sabés que tu papá y yo nunca nos levantamos antes de las nueve.

—Te necesito, mamá. Jamás te pido nada.

—¿Tan grave es que no podés esperar tres horas?

No había pensado hasta ahora que la soledad tiene un peso, un centro de gravedad, una tensión que empuja hacia el abismo. Está sintiéndola en su carne y no sabe cómo sacarla de allí. Podría llamar a Germán, pero ¿qué le diría? ¿Que alguien ha entrado en su casa por la noche, y ella no tiene conciencia de lo que ha sucedido? La han violado, está segura de eso, y le han manchado de sangre las sábanas, aunque no ha podido encontrarse ninguna herida, sólo un ardor atroz en el vientre. Germán pensará cómo un acto tan terrible no la ha despertado. No sé, le dirá ella, caí desmayada. La explicación es inverosímil. De todos modos, ¿cómo no va a llamarlo? Sabe que su teléfono, en Bogotá, está lejos del dormitorio, en el estudio, y que a esa hora sólo podría dejarle un mensaje. ¿Qué le digo?, se repite. Piensa en frases que no expliquen demasiado pero que, a la vez, transmitan su deseo imperativo de verlo, de refugiarse en sus brazos. Él le ha prometido una y mil veces que volará a su lado cuando lo necesite. «Siempre», le ha dicho, «siempre». Reina sonríe cuando recuerda la extrañeza de sus adjetivos: «Qué berraco es el amor que siento por ti, muchacha, qué amor tan tenaz». ¿Por qué no usar, entonces, el mismo lenguaje? «Mi amor tenaz», le dice, apenas le abren paso los bips bips de la máquina, «¿podrías viajar ya mismo a Buenos Aires? Cuanto antes. Hoy, por favor: en el primer vuelo. No es un capricho, Germán. No es sólo porque me haces falta. Eres la única persona con la que cuento en el mundo y ha pasado algo terrible. Contéstame, contéstame. Voy a estar casi todo el día en casa, desde las diez o las once de la mañana. Te quiero».

No sabe qué debería hacer primero: si verificar cómo ha sido violentada la cerradura o llamar a un médico. Los hospitales se han convertido en antros de enfermedad, no de salud. Las salas de emergencia están colmadas de heridos, y a los que no han perdido la conciencia les van drenando lentamente toda la plata para comprar gasas, algodones, alcohol. Siempre falta algo, y las esperas nunca terminan.

Las cerrajerías están cerradas a esta hora. No le queda sino la alternativa de hablar, entonces, con su ginecólogo. Son las seis y media de la mañana, ya lo sabe. Las únicas voces que oye son las de contestadores que remiten a otro número, y a otro. Es imprudente llamarlo a su casa: el médico la atenderá de mal humor, pero nada le importa. Le pagará lo que sea necesario. Una de las pocas lecciones útiles de Camargo es que, cuando te azota el rayo de la enfermedad, tenés que usar todos tus ahorros para detenerla. Camargo, ah, ¿y si lo llamara? ¿De qué le serviría? ¿Acaso no la ha golpeado, no ha convertido en un tormento sus últimos días en el diario? Tampoco Maestro es de fiar: Camargo y él son ruedas movidas por la misma polea de transmisión.

Responda, doctor, responda, suplica Reina, hasta que por fin alguien atiende. Se deshace en disculpas. No molestaría a esta hora si no se tratara de algo grave. ¿Cuán grave?, pregunta el médico, desconfiado. Me han violado en mi propia casa, ¿puede imaginar el terror que siento?

El hombre es escrupuloso: habla como si la voz tuviera el camisolín de cirugía puesto, los guantes antisépticos y un barbijo que le deforma el tono hasta el estreñimiento. Tal vez debamos informar el caso a la policía, le dice. ¿O ya lo ha hecho? Doctor, usted es la única persona en la que puedo confiar cuando tengo una emergencia como ésta. ¿Cómo me aconseja que vaya a la policía? ¿Vive en Buenos Aires o en Oslo? ¿Sabe qué le sucede a una mujer acá cuando se queja de lo que yo me estoy quejando? A la policía no voy a ir. ¿Quiere atenderme usted o llamo a otra persona? Vaya al laboratorio Primus Inter Pares, responde el médico con naturalidad, como si la ira de los pacientes fuera su elemento. Voy a ordenar por teléfono que le hagan un análisis de sangre y un hisopo de líquido vaginal. No podremos saber hoy mismo si está infectada, pero en estos casos, hay que tomar todas las precauciones, señorita Remis. ¿Ha observado si tiene pediculosis? No, Reina no ha observado detalle alguno. Tampoco ha tocado casi el área sufriente: sólo lo ha hecho para examinar si está herida y para lavarse con una esponja. Ni siquiera sabe qué es pediculosis. Piojos, ladillas, aclara el médico. Dios mío, responde ella, déjeme ver. Sí, algo hay acá, formas que se mueven. No se inquiete: son insectos parásitos, fáciles de eliminar. Después de los análisis vaya a mi consultorio. Voy a estar esperándola desde las nueve. Si quiere que evitemos a la policía, vamos a hacerlo, pero tal vez no sea lo más recomendable. Usted es una periodista, ha publicado en su diario denuncias graves. La agresión que ha sufrido se podría repetir.

Reina deja la conexión de Internet encendida, a la espera de un mensaje de Germán. A las siete y media suena el teléfono y corre hacia él, golpeándose una rodilla. Lo que oye la decepciona: es la madre, acosada por la culpa.

—Ya ves lo que has conseguido, Reina —le dice—. Desde que llamaste, tu papá y yo no hemos pegado un ojo. ¿Todavía te hace falta que vaya?

—No, mamá. Ya se ha resuelto el problema. Gracias.

—¿Viste que no era para tanto?

—No, no era. Siento haberte despertado.

—¿Se puede saber lo que te pasó?

—Una idiotez, mamá. Una pelea en el trabajo.

—Si te vuelve a suceder, esperá un poco antes de llamar, Reina. Ya sabés que cuando tu padre y yo dormimos menos de diez horas quedamos hechos una ruina por el resto del día.

—Ya entendí, mamá. Te dije que lo siento.

—Para qué estar despierta, digo yo. Este mundo es sólo maldad y sufrimiento, sufrimiento y maldad.

El amanecer ha sido de hielo pero apenas se alza el sol el aire se calienta velozmente y nada parece igual a lo que era. Para Reina, el sol siempre es un anuncio de melancolía, no la señal de que las cosas empiezan y se abren a la vida sino al revés: la prueba de que en algún momento terminarán. Se viste con lentitud mientras espera, a cada instante, que suene el teléfono. Al moverse, le duelen la espalda, el cuello, las articulaciones, y no entiende por qué. El ardor en el pubis es comprensible, pero los demás estragos del cuerpo no tienen razón de ser: no ve indicios de golpes ni hematomas por ninguna parte. Cuando enciende la televisión, advierte que el día de hoy no es el que ha pensado. Ha perdido veinticuatro horas no sabe cómo, se ha hundido en un sueño maligno y quizá siga todavía en él, quizá no pueda ya salir de la viscosa oscuridad donde ha caído. Oye zumbidos en un lugar de la memoria que no puede encontrar ni esquivar, como si una incesante colmena estuviera abriéndose dentro de ella, trabajada por miles de obreras infatigables. Es la simiente de alguna enfermedad que rehíla y crece, una feroz abeja reina que, cuanto más alto vuela, con más dolor muere.

Bebe agua y agua sin poder saciarse. Demora hasta las ocho y cuarto la salida al laboratorio de análisis, con la esperanza de que Germán se despierte y conteste a su llamado. ¡Qué tonta! No se ha dado cuenta de que en Bogotá es dos horas más temprano que en Buenos Aires y que Germán tal vez haya trabajado hasta el amanecer. Lo peor sería que estuviera de viaje, pero eso es imposible. Si Reina lleva bien las cuentas, al día siguiente van a encontrarse en Río y él no seguiría dos rumbos a la vez. A menos que se le haya adelantado y ya esté en Brasil, esperándola, pero en tal caso la habría llamado por teléfono. El contestador no registra más llamadas que las de Sicardi, amonestándola por no haber ido a trabajar, y una advertencia cortés de Maestro: «Ay, niña, niña, ¿dónde te has metido?».

Tanto el laboratorio como el ginecólogo le confirman lo que temía: el hombre que la atacó estaba infectado por una miríada de males venéreos. Antes de cuatro a seis semanas no le podrán decir si, además, era un HIV positivo. Lo usual es atacar la enfermedad antes de que aparezca. El médico prescribe una batería de antibióticos y, desde ahora mismo —insiste: ahora mismo—, Reina debe tomar el cóctel anti SIDA.

—Acaso usted sufra efectos secundarios desagradables —le advierte—: anemia, un poco de ansiedad, algo de fiebre.

—Tengo que viajar a Río esta misma noche —dice Reina.

—Ni se le ocurra. Por unos meses debe olvidarse de los viajes. Necesita alguien a su lado que la cuide. Lo que le ha ocurrido es serio.

—Una persona me está esperando en Río, doctor. Ha viajado miles de kilómetros para verme.

—Si ha sido capaz de llegar hasta Río podría también venir a Buenos Aires. Es muy posible que debamos repetir los análisis.

—¿Qué podría pasarme si viajara de todos modos?

—No sé, no puedo adivinar. Ha sufrido un ataque sexual de alguien que está muy enfermo, señorita Remis. Imagine cuáles pueden ser las consecuencias.

—¿Cuánto tiempo va a durar esta historia?

—Si tiene suerte, pocos meses.

—Nunca tengo suerte. En ese caso, ¿cuánto?

—Quizá toda la vida.

Odia el departamento al que debe volver ahora. Odia las barandas cromadas de las escaleras, el ascensor silencioso, las paredes pintadas de blanco cadavérico, la asepsia, los espejos. Odia el desamparo de la calle que está debajo y la opresión de las noches en las que nada sucede, salvo la desdicha: podría estar en la intemperie de la llanura y todo sería menos impuro que ese núcleo de la ciudad en el que durante el día hay una vida virtual y, por las noches, la pesadez de la muerte verdadera. Pero ahora no puede marcharse. Tampoco tiene adónde ir. La madre le diría: ¿Cómo podés pensar así, con todo lo que hemos hecho para cuidarte y educarte? ¿Acaso nuestra casa no es tu casa? ¿Acaso ya no te gusta los domingos ir a Longchamps con tu padre y galopar en el alazán que alimentamos y lavamos sólo para que vos puedas montarlo? Imaginar el regreso a la casa familiar le infunde más miedo aún que la enfermedad o la miseria: dejaría de ser ella misma, retrocedería al estado de ninfa, al convento de la obediencia, a las reglas de la implacable hermana superiora. Sobre la lisura del cielo reinaría un dios único y se apagaría la libertad de pensar en los mesías gemelos, en el mundo creado por un Principio Femenino y en la victoria final de los pobres sobre los poderosos. Sin libertad sólo habría resentimiento y desdicha, y ella no sería ella sino su madre. No. Es imperioso volver al departamento que odia porque allí, junto a la cama que quisiera destruir e incendiar, está el teléfono al que Germán va a llamarla, si acaso no la ha llamado ya.

La luz del contestador indica que no hay mensajes. Levanta el tubo para verificar si las líneas funcionan y marca, impaciente, el 113, donde una voz monótona solfea las respiraciones del tiempo: once horas, dieciséis minutos, cuarenta segundos. ¿Qué pasa? ¿No tendría Germán que haberse despertado? Debería insistir. Hasta hace apenas dos días se comunicaban con fluidez, al primer intento. Una vez más, al otro lado, salta la máquina irritante. «Amor, amor», le dice. Siente un estremecimiento recóndito en la voz y suspira, para tranquilizarse. «Estoy en casa, esperando que me llames. No puedo viajar a Río. ¿Oíste bien? No puedo. Me harías feliz si, en cambio, nos encontráramos en Buenos Aires. Te necesito. Te quiero.»

Apenas cuelga, llaman a la puerta. Qué raro. La soledad ha sido siempre tan perpetua en esa casa, tan regular, que el timbre la sobresalta. El único que la ha visitado, un par de veces, es Camargo. A través de la mirilla distingue a un mensajero de correos, con el clásico uniforme azul y el monograma amarillo. Todo lo que desconoce le parece ahora un presagio de muerte. No sólo le han contagiado venéreas hace dos noches:

también una paranoia maligna, un instinto de fragilidad del que no sabe cómo esconderse.

—¿Qué quiere? —pregunta.

—Traigo un telegrama —responde una voz franca, decente. Cómo adivinar si no es el violador que regresa.

—Pásemelo debajo de la puerta.

—Tiene que firmar.

—Páselo y, cuando lo vea, firmo.

No hay un solo cielo, y basta con que uno se desplome para que todos lo hagan a la vez. El telegrama, firmado por Sicardi, le comunica que *El Diario* prescinde de sus servicios a partir de la fecha conforme a los artículos tales y cuales. Si Reina entiende bien, la despiden por daños a la empresa y faltas reiteradas sin aviso, negándole todo derecho a una indemnización. Tendrá que vivir con las entrañas podridas, los brazos cruzados, el horizonte yermo. La han dejado sin nada pero, mientras tenga a Germán, lo tendrá todo. No va a pensar, como la madre, quc lo mejor es no despertar porque el mundo es sufrimiento y maldad, maldad y sufrimiento. Se alzará contra el infortunio y volverá a ser ella misma, indestructible.

Entonces suena el teléfono.

—¿Cuál es la historia terrible que te ha pasado, amor? ¿De dónde sacas que no puedes viajar a Río?

Reina detesta cuando Germán adopta ese aire de frivolidad, sin dejarse rozar siquiera por la angustia de todo lo que ella le ha dicho ya. Lo detesta y además lo quiere.

—Más vale que no te lo cuente por teléfono. Te necesito, ya me has oído. ¿Cuántas veces tengo que decirte que te necesito?

—No seas infantil, Reina. Íbamos a vernos mañana por la mañana en Río, ¿es cierto? Tengo un trabajo ahí que no puedo dejar de hacer y tú también tenías una investigación pendiente. ¿Por qué vamos a cambiar de planes veinte horas antes?

—Germán: me han atacado. Acá, en mi propia casa. ¿Podés entender eso?

—Estás en tu casa, no en el hospital: eso es lo que entiendo. Si te robaron, ven a Río y compenso con amor todo lo que te hayan quitado. Además, no parece que el daño sea grave. Tu voz suena espléndida.

—Hablo en serio. Nunca he hablado más en serio en toda la vida. Estoy mal, Germán. No voy a viajar. No puedo.

La voz de él se endurece, veloz como un carámbano de montaña.

—Y yo no puedo cambiar de planes. Llevo dos meses detrás de esa entrevista. No me la van a postergar. Tampoco quiero que la posterguen.

—Hay siete u ocho vuelos diarios de Río a Buenos Aires. Son apenas dos horas de viaje. Podrías salir mañana por la noche y regresar temprano al día siguiente. ¿Eso disipa tus dudas?

—No, Reina. Tengo cuarenta años, y jamás, ¿oíste?, jamás he permitido que una mujer me manipule. Déjate ya de caprichitos, amor. Si lo que quieres es una noche romántica, Copacabana es mejor que La Boca. Y si prefieres no ir a Río, ya habrá una próxima vez. Siempre hay una.

—Soy una imbécil —dice ella, entre dientes.

—Yo no sería tan cruel contigo. A ver, aclara las cosas. Cuenta qué te ha pasado.

—Te quiero, Germán. Por eso. Te quiero sin preguntas y sin condiciones. Nada sería tan fácil como decirte lo que ha pasado, pero tenés que confiar en mí. Si te pido que vengas es porque tiene que ser así, ni más ni menos.

—Yo también te quiero, Reina, pero nunca he dependido de los deseos de nadie. Nunca, desde que me fui de mi casa a los diecinueve años.

—En este caso no es un deseo. Es una necesidad, una urgencia. O si querés que sea más clara, es una fatalidad.

—Pero soy yo el que decide. Y decido que no voy a ir a Buenos Aires. Si me quieres como has dicho, te espero mañana en Río. Y si no es así, ya nos cruzaremos en otra parte. Tenemos la vida entera por delante.

—La vida entera, decís.

—Sí. Mañana. Otro día.

—¿Mañana? Siempre me ha parecido ridícula esa palabra. Mañana es nunca.

Le sorprende, al cortar, que dentro de ella sólo haya vacío y cansancio: una planicie sin fin más allá de la cual se termina el mundo. Tiene el espíritu exhausto: eso que los mesías gemelos llamaban espíritu quizás ha llegado al límite, al precipicio donde todas las formas y todas las experiencias se niegan y se afirman. Dos negaciones bastan para construir una afirmación, escribió Nietzsche. Y tres negaciones, ¿qué construyen? ¿Qué fuerza puede derivar de un ser que ha sido violado, expulsado del trabajo y expulsado del amor en el viento de unas pocas horas?

Tiene la cara bañada en lágrimas pero qué importa: el temple, la fuente del fuego, nada de eso ha sido tocado por la desdicha. Toma el teléfono y, ahora sí, siente que empieza el día. Llamará al jefe de redacción de *El Heraldo* y al director del semanario *Época*. Alguna vez le han dicho que, cuando ella lo desee, le tenderán una alfombra dorada y le abrirán el paso para que escriba lo que quiera.

Nunca ha sido difícil domar a una mujer salvaje, se ha repetido Camargo durante toda la semana que sucedió a la violación. Shakespeare da una lección ejemplar del arte de la doma en una de sus comedias tempranas, representada en 1592 o tal vez antes, pero Camargo ha perfeccionado el método. En las representaciones de *The Turning of the Shrew* durante los siglos XVIII y XIX, el personaje de Petruccio se paseaba por el escenario con un látigo de varias puntas: el símbolo del amansador. Y Katherine, la mujer vencida, se complacía en defender las ferocidades disciplinarias del marido: *Lo que me enoja más de todo lo que él me pide / es que lo hace bajo el nombre de amor perfecto.* Para someter a Reina, Camargo no ha necesitado azotarla ni rendirla por hambre, como Petruccio a Katherine. Le ha bastado con enfrentarla a su fragilidad, a su pequeñez, a su insalvable dependencia del hombre que aún la ama.

Camargo ha seguido paso a paso la decepción que el editor bogotano provocó en la mujer. A juzgar por sus e-mails, ese hombre jamás la valoró ni la entendió. Uno de los enigmas que hacen más atractiva la naturaleza femenina de Reina es la tenacidad con que fue inventándose un amante ideal, al que confirió atributos que sólo estaban en su imaginación. O quizá —piensa Camargo—, lo que hizo fue adornarlo con la fuerza, el poder y el talento que eran propios de otro hombre —¿de quién, sino del propio Camargo?—, tal como los evangelistas sinópticos hicieron con los mesías gemelos.

El editor, Germán, ha enviado a la mujer, desde Río, un e-mail de inconcebible torpeza: «Si me quieres como dices, todavía estaré aquí dos días más, esperándote. ¿Cómo puedes olvidar tan rápido el amor eterno que me juraste en Temuco?». Quizás ella se ha explicado mal y no le ha contado el horror de la vejación. Si lo ha hecho, el editor es una bestia narcisista. Debería haber recurrido a él, a Camargo. A la primera llamada habría corrido a su lado, sin vacilar. Pero la mujer no se ha dignado siquiera a contestar el telegrama de Sicardi: no se defiende, no discute la justicia de la expulsión. El orgullo la pierde, como de costumbre. El peor orgullo es el que se clava contra uno mismo, y Reina había usado una perversa destilación de ese veneno en su breve e-mail de respuesta al editor: «El amor, por desgracia, no es eterno. Ya no me escribas».

Camargo ha acentuado su vigilancia, porque la mujer puede necesitarlo más que nunca. Pasa buena parte de las noches despierto, junto al telescopio Bushnell, a la espera del momento en que ella retome los hábitos del pasado. Por ahora, no se desviste con morosidad, ni regresa del baño envuelta en toallas, como sucedía antes. Pasa la mayor parte del día recostada, leyendo o mirando la televisión. El teléfono no suena, o al menos ella no lo atiende. Ha debido visitar tres veces al ginecólogo esa semana y, por lo que Sicardi ha conseguido averiguar, los medicamentos que toma están haciendo estragos en su cuerpo: la han hinchado, le provocan ataques de tos y le arruinan el pelo, que era brillante y esponjoso.

Desde hace días, Camargo ha prescindido del chofer que lo llevaba de un lado a otro. Ahora maneja él mismo los automóviles del diario, para disimular sus visitas a la calle Reconquista. En verdad, podría caminar las pocas cuadras que separan su despacho del departamento. Pero, yendo a pie, no podría darse cuenta de quién lo sigue.

El sábado, distraído, ha cruzado una de las esquinas más trajinadas de la calle Corrientes cuando el semáforo estaba en rojo. Un colectivo a toda velocidad golpeó su auto de costado y estuvo a punto de volcarlo. El vehículo quedó inútil pero él ha salido ileso. Es un signo de que la suerte sopla otra vez a su favor. El domingo al amanecer, cuando está ya por abandonar la vigilancia y cabecear un sueño ligero, advierte que la mujer, levantándose con inesperada agilidad, vuelve a vestir las ropas de montar: los *breeches,* las botas altas, la cazadora y el sombrero de fieltro. Antes de las siete, parte en un taxi con rumbo desconocido. Todo sucede tan rápido que Camargo no tiene tiempo de salir a la calle y seguirla en otro taxi. Lo consuela la novedad de que la mujer está regresando a sus costumbres. Ahora tiene la certeza de que las cosas volverán a ser como antes.

Es la primera vez en semanas que puede relajarse y conciliar el sueño. A eso de las cuatro de la tarde, cuando se despierta, lo invade una resolución inquebrantable: llamará a Reina por teléfono esa misma noche e intentará recuperarla. Va a ser difícil que lo rechace, porque no existe más el obstáculo que los separaba: el editor lleva casi cuatro días sin dar señales de vida y parece haber aceptado el fin de la relación. Además, ella no tiene nada que perder y él, sin embargo, estaría arriesgando mucho. Un hombre que no teme al escarnio ni al contagio es porque está por encima de todo, *al di sopra di ogni sospetto.* Vuela tan alto que nada puede mancharlo. Lleva en sí tanta luz que todo lo que toca se enciende y se salva.

Como sucedía en los domingos del pasado, la mujer regresa de su cabalgata ya muy tarde, a eso de las diez. La acompaña una pareja de viejos rústicos, tan en desarmonía con esa zona impersonal y solemne de la ciudad que no saben qué actitud tomar después de haber estacionado una destartalada camioneta Ford ante el edificio de Reina. Durante tres a cuatro minutos permanecen en la cabina del vehículo, sin moverse. Tal vez discuten si visitar el departamento de la hija —Camargo no duda del parentesco: el parecido con la mujer es inequívoco— o regresar hacia Adrogué. Cada vez que mencionaba a los padres, Reina eludía entrar en detalles, y ahora Camargo entiende por qué: son idénticos a la hija y, también, demasiado diferentes, como si, al reproducirse, hubiera brotado de ellos una especie que desconocen. El hombre es calvo, de boca pequeña y barbilla pronunciada. La madre tiene los mismos movimientos ondulantes y, cuando se ríe, exhibe las encías con desparpajo. Desde lejos, parecen tener la dentadura estropeada, pero la precisión del telescopio no es tanta como para comprobarlo. De lo que Camargo está seguro es de que Reina se avergüenza de ellos: se la nota dividida entre instarlos a entrar y mostrarles la impersonalidad de su departamento, o dejarlos marcharse porque es demasiado tarde y han pasado todo el día juntos.

Eso es lo que sucede al fin. La mujer, al entrar en su dormitorio, repite algunos detalles del antiguo ritual: lucha con ahínco para desprenderse de las botas y se libera de las medias alzando las piernas, algo derechas para el gusto de Camargo y de tobillos demasiado gruesos, aunque adornados por una tenue mancha, un lunar que él se desespera por besar ahora mismo. También esta vez Reina se quita la blusa por arriba de la cabeza y explora el olor de las axilas. Quién sabe si se ha bañado antes de salir. Es posible que lo haya hecho durante una de las breves ráfagas de sueño a las que él sucumbió sin querer, pero aun así, después de un día entero de cabalgata, el perfume de los jabones se habrá disipado ya, permitiendo que regresen los humores de su piel. Una vez más, Camargo examina la cicatriz que la mujer tiene debajo del ombligo, sobre el nacimiento del vello, vestigio de una operación de apendicitis mal suturada en la niñez. La mujer es siempre elusiva cuando habla de su pasado, y respondió con hostilidad cuando Camargo se atrevió a preguntarle cuándo y con quién había perdido la virginidad o cuál era el recuerdo sexual más intenso de su vida.

Ahora la ve encender el televisor y decide llamarla, antes de que se interese en algún programa. Ella se incorpora en la cama, sorprendida de que el teléfono suene a esa hora, y después de un momento de indecisión, salta hacia el aparato. A lo mejor piensa que es el amante colombiano, ávido de perdón.

—Soy yo —dice Camargo.

—¿Yo, quién?

—Hubo un tiempo en que no necesitabas hacer esa pregunta. Soy yo, el de siempre.

—Si sos el de siempre, ya habrás aprendido a dejarme en paz.

Está roja de cólera. Es la primera vez que Camargo ve la erupción de una cólera que ha tardado meses en fermentar. Pero no ha cortado la llamada: eso le basta. Quizás haya tocado algún flanco sensible del cuerpo de la mujer mientras tanteaba en la oscuridad.

—Si yo estuviera en paz, te dejaría en paz —dice Camargo—. Pero no puedo. No soporto la idea de que te hayas ido.

—Es patético. ¿Cómo que me fui? Me echaste.

—¿Qué se podía hacer? Desaparecías. Faltaste más de tres días sin avisar. No te encontrábamos por ninguna parte.

—Estuve enferma. Pero no sé para qué te estoy dando explicaciones. Adiós.

—Un momento: no cortés. Podríamos volver a empezar, como si nada hubiera pasado.

—Sos vos el que está enfermo ahora. No entiendo cómo tenés todavía el coraje de llamar. Me dejaste sin trabajo. Hablaste con medio país para que me pusieran en las listas negras. Me golpeaste. Dios mío. No te deseo el mal. No te deseo nada. Sólo quiero que me dejés tranquila.

Ahora, sí, cuelga el tubo. Lo hace con fuerza, como si el golpe pudiera destruir su voz, su sombra, su recuerdo. ¿Qué habría hecho Petruccio si Katherine hubiera respondido con la insolencia de Reina? La habría encerrado, la habría dejado sin comer ni beber: la doma de la furia. Pero eso fue posible sólo porque Petruccio, seguro de sí, consintió en casarse con ella. Encontró un lazo para mantenerla atada a su yugo. Él la ha dejado ir: ése fue un error de cálculo. Con la afrenta de Momir, la mujer ya habría tenido bastante. Te has pasado de revoluciones, Camargo. Deberías ofrecerle algo a lo que ella no se pueda negar. Volvés a llamarla, con la certeza de que no va a responder.

De todos modos, la ves incorporarse en la cama al oír el teléfono. El timbre enlaza, monótono, las dos ventanas. Por un momento, creés que va a taparse los oídos, porque sus manos se alzan, en un ademán de súplica o de advertencia. Luego, se cubre los pechos con las sábanas, como si presintiera que alguien la está observando. Su mensaje fluye, límpido, del contestador: «No estoy. Deje su número y la hora de su llamada».

—Reina —decís—. Queenie. Quiero empezar todo otra vez. Quiero casarme con vos. Es en serio. Quiero casarme. Por favor, contestá. Si no sé nada de vos, mañana voy a pasar por tu casa para saber qué pensás. O si no, paso dentro de dos días, de tres.

La postergación es un elemento esencial de la doma: dos días, tres. Ella esperará temblando el momento en que subas por el ascensor, des un par de pasos en el palier, te detengas ante la puerta, y golpees. Has recordado que, en un capítulo de *Los siete locos* sobre la humillación, Erdosain cuenta que su padre, cada vez que cometía una falta, lo mandaba a dormir diciéndole: «Mañana te pegaré». La noche se le volvía interminable. Una claridad azulada entraba por los cristales. Cuando por fin el sueño lo rendía, llegaba el padre: «Vamos, ya es hora». Y obligándolo a ponerse de rodillas, le cruzaba las nalgas con latigazos crueles. Mañana, dentro de dos días. Así harás vos, Camargo. La llamarás y le repetirás: Mañana. Cuando por fin estés ante su puerta, Reina inclinará la cabeza y vos la pondrás de rodillas, sin permitirle que se levante nunca más.

Vamos, ya es hora, dice Camargo. Desde que ha llamado a Reina por teléfono, sólo puede pensar en la imagen de ella abriéndole la puerta y diciéndole: Volvamos a estar juntos. Hagamos de cuenta que nada ha sucedido. Dividir su inteligencia entre la mujer y el diario lo debilita. Ha caído una o dos veces en distracciones imperdonables. Jamás en el trabajo. Allí sólo está irritado y menos tolerante, pero su talento sigue intacto. Ha reescrito con pasión una crónica sobre el choque de dos avionetas en el cielo de Chacabuco, la ciudad de llanura que atravesó la noche en que iba al encuentro de Reina, en la Azotea de Carranza. Ha logrado que uno de sus periodistas entreviste a Vladimiro Montesinos, el monje negro del Perú, en el avión donde regresaba a Lima desde su exilio panameño. Cuando examina las ediciones de *El Diario* por la mañana, confirma cada día que ha derrotado a *El Heraldo*. No, no es allí donde su ingenio trastabilla. Es en el orden de las pequeñeces cotidianas: a veces se olvida de quién es la persona con la que debe almorzar cuando ya está camino del restaurante. Ha vuelto a inutilizar otro de los automóviles del diario: esta vez, por inadvertencia, lo ha dejado caer en un pozo de reparaciones eléctricas. El tren delantero se ha hecho pedazos. Lo desespera el deseo de regresar cuanto antes al departamento de la calle Reconquista. A cada rato examina el celular donde recibe las llamadas personales para verificar si hay algún mensaje de la mujer. Nada. Lo único que le ha deparado el lunes es la voz de Diana, para preguntarle cuándo volverá a verlo. En Navidad, le ha respondido. Antes de Navidad, hijita, te lo prometo.

Reina lleva una vida de inválida. No se baña, no despega la mirada del televisor y sólo se levanta para servirse un té, a veces con tostadas de queso. El miércoles por la mañana ha cumplido con una de las rutinarias visitas al ginecólogo. Aunque sale a la calle sin peinarse casi, el pelo recogido con una hebilla, y un vestido de algodón suelto, simple, se mueve con donaire, desafiando la hostilidad del mundo. Ah, no sabe cuánto pierde al privarse del amor de Camargo: él la tomaría por la cintura y, contándole historias felices, la haría olvidar sus tormentos. Ya todo ha pasado, Queenie, no sufras más. ¿Sentís cómo tu cuerpo está lavándose por dentro y tu sangre se rehace y el dolor se ha apagado tanto que ahora sólo te queda una ceniza de dolor, una fatiga del dolor en la memoria? Caminarían juntos por la ciudad, llenos de dicha.

Al regresar del ginecólogo, la mujer examina las prendas que guarda en el armario. Contrariada, separa los *breeches* y los lleva a la tintorería: es la señal de que volverá a usarlos, quizás este domingo. Ya no tomará de sorpresa a Camargo. A las siete, él estará esperándola en otro de los automóviles del diario y la seguirá a donde sea. Por lo que Sicardi ha averiguado, su padre repara los vehículos del propietario de un haras, en Longchamps, y en compensación le permiten montar, los fines de semana, dos de los caballos más nobles de la colección: un alazán árabe tostado y un zaino negro.

Ese miércoles, el viaje protocolar del presidente a España y las noticias de Montesinos que siguen llegando desde Lima han obligado a Camargo a modificar dos veces la portada de *El Diario*. Puede concentrarse en más de una realidad a la vez, pero los acontecimientos que suceden fuera de él no le interesan porque se desplazan solos, sin necesidad de su control. Es verdad que, al narrarlos, los modifica. ¿Qué valor tiene eso? Les prestaría atención si también lo modificaran a él, pero nada en el mundo altera el hierro de su sustancia, nada lo obliga a ser lo que no quiere. Salvo la mujer: eso lo saca de quicio. En el orden de la historia, ella es mucho menos que una variación atmosférica, un color que se destiñe, el aleteo de una foca. Pero en el orden de su vida ocupa un espacio que lo asfixia y que no le permitirá ser él hasta que no lo reduzca a su verdadero tamaño de nada, lo confine en la playa más remota de sus pensamientos. Si la mujer acepta, se casará con ella: poseerla como un objeto, pintarla en la pared, lo dejará en paz. ¿Y si se niega? Pero no hay razón alguna para que se niegue. Es una persona en ruinas y él le ofrece reconstruirla, rehacerla desde cero.

Tal vez Reina presiente que el mañana, el dentro de dos días con que la amenazó Camargo ha llegado esa noche, porque en vez del camisón y el chal de los que casi no se ha separado —salvo para las raras excursiones al médico, a la farmacia y al supermercado—, sigue con el vestido suelto de algodón. Su actitud es la de siempre: recostada en la cama, mantiene la vista hipnotizada en el televisor, pero al observarla por el telescopio, antes de cruzar la calle, Camargo descubre que el cuerpo se ha convertido en una trama de ansiedades: otra vez está royéndose con fiereza las uñas, se sujeta el pelo tan torpemente que, al más leve temblor de la cabeza —y la cabeza tiembla, los hombros sufren espasmos que parecieran de frío—, se le sueltan algunas mechas, obligándola a rehacer el peinado. También le ha despuntado un tic en el labio superior, cerca de las comisuras, que la envejece. Todos esos detalles estimulan a Camargo, indicándole hasta qué extremos ella se siente desamparada, cuánto le pesan la soledad y la inmovilidad. Ya la ha dejado caer tan bajo que ahora sólo podría agradecer cualquier esfuerzo que él haga para rescatarla.

A las diez, después de verla dejar en la cocina la taza de té que acaba de tomar, Camargo llama a la puerta.

—No voy a abrir —dice ella—. Sea quien sea, no pienso abrir.

—¿Acaso no oíste el mensaje que te dejé, Queenie? —se inquieta Camargo. Lo enfurece tener que hablar a los gritos, en la soledad del palier—. Te he pedido que nos casemos. Mañana mismo, si querés, vamos al registro civil y pedimos una fecha.

—Estás enfermo. Estás loco. Soy un ser humano, ¿podés entender eso? Tengo sentimientos, razón. No soy tu objeto.

—Queenie, sos vos la que no entiende.

—No me llamés así. Soy Reina. Andate o voy a tener que denunciarte.

—Reina. Creo que has perdido el juicio. Te repito que quiero casarme con vos. Te dije que volvería a que me dieras una respuesta. Soy Camargo, no sé si te das cuenta. Soy Camargo y te ofrezco lo que ningún otro hombre te ofrece en el mundo. Ni siquiera tenés la delicadeza de abrir la puerta.

—Te oí, Camargo. Sé quién sos. No me enorgullece ni me alegra que quieras casarte conmigo. Estoy enamorada de otro hombre, ya te lo he dicho.

—¿De quién vas a estar enamorada vos? No me hagás reír. Estás sola, Reina.

—Voy a llamar a la policía —dice ella.

—¿Y todavía se te ocurre amenazarme, puta? ¿Estás enferma, engangrenada, puta, vengo a ofrecerte ayuda, y todo lo que me contestás es que vas a llamar a la policía?

—¡Fuera! —la voz de ella suena desesperada pero también decidida. Si pudiera ver su expresión a través del telescopio, Dios mío, si pudiera verla.

—No te permito —dice él.

Está frenético ahora. Patea la puerta, la empuja con su energía de toro. La abriría con las llaves que le ha dado Sicardi, pero la mujer ha instalado una segunda cerradura. Nada le habría sido más fácil que conseguir una réplica, pero no ha prestado atención a ese detalle. ¿Debe preverlo todo, entrar con el ser entero en mil pensamientos simultáneos? Si la muralla que se le opone fuera el diario, Buenos Aires o la Argentina infinita, sabría cómo derribarla. Pero la mísera puerta de esa mujer es más infranqueable, más intolerable.

—¡Fuera! —repite ella.

Último

Sabe, ya desde el sábado, que la mujer irá a cabalgar. La ha visto lustrar las botas y dejar colgados en una percha los *breeches,* la blusa blanca y el saco de cuello alto con botones dorados que usó la semana anterior. No ha dormido en toda la noche. El amanecer es diáfano, no hay una sola nube en el cielo y, para su extrañeza, oye un inusitado canto de zorzales cuando camina hacia el automóvil. Zorzales en ese extremo desierto y sin árboles de Buenos Aires: ¿quién puede predecir el humor de los pájaros? El taxi ha llegado a buscarla otra vez a las siete, y él lo ha seguido durante más de una hora por la avenida larga que atraviesa las ciudades del sur, desatendiendo todos los semáforos en rojo y sin apartar la mirada de la nuca de la mujer, como si la encuadrara otra vez en el lente del telescopio.

Sólo quiere pedirle explicaciones, entender por qué ella lo rechaza sin considerar quién es Camargo. No cree, por supuesto, que siga atraída por el editor colombiano, porque lo ha despedido tan implacablemente como a él. Y no puede concebir que una insignificante llamada suya a los medios de Buenos Aires, insinuándoles que la proscriban, la haya ofendido como si fuera un insulto. Una vez más, la mujer olvida que el único interés de Camargo es protegerla: ¿acaso alguna vez fue tan plena y tan feliz como en *El Diario*? Le ha ofrecido casarse con él: ¿eso le parece poco? Si lo aceptara, sería más importante de lo que era antes de esos malditos viajes a Temuco y a Caracas. Ni siquiera necesitaría escribir una línea más en la vida. En vez de la señorita Remis sería la señora de Camargo: ¿cómo no puede darse cuenta de la diferencia? Él se lo explicará. Para eso se está tomando el trabajo de viajar más de cuarenta kilómetros hacia un haras remoto del sur. ¿Cómo puede permitir que la persona destinada a casarse con él se entretenga en oficios ruines? El viernes, sin ir más lejos, Sicardi le ha contado que la mujer va a trabajar en una agencia de resúmenes informativos. El dato lo ha llenado de indignación. La sola idea de que ella recorte y pegue lo que otros escriben en una oficina estrecha y sucia, junto a tres o cuatro aprendices babosos, le parece un ultraje a todo lo que él, Camargo, le ha inculcado: orgullo, confianza en sí misma, capacidad de asombro; sí, orgullo más que nada. De inmediato ha llamado al dueño de la agencia y le ha dicho que, si contrata a Reina Remis, hará lo que esté en sus manos para que no le quede un solo cliente. Ni siquiera ha necesitado dar explicaciones. Debió ser aún más violento con una revista electrónica que se disponía a publicar parte del ensayo sobre los mesías gemelos. El editor era un joven testarudo que ya había montado la página y estaba a punto de distribuirla. No sabe cómo, Sicardi consiguió que unas pocas decenas de suscriptores se retiraran del servicio: ése fue el fin de la aventura.

Quiere a Reina para sí y no va a compartirla con nadie. Ahora que ha detenido el auto en un bosque de talas y coronillos, desde el que puede contemplarla sin sobresaltos con unos prismáticos, los movimientos voluptuosos de la mujer al bajarse del taxi, avanzar hacia la casa del guardián del haras y tomar una montura inglesa, le confirman que debe retenerla sea como fuere. Es la compañía que le conviene, y ya no encontrará otra igual. Tiene menos refinamiento que Brenda: el encanto aparente de su ex esposa desaparecía apenas se intentaba conversar seriamente con ella. A Brenda no le interesan las ideas ni el mundo real. Toda su pasión está en la música, o en mucho menos que eso: en los seis o siete tríos que solía practicar para sus conciertos en las provincias. Reina, en cambio, tiene un talento genuino: algo salvaje, mal cultivado y a veces grosero, pero él sabe que limar esas asperezas es sólo cuestión de tiempo y de roce. Durante todos los meses en que la educó, la mantuvo apartada de sus propias reuniones de negocios: ha llegado el momento de que la exhiba y la arriesgue.

El haras está unas veinte cuadras al oeste de la estación ferroviaria de Longchamps y es mucho más modesto de lo que Camargo ha supuesto. Un vasto patio de tierra se abre frente a los boxes de los caballos, seis en total, y más allá hay un alfalfar, con dos o tres vallas que tal vez se usen para los saltos. No se ve un alma. Casi con certeza, el guardián está todavía durmiendo, y tal vez el padre de Reina llegue de un momento a otro, junto con los demás jinetes. Ve a la mujer colocar la montura con increíble destreza sobre un alazán tostado, ajustar la cincha y acariciarle la cabeza. Pone el pie en el estribo y algo la detiene. Por el gesto que Camargo ve en su cara, es el rayo de un dolor inesperado, tal vez en el abdomen. La mujer lleva una de sus manos hacia ahí, sin soltar las riendas. Ahora es preciso que él vaya en su ayuda. Baja del automóvil y, dejando atrás el reparo de los coronillos, avanza hacia el patio de tierra donde Reina trata de mitigar el dolor con ejercicios respiratorios. Ese extremo de indefensión lo conmueve. El lugar es solitario y está sólo a un par de kilómetros de un basural donde acampan rateros de paso y reducidores de la peor calaña: Sicardi le ha explicado que los asaltos son comunes en esas desolaciones del sur. También él le recomendó que no se detenga ante ningún semáforo, porque es preferible pagar la multa —si se da el caso— a perderlo todo: el taxista de Reina lo sabía, sin duda, puesto que hizo lo mismo. Por prudencia, Camargo lleva consigo el revólver Taurus calibre .38, con la carga de seis balas en el tambor giratorio. Si ve a cualquier merodeador sospechoso, está seguro de que bastará mostrar el arma para ahuyentarlo.

La mujer se repone más rápido de lo que él ha previsto e insiste en montar el alazán. Cuando la ve recoger la fusta que había dejado caer y alzar la cabeza, airosa, trata de volver a su escondite, en el bosque. Demasiado tarde: ella lo ha descubierto, y quizá sea mejor así. En cualquier momento podría aparecer el padre aunque, pensándolo bien, ¿por qué Reina va a cabalgar tan temprano? Un revuelo de suposiciones le atormenta la imaginación. ¿No estará esperando ella a otro amante, alguien con quien sólo se comunica por teléfono? De lo contrario, ¿qué hace en ese lugar hasta la noche? Pensá, Camargo, pensá. Al mediodía, la mujer deja sin duda el caballo y va a la casa familiar, donde almuerza. De allí regresa con el padre, monta otro animal hasta las seis, y luego de una segunda parada en Adrogué, acaso para jugar con los sobrinos —tiene dos—, vuelve a Buenos Aires. Antes lo hacía en uno de los autos del diario. Ahora le pide al padre que la lleve en la vieja camioneta. Quedan, entonces, cinco horas en blanco: desde las ocho de la mañana hasta la una. ¿Qué otros indicios necesitás, Camargo? Estás seguro de que va a revolcarse con el otro amante en la casa del guardián, si por azar el amante no es el guardián mismo. Ah, cuánta fuerza te da esa revelación para enfrentar el gesto airado y desafiante con el que ella te observa ahora.

—¿Vos otra vez? ¿Nunca vas a dejarme tranquila?

Es imperioso que no te arrastre su cólera. No, Camargo. Debés respirar muy hondo, no para acallar dolor alguno sino para que el aliento, cuando te llegue a la profundidad de las entrañas, reconozca la justicia de todo lo que has hecho e impregne tu voz de la serenidad que necesitás para decir:

—Sólo quiero entender lo que te pasa, Reina. ¿Tanto te cuesta explicarlo? No podés rechazarme así, como si yo fuera nadie.

—Para mí sos nadie —te interrumpe. Y hace el ademán de volver al caballo. La muy puta.

—Quiero ayudarte. Sé la barbaridad que te ha pasado...

—¿Sabés, qué? ¿También metés la nariz en mis calzones, pordiosero? Has destrozado mi nombre por todas partes y ahora querés destrozar mi intimidad. ¿Quién te creés que sos?

No: ésta no es la mujer que te pertenecía, Camargo. Te la han cambiado: le han alterado los meridianos de la inteligencia, la belleza, le han podrido el ser. La lengua de letrina que te está azotando ahora no es la de ella. ¿Cómo pudiste no ver su muda después de haberla observado sin tregua por el telescopio? Era una abeja de luz y ahora es una larva maloliente. Vos seguís siendo vos, de todos modos, y no vas a dejarte llevar por su corriente de cizañas.

—Imaginá por un momento que soy nadie —le decís—. Este nadie fue la única persona que te ha llamado por teléfono en tu semana de desgracia. Soy el único que ha ido hasta tu puerta para ofrecerte amor o lo que quieras. A otro nadie le darías una explicación. ¿Por qué me la negás a mí?

La mujer alza la fusta y tiembla. La comisura del labio vuelve a contraérsele.

—Acabemos de una vez —dice—. ¿Qué más querés saber, si ya sabés todo?

—Ese hombre, el colombiano, ya no me importa.

—Basta, entonces. Mi vida es mi vida. Se trata de lo que ha pasado entre vos y yo, ¿no es cierto? Supongo que es eso lo que te interesa. Fue una equivocación, Camargo. Un espejismo. Una mañana me desperté, te vi el par de venas que te cruzan la frente, el pelo encanecido, la barbilla de pavo, y me dije: ¿qué estoy haciendo al lado de este hombre? ¿Qué he hecho de mi vida? No tenía intenciones de dejarte, sin embargo. Se me cruzó el amor, el verdadero, y te hice a un lado. Ahora andate. Quiero montar este alazán.

Ah, Reina, ya no sé cuál de tus gemelas sos. ¿Vas a montar el alazán con tu delantal tableado y tus guantes de goma? ¿Vas a acariciar las crines del caballo con tus no manos? Camargo ha esperado años que llegue este momento, años, y no va a permitir que se le escape otra vez.

—Tengo un coche allá, entre los árboles —le decís—. Vas a subir ahora conmigo, mansa, sin hablar, y vas a quedarte a mi lado para siempre. Sabés de sobra que a mí no se me abandona.

—Vos estás loco —responde.

Intenta montar el caballo de un salto pero sos más ágil. La tomás de un brazo y la atraés hacia vos con tanta fuerza que, en el envión, suelta las riendas y cae sobre el patio de tierra. El alazán corcovea, desconcertado, y se aleja.

—Yo soy vos. No te podés separar de mí.

La mujer duda entre correr a la casa del guardián o hacerle frente. Tiene la desgracia de que la fusta haya caído cerca de su mano. No puede ser tan osada para golpearte y, sin embargo, lo hace. Parece una mujer mucho más grande de lo que es cuando descarga el latigazo sobre tu cabeza. Parece dos mujeres: tu madre y ella misma, amancebadas en un solo cuerpo.

—¡Hijo de puta! —grita—. ¡Hijo de puta!

Te lanza una mirada de desprecio y corre en busca del alazán.

—Reina —decís. La voz te fluye clara, como recién lavada.

Luego dirás que no te acuerdas de lo que ha sucedido, y tal vez no te acuerdas, porque ¿a qué orden de la memoria pertenece la ráfaga de pasado que se repite en el presente? ¿Cómo explicar que antes hiciste muchas veces, infinitas veces, lo que vas a hacer ahora? Sacás con naturalidad el revólver de la funda que has colgado al cinturón, apuntás a la espalda de la mujer y apretás el gatillo. El tambor del Taurus gira, apenas, y otra bala se coloca en línea con el caño. La ves tropezar y caer, volver la cabeza hacia vos con incredulidad y aferrarse a la fusta, quizá para golpearte de nuevo.

—¿Cómo, Camargo? —dice.

El pelo se le ha caído hacia uno de los lados de la cara. Los labios se abren y dejan ver, pálidas, las encías. La nuca queda al descubierto y distinguís el lunar que has besado tantas veces, latiendo suavemente. Pero ella ya no es ella: es un error que se ha desprendido de tu cuerpo.

—Reina —repetís.

Y descargás la segunda bala, ahora de cerca, sobre el lunar.

Ves al guardián y a una mujer salir de la casa, aferrándose las ropas y chillando como cerdos. Ves el disco blanco del sol en el cielo líquido y sentís que todo está bien, Camargo. Volvés a sentirte limpio como en el día que naciste, cuando todavía nadie te había abandonado.

Durante horas, vas a dar vueltas y vueltas en el coche por caminos yermos, en los que pacen algunas vacas. Quisieras llamar a Maestro para contarle lo que ha pasado y pedirle que ponga la noticia en la primera página de la edición de mañana. Será un escándalo y *El Diario* debe esmerarse en contar la historia mejor que nadie. Lo harás más tarde. Ahora te dejás caer en el silencio como en las sábanas de tu infancia, vas por la corriente de la ternura que no tuviste, perdés el aliento entre las manos de nada que te acarician. El aire no se mueve. El calor del mediodía es tan cruel que ni siquiera zumban los insectos. Sin embargo, alguien canta, ¿tu madre canta?: oís a tus espaldas una canción lejana, que llega quién sabe cómo, de dónde, y arde no en tus oídos sino en lo más hondo y perdido de vos, Camargo, en un lugar al que quisieras regresar y no puedes.

Brenda jamás deja nada librado al azar. La casa de San Isidro estará llena de invitados esa noche y lo mejor, ha dicho, es servir platos fríos. El verano ha vuelto a ser atroz en Buenos Aires, y quizá deba poner la mesa fuera, en la galería, pero sería imprudente exponer a Camargo, que no puede moverse de la silla y se niega a que la gente advierta su invalidez.

Ya durante las incomodidades del proceso por un homicidio del que no es culpable, como ahora todos lo admiten, se le presentaron los síntomas de una enfermedad rarísima, que los médicos diagnosticaron con nombres impronunciables: polineuritis idiopática aguda o polirradículoneuritis, a la que también se conoce como síndrome de Guillain-Barré.

Camargo cree que tuvo un aviso de la infección durante el entierro del senador Valenti, cuando se le aflojaron de improviso los músculos de las piernas y Enzo Maestro debió sostenerlo para que no cayera, pero eso es imposible. El síndrome empezó como un catarro vulgar y, en medio de la noche, sin que nada lo hiciera presentir, Camargo quedó sin respiración y se le inmovilizó el lado izquierdo de la cara. Fue una suerte que Brenda hubiera regresado a Buenos Aires durante el proceso, convencida de su inocencia, y aceptara reanudar la vida matrimonial. Con su eficacia de siempre, llamó a la ambulancia y exigió que lo atendieran en la sala de terapia intensiva. De lo contrario, Camargo podría haber muerto de asfixia en el caserón vacío.

La enfermedad es imprevisible y algún día se retirará, silenciosa como vino. Cada vez que ataca, lo hace de manera aviesa, avanzando desde arriba hacia abajo del cuerpo, o a la inversa, y a veces quedándose por semanas o meses en algunas de las extremidades. Camargo, que al principio sentía una completa falta de tono muscular en los brazos, un día no pudo incorporarse, porque la debilidad había descendido a las piernas y al área abdominal. Simultáneamente perdió el control de los esfínteres, pero eso no lo inquieta tanto como la desaparición de su potencia sexual. La libido se le ha evaporado y, desde que el mal se le alojó en las piernas, tampoco tiene el menor asomo de una erección. Lo desespera la idea de que la gente se dé cuenta de su parálisis y haga conjeturas ominosas. Con el pretexto de que debe mantener activa la inteligencia, Brenda organiza reuniones frecuentes en la casa. Antes de que lleguen los invitados, lo sienta a la cabecera de la mesa y allí lo deja hasta que todos se retiran, atribuyendo la inmovilidad a un lumbago o a la fractura de un hueso. Sabe que, a espaldas de Camargo, la gente murmura sobre su disfunción sexual, pero a él lo tranquiliza recordándole que el síndrome puede ser pasajero y que un día todo volverá a la normalidad. En el fondo, sin embargo, disfruta llevándolo de un lado a otro y sintiendo su creciente dependencia. Cuando lo ve decaído, va al piano y toca piezas de Alkan y Gabriel Fauré.

Esa noche, Brenda se ha esmerado en la elección de los platos. Uno de los invitados es Enzo Maestro, que siempre la trató con delicadeza, sobre todo en vísperas del juicio por homicidio, cuando Camargo se negaba a recibirla. Ella le ha devuelto la cortesía convenciendo al marido que ceda la dirección de *El Diario* a su amigo leal. La decisión no podría haber sido más acertada: cuando se le da la gana, Camargo llama por teléfono y da órdenes sobre algún título de tapa, pero no quiere que lo consulten ni aun cuando las noticias son graves. Prefiere mantenerse a distancia del ajetreo cotidiano. Poco después del crimen, llamó a Maestro desde el hospital donde lo habían internado para protestar porque *El Heraldo* estaba informando sobre el caso con más rigor y más detalles que *El Diario*. «¿Tengo que estar yo ahí para que sepan lo que deben hacer?», le dijo. «¿Ya no tenés a nadie que cuente bien una historia de amor y de traición?» El incidente parece inverosímil, pero cualquiera que consulte los semanarios de aquella época verificará que es cierto.

Su inteligencia no ha perdido los reflejos geniales del pasado, pero la realidad ya no le interesa: sabe que las noticias de un día serán barridas por las noticias del siguiente, y que casi ninguna se detendrá en la memoria, porque también las tragedias del mundo están condenadas a morir tarde o temprano, como los seres vivos. Ahora prefiere pasar el tiempo en la sala de videos, junto a la galería de geranios, repasando en DVD las películas de Hitchcock, Fellini, Visconti y Buñuel que nunca había podido volver a ver. Una tarde juntó fuerzas y puso en el aparato *La noche del cazador*, de Charles Laughton, pero, aunque desde el comienzo le siguió pareciendo una obra maestra, detuvo la proyección en la escena del sermón de Robert Mitchum sobre el Amor y el Odio, y arrojó el pequeño disco a la basura. A veces prefiere leer: no pasa por alto una sola novela de la joven literatura inglesa, en especial las de Ishiguro y McEwan, y se ha aficionado a los ensayos de un filósofo francés, Gilles Deleuze, suicida y desdichado como Louis Althusser, por cuya historia criminal siente tanta fascinación. A ratos perdidos, corrige las crónicas que piensa agregar a su libro ya clásico, *El abandono.*

Esa noche, Brenda ha decidido servir *vichyssoise*, la sopa helada de papas y puerros; un pavo asado con salsa de frambuesas, ensaladas, y la torta de hojaldre con jalea real que venden unos apicultores de San Isidro. Cuando la repostera lleva la torta, a mediodía, entrega también, de regalo, unos fragmentos de panal impregnados de miel espesa y algo menos transparente que la común. Según ella, es la sustancia de la que se alimentan las reinas de la colmena: rebosa de proteínas, grasas, y unas hormonas imprecisas. «¿Por qué no prueba la miel con la cera, doctor Camargo?», lo incita la repostera. «Si las reinas toman de allí toda la fuerza que necesitan para volar muy alto, imagínese el efecto que podrían tener en usted, que es un príncipe.» Camargo no responde. Aunque siente repugnancia por esas misteriosas secreciones del abdomen de las abejas obreras, pide por la tarde que le lleven un trozo cualquiera de panal. Con una lupa, observa una por una las prodigiosas celdillas hexagonales, de paredes fragilísimas y sin embargo elásticas. Le gustaría descubrir, por azar, la larva de alguna reina en ciernes, para clavarle de inmediato un alfiler.

Esa noche no será feliz ni infeliz. La vida se le ha convertido ahora en una sucesión de indiferencias. Quizás algún día, si vuelve a caminar, pase un mes o dos junto al mar y empiece a escribir la novela que desde hace tiempo lleva en la cabeza. Quiere contar la historia de un cantante de voz absoluta, capaz de alcanzar todos los registros, al que una madre satánica, asistida por una tribu de gatos callejeros, le cierra todos los caminos para que sea quien es. Ha pensado que el cantante debería llamarse casi como él, Carmona, y que el título de la novela podría ser *La mano del amo,* aunque esa idea, que le recuerda una etiqueta de discos para gramófonos, «La voz de su amo», tal vez se le haya ocurrido antes a otro escritor.

Una reflexión de Gilles Deleuze que ha leído en *Diálogos* lo estimula a tomar apuntes para su proyecto. Deleuze dice allí que la sustancia de toda novela, desde Chrétien de Troyes a Samuel Beckett, es un antihéroe: un ser absurdo, extraño y desorientado, que no cesa de errar de acá para allá, sordo y ciego. La definición le parece demasiado simple, tal vez porque es demasiado horizontal. Para él, una novela es una abeja reina que vuela hacia las alturas, a ciegas, apoderándose de todo lo que encuentra en su ascenso, sin piedad ni remordimiento, porque ha venido a este mundo sólo para ese vuelo. Volar hacia el vacío es su único orgullo, y también es su condena.

Nota final

Todos los personajes y lugares de esta novela, aun los que parecen tomados de la realidad, corresponden al orden de la ficción. Leerlos de otro modo violentaría su naturaleza.

Biblioteca Tomás Eloy Martínez

LAS VIDAS
DEL GENERAL
Tomás Eloy Martínez

LUGAR COMÚN
LA MUERTE
Tomás Eloy Martínez

Alfaguara es un sello editorial del Grupo Santillana

www.alfaguara.com.ar

Argentina
Av. Leandro N. Alem, 720
C 1001 AAP Buenos Aires
Tel. (54 114) 119 50 00
Fax (54 114) 912 74 40

Bolivia
Avda. Arce, 2333
La Paz
Tel. (591 2) 44 11 22
Fax (591 2) 44 22 08

Chile
Dr. Aníbal Ariztía, 1444
Providencia
Santiago de Chile
Tel. (56 2) 384 30 00
Fax (56 2) 384 30 60

Colombia
Calle 80, 10-23
Bogotá
Tel. (57 1) 635 12 00
Fax (57 1) 236 93 82

Costa Rica
La Uruca
Del Edificio de Aviación Civil
200 m al Oeste
San José de Costa Rica
Tel. (506) 220 42 42 y 220 47 70
Fax (506) 220 13 20

Ecuador
Avda. Eloy Alfaro, 33-3470 y Avda. 6 de Diciembre
Quito
Tel. (593 2) 244 66 56 y 244 21 54
Fax (593 2) 244 87 91

El Salvador
Siemens, 51
Zona Industrial Santa Elena
Antiguo Cuscatlán - La Libertad
Tel. (503) 2 505 89 y 2 289 89 20
Fax (503) 2 278 60 66

España
Torrelaguna, 60
28043 Madrid
Tel. (34 91) 744 90 60
Fax (34 91) 744 92 24

Estados Unidos
2105 N.W. 86th Avenue
Doral, F.L. 33122
Tel. (1 305) 591 95 22 y 591 22 32
Fax (1 305) 591 74 73

Guatemala
7ª Avda. 11-11
Zona 9
Guatemala C.A.
Tel. (502) 24 29 43 00
Fax (502) 24 29 43 43

Honduras
Colonia Tepeyac Contigua
a Banco Cuscatlan
Boulevard Juan Pablo, frente al Templo
Adventista 7º Día, Casa 1626
Tegucigalpa
Tel. (504) 239 98 84

México
Avda. Universidad, 767
Colonia del Valle
03100 México D.F.
Tel. (52 5) 554 20 75 30
Fax (52 5) 556 01 10 67

Panamá
Avda. Juan Pablo II, nº15. Apartado Postal
863199, zona 7. Urbanización Industrial
La Locería - Ciudad de Panamá
Tel. (507) 260 09 45

Paraguay
Avda. Venezuela, 276,
entre Mariscal López y España
Asunción
Tel./fax (595 21) 213 294 y 214 983

Perú
Avda. Primavera 2160
Surco
Lima 33
Tel. (51 1) 313 4000
Fax. (51 1) 313 4001

Puerto Rico
Avda. Roosevelt, 1506
Guaynabo 00968
Puerto Rico
Tel. (1 787) 781 98 00
Fax (1 787) 782 61 49

República Dominicana
Juan Sánchez Ramírez, 9
Gazcue
Santo Domingo R.D.
Tel. (1809) 682 13 82 y 221 08 70
Fax (1809) 689 10 22

Uruguay
Constitución, 1889
11800 Montevideo
Tel. (598 2) 402 73 42 y 402 72 71
Fax (598 2) 401 51 86

Venezuela
Avda. Rómulo Gallegos
Edificio Zulia, 1º - Sector Monte Cristo
Boleita Norte
Caracas
Tel. (58 212) 235 30 33
Fax (58 212) 239 10 51

Este libro se terminó de imprimir
en el mes de marzo de 2009,
en Zonalibro Industria Gráfica,
San Martín 247,
Montevideo, Uruguay.

Dep. Legal Nº 346.325 / 09
Edición amparada en el decreto 218/996 (Comisión del Papel)